U0445268

动物沧谣

The tales of animals

《兽界喜剧》三部曲《玄学兽》《哲学兽》之终结篇

动物论语

72个动物的人文镜像

上 动物的文学志

蒋 蓝 著

重慶出版集团 重慶出版社

图书在版编目（CIP）数据

动物论语:72个动物的人文镜像/蒋蓝著．—重庆：重庆出版社，2008.3
ISBN 978-7-5366-9380-7
Ⅰ.动… Ⅱ.蒋… Ⅲ.人生哲学—通俗读物 Ⅳ.B821-49
中国版本图书馆CIP数据核字（2007）第201546号

动 物 论 语　　72个动物的人文镜像

DONGWU LUNYU　　72 GE DONGWU DE RENWEN JINGXIANG

蒋 蓝 著

出 版 人：罗小卫
策　　划：陈　涌
责任编辑：周北川
责任校对：何建云
装帧设计：向加明

重庆出版集团
重庆出版社　出版

重庆长江二路205号 邮政编码：400016
重庆双安文化传播有限公司制版
重庆市联谊印务有限公司印制
重庆出版集团图书发行有限公司发行
E-mail:fxchu@cqph.com　邮购电话：023-68809452
全国新华书店经销
开本：787mm×1 092mm 1/16 印张：27.25 字数：477千
2008年3月第1版　　2008年3月第1次印刷
ISBN 978-7-5366-9380-7
定价：49.80元（上下册）

如有印装质量问题，请向本集团图书发行有限公司调换：023-68809955 转 8005

版权所有　侵权必究

蒋蓝的内在之豹（代序）

白 郎

2005年的一个仲夏夜，我和蒋蓝抵达他老家自贡时，天空中飘着博尔赫斯所说的豹子牙床似的粉红色，粉红色之上，悬挂一轮大月，一轮浪漫派明月，丰硕、橙黄、灵和、像朵大花，照着我的骨，并击穿了黑夜中最黑的物。但显然，蒋蓝不会喜欢这一朦胧的优雅之相，站立于黑夜，他更喜欢的是火焰，一把在世界之夜中尖锐呈示的烈火。

我以为蒋蓝是体火很旺的人，罪证之一是喜食辛辣引发痔疮，有次严重了，找医生去做手术，手术一结束竟没休息，咬牙忍住剧痛，斜着身子擅自驾车20公里回家。莱希于斯认为体火旺的人其梦幻是火，这一诊断使我明白蒋蓝为什么会那么推崇加斯东·巴什拉的《火的精神分析》。而他自己则宣称，"火打穿了思想者的天穹，引领着思想的维度，把它拉成一根矗立于黑暗之上的针芒，使压顶的光弯曲、衰退"。蒋蓝的精神之火一半燃烧着赤焰一半燃烧着蓝焰，击退无边的黑夜，也击退无边的白昼。它是强大自我的标记，本性与大地相连，有着独特的燃烧程式。

然而火仅是蒋蓝对世界的一种尖锐喝问，尚不足以用来形容他那庞杂而热烈的内心。在其代表作《黑暗之书》《动物列传》中，大量动物被知识和诗意结成的美丽链条拉向了审美的极端——夕光中颇有些魔鬼雏形的蝙蝠、黄昏的橄榄树下低回的猫头鹰、墨水般集聚在空中的铁鸦、穿行于布道声中的黠鼠、暗夜里伸出一只爪子的黑豹、有着浓烈阴气的女鸟、碧水中妖冶的人鱼、以怪异的狐步在雪地上撒落一串梅花的狐狸、用绯红的肉顶子撞击彩云的丹顶鹤……靠在黑白掺半的历史廊柱上,蒋蓝意味深长地完成了这两本精心之作。这两本书中,我注意到蒋蓝把最多的笔墨用于了豹子,先后写到赤豹、云豹、猎豹、雪豹、黑豹、金钱豹,这默示了他对豹子的厚爱,并从一个细部显明了这种玉体横陈的闪电似的动物正是他的"精神灵兽"。豹,我行我素,性情强韧,游走华丽,啸傲山林,它披着一身符咒般的斑纹突入时间的荒原,折返于蒋蓝的精神镜像。"人们不但看见黑闪电狂暴地抽裂大地,还觉得那些飞扬的黑色金丝已经潜伏在自己意识的最高处,闪着冷光……"。蒋蓝这句关于猎豹的意象中的"人们",在我看来,恰恰是他自己。豹汇集了强悍的自我、锐利的斗志、激昂的江湖气、高蹈的忧伤、孤独的沉思,而这些,都和蒋蓝很接近;甚至他那双有着淡淡橙色的深邃眼眸,也有一点和不羁的豹眼相似。

像一道黑色裂纹飘忽于黑夜,豹比黑夜更黑。一遍又一遍,蒋蓝描写了黑夜中的豹,这黑夜既是世界之夜也是理性之夜,它漫过豹子的全部世界;豹子则是另一个隐喻,寓示着欲望旷野上孤独的自我灵力,当它奔突如黑夜之花,万形便逸散。"于是,黑豹自明。它走在微风的反面,风把它的所有运动带给黑暗,它仅仅从黑暗里伸出一只爪子,再按下去,黑暗就如影随形,淹没它,又使它再次失去名字。就仿佛一支飞驰的箭,不断被空气拾走自己的多余部分,只剩下一截锐器继续自己的事业。意外的情况在于,黑豹伸出爪子,突然被微弱的光住。它看见趾爪的反光,玉一样冷,把不祥的预感昭示出来——黑豹看见一个死结。黑豹立即挣脱光线,目光出利刃,逼近黑土,直到整个身体在黑暗中淬火,接着哑灭。"

而在另一篇叫《书蠹及发声史》的文章中,蒋蓝用略微带点灵异的细节描写了一种以书籍为食的白色闪银光的小虫。殊不知他自己就是一只巨大的书虫,不停地抖动着发达的锐利触须,蠕动于渊博的篇幅之间。富兰克林于1780年买下了运到美国的第一个浴缸,他喜欢长时间浸泡在令身体温软的缸里思考和写作。席勒总是把腐烂的苹果藏在靠近腹部的抽屉里,需要获得强烈的灵感时,深深吸入苹果刺鼻的香气,然后再关上抽屉,让香气在脑海里经久萦绕。对于习惯在书堆中打发浩渺时光的蒋蓝来说，书房便是浴缸，书籍便是苹果，浸染既久，浪漫厚重的气韵自成格调，随蓬勃的激情涌出倒影纷杂的出口。

但藏书万卷的蒋蓝并非坐拥书城的香软书虫，也不是逍遥于世外的鸿鹄，别忘了他壮怀激烈的豹子禀性。也许把鲁迅和武松放在一起撒两钱白干儿翻炒一番，可以泛出蒋蓝的体味来。整个少年时代，蒋蓝以拳头横行于自贡街头，打过无数的架。那时他腰间随时都插着两把自制火药枪，一旦遇事，立马就以"双枪李向阳"的面目出现。多年后，寓居成都的他早已"改邪归正"以笔扬名，但其角斗士形象仍被不少当地人记得。一天，他父亲回家时，见一个走在前头的邻居边走边翻看着成都晚报，那人兀自冒出一句："作者蒋蓝，不可能是楼上经常打架的蒋蓝嘛。"

古语道，豹死首山，意为这种猛兽不忘本。与豹一样，蒋蓝深深眷恋着生养自己的故乡。其童年和少年是在自贡一条叫"盐分巷"的巷道里奔跑而过的。一里长的巷道曲曲折折，房子多是老式砖木结构，用以前的大盐仓分隔而成。"盐分"的意思，就是对盐进行分隔、包装、转运。旧时这里曾热闹非凡，食盐批发商多如鸟雀。2006年夏天他带我来到这里时，老巷子只剩下了搬迁后的几排空房子，孤寂地立在瓦砾堆旁，一股混合着盐卤味和霉土味的陈年之气，落寞地缠住了一旁的几串黄瓜。黄瓜是一个老太太在瓦砾堆里"开荒"种的，她已成为这里唯一的住户。当她在迷蒙的太阳下眯着眼睛冒出矮矮的身子时，蒋蓝认出她是自己一位小学同学的母亲。扛着几麻袋记忆的雪花盐，蒋蓝在盐分巷的"残山剩水"间来回走动，高大的身影映在青石板的青苔上，一摞重重的童年叠加着一摞重重的少年迎向他的颅骨，将他带回到一个囤积多年的咸味四散的梦境。他指着青石板路上的一道沟槽告诉我，这是旧时胶轮车的"尾舵"磨砺形成的，小时候自己可是这条石板路上的"顽主"。接着，他欣喜地发现一个小时候家里用过的小花盆，遂把这件"文物"带回了父母近年的住处。

盐分巷旁是釜溪河，这条自贡的母亲河静静流淌着漫长的天意，河的两岸，是绸衣似的林子和旧时代的龙脉。孩提时，5岁便可独自游过釜溪河的蒋蓝常常在河里戏耍，享受暖阳曼丽的沐浴，摸河底的鱼和螺蛳；以一艘小火轮为动力的长长的运盐船队开来时，他喜欢追上橹船，吊在尾舵上，直到开出两里地，才下水悠闲地游回。

如今，红尘逐水流，旧日子恍同隔世。构筑在恐龙与盐巴之上的自贡早已成为一座"自宫之城"，伟大光荣正确的钢筋混泥土对传统实施了大清洗，大批

钢铁恐龙迎来了新侏罗纪时代，其间散落的一股刚性古气，仿佛贴着一张遥远的帐幔在游走，帐幔尽管已被颠覆，但不时能看到一些富丽的线头和碎片。这让我想到李后主的句子："金剑已沉埋，壮气蒿莱。"崭新的故乡是让蒋蓝备感陌生的故乡，他感叹道："我越来越对这座古老的盐都感到陌生。那些负载了千百载盐巴的"官道"（一种石板道）已经荡然无存；火神庙里挤满了黑压压的等候房子分配的城市贫民；而专门祭祀盐场动力——几十万头水牛的牛王庙，已被装修成了不伦不类的财神庙；我曾经工作过的盐业设计研究院正在绞尽脑汁分流职工；有几百年历史的贡井盐厂已经破产倒闭……有一天，已经74岁的父亲突然指着巍峨的自贡市盐业历史博物馆对我说，他就出生在里面，那时叫西秦会馆。除了会馆大门口那对石头狮子，一切，都面目全非了……"

自贡先后开凿过1.3万多口盐井，是名副其实的盐都，世界上第一口深达千米的盐井燊海井仍然活着。天车上绑满篾绳的柱头，图腾柱般高刺苍天，激荡着古老的伟力，这伟力示现为盐卤，经过大铁锅的煮熬，转化为白晃晃的精盐。一个赤着上身的熬卤汉子在几口大铁锅边晃悠，沉默如盐，如同祖先的幻影。在燊海井，一个虚明的瞬间，我看见盐的光纹像豹纹一样，缀在蒋蓝身上，使他愈加有一种豹的哀伤……

2007年冬写于成都

目 录

蒋蓝的内在之豹（代序）
.... 1

上编 动物的文学志

题记：动物意象的光照
.... 001

豹子的诗学幻象... 004

雪豹 012

黑豹之夜 019

豹变 026

居住于闪电的猎豹 ...
.... 030

铁鸦 036

书蠹以及发声史 ... 042

猫论 047

猫头鹰的鬼语 054

061 .... 孔雀的叫喊

067 .... 鱼鹰

072 ..... 天空的朝圣者

076 .... 碎舞的蝙蝠

082 ..... 鸟的阴性智慧

087 .... 美人鱼之歌

095 .... 蛇路

100 .... 树上的男爵

107 .... 夜鹰的策略

113 .. 望帝春心托杜鹃

119 .... 鸩毒

125 .... 鸮乱

戴胜 130

高蹈的寄魂鸟 135

佛爷的坐骑 141

狗精的前世今生 ... 147

挽马 152

蜘蛛的吊诡 163

狐相 171

九尾狐 177

道德之虫 183

壁虎，以及守官 ... 190

196 .... 虱子的生活

202 .... 蛊杀

208 .... 燕燕于飞

213 ..... 豸及其发声术

..... 被狼嗥拉长的时间

219 ....

题记：动物 意象的光照

  我有一边读书，一边喝酒的习惯。尤其是在夜阑时分，我在酒意中越读越慢，直到所有的字漫漶，如飞虫乱舞。我的书桌上放着酒杯和干牛肉，此时，一支蚂蚁大军正悄然逼近目标。它们像文字一般在盘子周围麇集，高举一点肉屑，返回无从发现的据点。我不是教徒，可以慈悲蚂蚁，也没有洁癖，我只是看着它们离开，看着它们从暴力的指缝间迂回而去，不惜代价来完成一点延续生命的工作。生命，早就根本不属于它们了。而当生命降落到生活的最底部时，退无可退的安排就会出现某种必然的选择，久而久之，就视其为常态了。可怕就在于，当身体匍匐之时，一个人的才情会蛰伏得更深！这种深度后置的策略，一来可以打击和消磨自己的功利心态，二来可以让来自不同领域有意或无意的提防得以松懈。剩下的，就是个人的事情了——为了更为充分地爆发和燃烧，付出自己，然后消泯于历史的评说当中……

  来自于天性之中的倾向，偏执而强硬，它在社会大势与小人狡计的围攻下负隅顽抗，可以不计荣辱，可以不计胜败，可以不计进攻或者失守，甚至不计生死，以卵击石，前仆后继。这是最微小（不是卑小）的生物所执行的法律，却

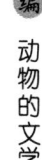

被一帮武侠小说的制作人放大成了不食烟火的武术玩笑。一个文字写作人为了满足口腹之欲或意淫需要，玩弄一些崇高的意念，是犯讖的命题错误，甚至会断送自己的笔，进而抵押出全副智力和德性。

"虽千万人，吾往矣！"并不是一句口头禅。但有很多人在念念有词，尤其是当他独自走过漫漫夜路的时候，就需要自己对自己胡说八道。把这话作为壮胆或壮阳的催化剂，就远没有一粒伟哥神效。我不能把这句话作为描述语，而宁愿视之为拒绝被声带扩散为概念恐龙的机密，它将奔突的燃烧压缩为一朵内敛之花，在匍匐已久的肢体里连接断路的纤维，在所有血脉的缝隙间达成默契和确认，在大脑的风暴当中矗立成灌顶的螺旋，在与未来签订的契约上，跟飞荡扬厉的才情歃血为盟……

在蚂蚁通过的桌面上，我仔细观察它们的踪迹。有几条极其细微的水迹，估计是蚂蚁沾到了酒后残留下的，短促、细化、清楚、坚硬，就像是一条锋刃切割的伤口，构成蚂蚁存在的证据。这同样是蚂蚁提供给旁观者的唯一素材。在灯光下，我能明白蚂蚁的叫喊和滚滚飞扬的尘埃在燃烧的欲念下排闼而来的认知吗？

是啊，什么时候，我能像蚁王一样在黑暗中盛开？我把思想从概念的纠集中抽回来，拿起一本克拉特尔的诗集，随意翻开大声朗诵起来："紫蜗牛缓缓爬过碎裂的杯碟却在僵冷灰白的荆棘里流尽鲜血……""一只野兽在田埂静静流尽了鲜血，而群鸦在粘血的腐物里啧啧有声。／战栗着的枯苇已被连根拔起。／严霜，轻烟，漫步在空寂的树林里。"这样的意象硫酸一般不断光顾我的额头，把我的梦境沤烂。"鲜血，从歌唱者喉管中流出的鲜血，／蓝色的花朵；／哦，哭声绵绵火热的泪水流入黑夜。"于是，我回到黑夜，回到自己身上。

我的声带复原着词语，修补打磨其中的突兀与锈迹。我在某个语音的拐角停下来，从一具身体抚摸到一双空虚的手套，又突然触及另一张陌生的面庞，我用手指在她的舌尖上寻找自己留下的记号。这就像偶然面对已经忘怀的情人，企图重温旧梦，并竭力复习我曾经在这具肉身内部行走的步幅和姿态。我逐渐回忆起曾经流畅的语法，已被情人以及她的合伙者更改，以秘密的暗号通行于欲望铺就的管道。我在简陋而生疏的巷道里迷路了，突然闻到一股盐肉的味道！

我感恩于来自动物们的提醒，这不至于使我滑行太远，找不到回来的路。记得我曾经就是如此，擦掉往事涂抹在我身上的手纹和气味，踢开成堆的白酒瓶，拂去夜幕和女人的长发，破门而去，再返回到我寂静的写作中。人对感觉和现实的长期屈从，就会出现成瘾症状。当一头整天转圈拉磨的毛驴已经无法直线走路的时候，当我们对香味的追逐到了歇斯底里的地步之时，名声的诱饵晃悠在不远处，老鸨和掮客已经拉开了捕鸟的天网。此时，蚂蚁的大军正悄然漫过视野，以不计得失的宿命，击穿文本的铁幕，湮没在我的文字深处。这些迤逦而来的生命能够啃噬日趋钙化的骨头，让人在疼痛里惊悸，头骨发炸！而文字弥漫出的狐疑气味萦绕我的判断，使每一滴墨水从笔尖坠落在纸张上，发出的荡漾的声音，并继续漫漶于首鼠多端的路口。而这个时候，红灯亮了……

豹子的诗学幻象

瞧！几乎在山丘开始陡起之处，
一头身躯轻巧、矫健异常的豹子蓦地窜出，
它浑身上下，被五彩斑斓的毛皮裹住；
它在我面前不肯离去，

◎清·吴友如《豹》

吴友如绘画特点是以线描为主，吸收了西洋绘画透视以及实物比例的长处，不但成为用绘画描写报道新闻的创始人，其动物画也达到了一个难以超越的境界。在《豹子》一图当中，其精湛的线墨将豹子的气概与孤独表达得酣畅淋漓。

甚至想把我的去路拦阻，
我多次扭转身躯，想走回头路。
这时正是早晨的开始，
太阳正与众星辰冉冉升起，
从神灵的爱最初推动这些美丽的东西运转时起，
这群星就与太阳寸步不离；
这拂晓的时光，这温和的节气，
令我心中充满希冀，
对这头皮色斑斓的猛兽也望而不惧……

——但丁《神曲》

有种动物叫青宁

　　《豹的国际谱系簿》的主编、美国的舒美柯博士曾发表过一段见解（见《1992年度豹的国际谱系簿》）："豹可称是地球上分布范围最广泛的大型哺乳动物之一，至今它的分布区仍在不断延伸，即由南非最南端的开普敦地区（Capetown）向北一直延伸到罗斯北部的普列摩尔斯基（Primorsky）地区。在这大片土地上，被专家学者承认的豹亚种有27个之多！"从哺乳动物分类学的角度来讲，豹是猫科、豹属下面的一个种，学名是 *Panthera pardus*，英文名是 Leopard，中文名就是简单一个字：豹。这显示了汉语在计量科学方面的简单。华丽的猛兽们其实早已倦于这个汉字的画地为牢，它们首鼠两端，大有出位之相。除有中国豹、亚洲豹外，还有非洲豹。欧洲就没有豹的身影，大洋洲也不产豹。但不是常见到美洲豹吗？这是怎么回事呢？原来，美洲豹又称为美洲虎，其实既不属豹类，也不是虎型，而是另外一种猫科猛兽，体格比虎小、比豹大，性情凶暴，也能吃人。

　　豹子在中国历史的"宏大叙事"中很少现身，它鬼魅般的飘浮身影似乎可以随时汽化，人们难以观察，更难于捕捉。老虎比它更剽悍，而且头部更大，所谓"豹子头"就显得比较小气或者刚力不足。而且从声音的威信上，虎啸宏

> 《山海经》说："昆仑之丘，有人戴胜，虎齿，豹尾，穴处，名曰西王母。"其实说的是她的服饰，而不是说她长出了虎齿和豹尾。"戴胜"不是指戴胜鸟，胜为名词，即玉胜，是插在头上的一种玉制的饰品；虎齿，是帽子的样式；豹尾，仍然是服饰的特征。豹尾是勇敢、力量的表示，一方面反映了母系氏族的狩猎习尚，另一方面也是母系领袖的一种"变性"特征：以雄性的造型来领导臣民。
> 　　著名学者顾实先生认为，西王母是周穆王的女儿。一、西王母在瑶池饮宴时唱过一首歌，其中有"我惟帝女"之句。"惟"，当"是"讲。这句歌词译成白话就是：我是帝王您的女儿。二、《山海经》描述西王母居处的情况为："梯几而戴胜、杖。"梯，凭也。凭几，头戴玉胜，手持拐杖，明明中原贵妇人的形象。三、西王母在穆王前唱歌，用的是地道的周代四言诗，和《诗经》中的诗歌风格极为接近。没有对中原文化的高度修养，是唱不出来的。四、西王母对穆王行的是华夏妇女所用的再拜礼（屈膝，两手着地，叩头），而非西方的膜拜礼（合掌加额，伏地跪拜）。根据《穆天子传》的记载，穆王西巡，自过积石而西，所到之处没有不是行膜拜礼的，只有西王母例外。穆王的女儿为什么万里投荒、建邦于斯呢？当然不会是和亲。大约西王母部落比较落后，当时内部矛盾太多，而他们又实行的是女王制，所以穆王就派自己的女儿去进行治理。
> ——摘自李蔚《周穆王和他的女儿西王母在瑶池的会见》，载《文化经济报》1992年10月第7期。

◎《神曲》插图 《但丁遇豹》

但丁《神曲》开头的部分记载了森林中的不安和骚动。描绘了狮子、豹子和狼，这三种动物隐晦地象征了鲁西法（Lucifer，恶魔之王）的性格特征。但丁通过这些动物，将自古代以来人们所抱有的恐怖邪恶印象浓缩到鲁西法身上。也可以说，豹子就是"神和人类的敌人"。

阔，豹吼短促；熊是瑞兽，甚至可以长出翅膀为梦者带来好运气，而且体格也更显威仪；而狼、狈等看上去比豹子更具诡谲意味。但透过猛兽向文化争宠的间隙，豹子的领地就像是一条狭窄的阴影，这赋予了它飘浮不定的品质。也就是说，豹子的形象无法被"大词"构成的历史捕捉，而突进汉语词汇里的是它的尾巴。豹尾就是一个异军突起的反词。它不是一种致命武器，长得实在不成比例，已经与身长相当，但豹子并不常用，只是在危急关头，尾巴具有钩倒对手的擒拿功夫。而众多传说赋予了豹尾裂石穿空的魔力，仿佛杀手锏，干净、彻底、一蹴而就。相传在遥远的远古时代，昆仑山麓栖居着一支原始部落，以虎豹为图腾，这个部落的首领叫西王母，西王母是异兽组合出来的领袖，有着老虎的牙齿，披头散发，还佩戴玉簪。每当晨昏时分，她踞于山头狂嘶猛吼，声震山川。她具有豹子那黄金的尾巴，这条铁鞭举而不倒，实际上相当于一种雄性性器的象征。在一个女体上，竟然具有雄性之象——这也体现了母系氏族时代，西王母具有君临万物的气概。

但豹子是羞涩的。它并不随时起性，它们都有自己的燃烧期，不像中国的文人可以在被御用之余，还从事御女的龌龊勾当。刚刚成熟的豹子不大愿意交合，这使它们感到了甜蜜和忧伤，同时又深感痛苦和畏惧。交合在一起要耗费巨大的元气和体力，这很容易丧失警惕的锐度，母豹子甚至还会反噬一口，但雄豹最终还是进入到了母豹子的体内行走。传说公虎的生殖器是带倒刺的，在交合中倒刺将使交配中的老虎无限接近，那么公豹子同样也长着带倒钩的生殖器，它钩住了母豹子的肌肉皱褶。但母豹的扭捏以及不合作加剧了它们之间的痛苦，在拉扯中，性器上的倒钩被扯掉，留在了母豹体内，母豹子则在雾气中消失于丛林上空。不知这是否为豹子的一个别名"失剌孙"的由来。 列子说，有种动物叫青宁，是豹子的祖先，而豹子可以生育马，显然是马的祖先。

豹的精神镜像

豹是充满不确定的动物，如同它紧贴大地的同时，对飞舞的异色空气充满觊觎之心。古人认为，豹子性暴，故命名为同音字"豹"，《说文》指出它勺物而取，以程度而食，故字从"勺"。但是豹有个更古怪的名字叫"程"，这是形声字，本义是称量谷物，引为章程、规格。这说明豹具有十分谨慎的德性，类似于孔子的"慎独"教诲。这么谨慎的动物却以一身嚣张的披挂炫目在历史的逆光中，不能不说体现了造物主的苦心孤诣——它们只能行走于人气之外，在幻觉里展示奇迹，因为它还是上帝的化身。

视鲁迅为毕生劲敌的女人苏雪林，晚年转入神话学研究，她曾在《屈赋论丛·中外神话互相发明例证数则》中指出："《九歌·山鬼》的歌主，旧谓山中木石精怪如'夔'、'枭羊'、'罔两'，容貌是奇丑的，近代楚辞学者又指为巫女、神女，其实这位歌主含睇宜笑，是个美少年，披萝带荔，乘豹从狸，则与希腊酒神狄奥尼索斯有非常相似处。豹子与山猫乃酒神爱兽。希腊神话从来未言酒神豹子是何颜色，山鬼乘车之豹竟为'赤豹'，我们知道豹色黄如虎，亦有纯黑者，却未闻有赤色之豹，故而这赤豹定是神话之豹而非实际之豹了。屈原说话句句有根据，从来不作凿空之谈，他这赤豹当亦是从域外转来的，这不是可以补希腊酒神故事的缺典吗？"

这就显示了苏雪林的治学特点，恐怕多半有些捕风捉影的推测。赤豹是个反词，不过是被神性的颜色涂染了一遍，但我们怎么能够幼稚到与楚方言中的巫祝之语较真呢？这大概就类似用皮尺去丈量"白发三千丈"的精确性。

我们可以看到赤豹的精神镜像，它被大地的"第一元

假如……
吉卜林／作
韩国瑞／译

假如你保持着自己的头脑，当周围所有各位
丢掉了他们自己的，并把这一切都向你归罪。

假如你坚信自己，尽管受到所有人的猜疑诋毁，
却能容忍别人的所做所为。

假如你能耐心等待，却不为等待烦恼，
被谣言诽谤，却不用谣言回敬，
为人所恨却不以仇恨相报，
依然镇定自若，谈吐不凡。

假如你会梦想——却不为梦想所主宰，
假如你会思维——却不把思想作为目标，
假如在你眼里，辉煌与灾难一样，
是该平等相待的两个替名。
假如你能容忍自己为之辩护的真理，
任恶棍歪曲，为愚人设置陷阱，
眼看着为之奉献生命的理想变得破碎，
弯下腰，用旧了的工具让她重新建造，
假如你能将自己所有的一切，
赌注在生死攸关的时刻，
失败了，从头开始再来，
嘴里没有半个字的失败。
假如你的心脏、神经和筋骨，虽离你远去，
却依然能效力于你的轮回，
一直坚持职守，尽管你本身已灰飞烟灭
只有意志在喊："坚守！"

假如你与百姓相嬉，
却保持高雅风格，
与君王同行，却不
失纯朴本色。
假如仇敌与爱友都
不能伤害你；
假如所有人都与你
计较，但却没人过分；
假如你使生命中难
忘的每一分钟
充满六十秒钟的远行，
你便是这个地球
和在这里的一切，
还有，没错，你将成
为真正的男子汉，儿子。

◎汉画像石·猛豹捕猎

"素"打通了灵魂和躯体，是动用了火焰的暴力的结果。但豹子其实已经无须进一步武装自己了。西南地区见到云豹，这并不是"云南之豹"的意思，云南某诗人大概吸食蛊气过多，就有这种地缘嗜好，希望这种怪力乱神促进诗歌艺术的飞翔。当地称为云豹或云虎的原因，主要是它身上的花纹不像普通豹的钱币形或梅花形，而是一片片如云朵形。云朵不是燃烧、跳跃、轻盈的，那是豹子从山巅的云雨里穿过，被云气文身的美丽结果，而且，并生并息，充满滋润的水分和闪电的威力。

云豹的体形比金钱豹或银钱豹小，四肢更显得短，但尾巴却是又长又肥大，其长度与身长相等。尾上有12~14个黑环，至于毛色则是焦黄而发灰，看起来不如金钱豹漂亮。云豹有一个很有名的特征，就是它的特别长的犬齿，虽然不能同雄狮或猛虎的粗壮犬齿相比，但是在这样一种体形不大的野兽嘴里，有特别长的犬齿，突出了对力量的炫耀。一位动物学家慨叹道："这使我想起了古代早已灭绝的剑齿虎。"

我一直对人们惯称的所谓金钱豹、银钱豹的称谓有些不满。自然的东西很多，为什么才思枯竭到只有用钱来比附豹纹的造型呢？尽管清人沈起凤在《谐铎·兽谱》里承认："所以称为豹变者，因背有金钱文耳！"其实早在买卖诞生之前的漫漫岁月里，这些尤物已经丈量完大地的尺寸了。它们被花香迷惑，终于走出困境的时候，已经成为了技艺精湛的花豹。

诺贝尔文学奖获得者路德亚·吉卜林写过老虎，这得益于他的丛林生涯。美国作家苏姗娜·查津在传记《儿子，你会成为真正的男子汉》里记述道，英国作家吉卜林一度最愉快的记忆是1900年到1907年间的冬天，那时候他们一家住在南非开普顿附近。在炎热的下午，吉卜林总喜欢躺在大橡树下的吊床里，孩子围在身旁。一次，儿子约翰问："爸爸，为什么豹子的身上有斑点？"

吉卜林的眼睛无疑闪出奇异的光芒。他俨然是一副先哲的声调，说很久以前，豹子和它在广阔的草原上追猎的斑马和长颈鹿一样，颜色是沙棕色。可后来，为了逃避豹子，斑马和长颈鹿躲到树林里去了。

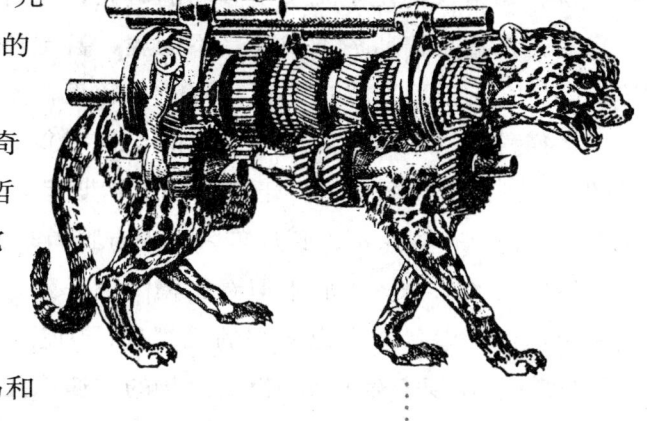

"过了很久很久，"吉卜林接着说，"由于站着的一半在阴影里一半在阴影外，长颈鹿长上花斑，斑马却长上条纹。"豹子呢，吉卜林解释说，为了猎取森林中的新的猎物，它也得改变，于是就选择了斑点。"你们不是经常听到大人问：'花豹能改变身上的斑点吗？'"吉卜林向孩子眨了眨眼睛，连连摇头。

"花豹能改变身上的斑点吗？"是著名的西谚，但作家企图用豹子的革命性改革来证明僵滞观念的错误。吉卜林把自己有关野生动物的奇异故事收集到一本名为《林莽叙事》的书中。1902年该书出版发行，赢得了广泛赞誉。

吉卜林的色彩论述颇具匠心，但符合诗学的规律和豹子的世界观。针对人人垂涎于豹皮的风尚，李时珍指出，豹皮不可藉睡，令人神惊。其毛入人疮中，还有大毒。所以，寝豹皮的人很容易中邪，暴死是一种加倍偿还的惩罚。我们看到一只在红荆树上歇息的花豹，身体像丝绸软软地挂在风中，豹尾是一束尚未编织的丝，把光线卷成蓄势待发的圆弧，却有"声声慢"的悠闲。它不像里尔克的诗中所形容的："强韧的脚步迈着柔软的步容"，也没有海明威在《乞力马扎罗山的雪》中描绘的豹子具有的高临万物的精神气象。花豹从容，嘴角的花裂纹就像忧伤的符咒切进大脑。我们无法目睹奔驰的豹，就像我们无法洞悉神谶立竿见影。

◎选自《日本当代插图选》

身影如烙铁，使空气发出嘶叫的时候，只有一种东西能够使之终止，那就是猎豹。猎豹与普通豹不同种，不同属，甚至还自居一个亚科。最主要的一个特点就是它的爪不像猫爪而像狗爪，爪较直，不弯钩，不能收缩掌内，也没有爪鞘。猫科动物中爪子像这样结构的，只有猎豹一种。猎豹是有人畜养它来助猎的。另外还有少数猎豹产于印度和巴勒斯坦一带。贵族在出猎前先饿它一天，等出猎时，以布罩蒙头，到达猎区发现有野兽时，就放它去追，任何四足动物都逃不出它的追击。人们不但看见黑闪电狂暴地抽裂大地，还觉得那些飞扬的黑色金丝已经潜伏在自己意识的最深处，闪着冷光……

1926年印度击毙了一只恶名远扬的"茹德拉蒲拉雅格食人豹"，其危险度远远超过福克纳在享誉世界的杰作《熊》里描绘的灵熊"老班"，在3年时间里它曾吃掉125个人！而在第一次世界大战时期，在靠近尼泊尔的库库芒地区，更有两只食人豹曾先后吃掉或咬死近500个人！ 在攫食一途上，豹子的天赋一直就受到集权者的青睐，一直希望它肩负起"替天行道"的使命。古罗马帝国的统治者为了镇压异教徒以及基督徒中的叛逆分子，曾经从非洲弄到大批野豹和狮子，通过北非、地中海运到意大利。饿了几天又经受虐待的野兽，在审判大厅内，一看见脱光了衣服的人在地上乱跑乱爬，马上大发雷霆。一时间，大厅内狮吼连连，犯人哭骂，这种震撼场面，在中国历史上也不乏例证。但豹子却在旁边静静伫立，它拒绝与权力媾和。豹子是绝对不可能被驯服的，因而，希望豹子成为御用杀手多半是一相情愿。

豹 死 首 山

作家周涛在《游牧长城》里感叹："在中国，狮已经成为皇宫禁城门前的两只卷毛狮子狗，虎也成为封疆大吏脚下的垫物，只有豹子，带着民间英雄和江湖好汉的色彩，闪耀着独行独往的无羁的光芒！"但在我看来，豹子与民间英雄和江湖好汉都无关，它是独立于这些纷争之上的审视者。

豹子的天敌主要是老虎和狮群，偶尔在水边也容易掉进鳄鱼的血盆大口。《狮子和老虎，哪个更强？》一文指出，曾经在美国的探索节目中，看见一只雌性孟加拉虎在黑夜的密林中对一只入侵的金钱豹穷追不舍，而印度等地的金钱豹在体形上并不比一只成年雌虎小多少，而且更加残暴，护犊的本能让母虎不顾危险地坚持要将这只金钱豹杀之而后快。在第二天清晨的阳光下，镜头显示出母虎正叼着一只已经吃剩一半的金钱豹，并且还在舔着金钱豹那身美丽的毛皮……这固然是豹子的悲剧，但比起人类的疯狂猎杀来，就不算是什么了。

作家吉卜林特意为儿子写过一首诗《假如……》，就像是书写自己与豹子的际遇：

……

> 假如你能将自己所有的一切
> 赌注在生死攸关的时刻，
> 失败了，从头开始再来，
> 嘴里没有半个字的失败。
> 假如你的心脏、神经和筋骨，虽离你远去，
> 却依然能效力于你的轮回，
> 一直坚持职守，尽管你本身已灰飞烟灭，
> 只有意志在喊："坚守！"……

古人说：狐死首丘，豹死首山，不忘本也。豹子只以一个怪包在背脊上作无尽的滚动，就像刀锋的缺口，在逐步演变为锯齿。安静中的力量是最难以确定的，从锯齿的缝隙间摊开了令人窒息的生命和美……

本文说明：文中引用的吉卜林故事，出自美国作家苏珊娜·查津（Suzanne chzain）的《天堂的恩怨情仇》一文。

雪 豹

◎清·马骀《豹》

1650年初，哈巴罗夫匪帮越过外兴安岭，坐船侵入黑龙江沿岸。这些来自哈卡斯共和国的侵略者，他们的国徽底色为白色，上有一只趴在地上的蓝色雪豹，四周是绿色的白桦树枝。树枝底部为哈卡斯民族的传统图案三叶草，上方为金色和白色相间的太阳标记。国徽下部是黑色字母的题字"哈卡斯"。在哈卡斯祖辈使用过的众多生活用品和武器上，都能发现趴着的雪豹，这表明它是哈卡斯民族的动物图腾。它也是哈卡斯国徽上雪豹图案的雏形。对这一古老动物的描绘风格、手法及特点表明，它的确出自某一特定民族。因此，国徽上的雪豹象征着哈卡斯是一个历史久远的民族。

我从白头的巴颜喀拉走下。

白头的雪豹默默卧在鹰的城堡，目送我走向远方。

但我更是值得骄傲的一个。

我老远就听到了唐古特人的那些马车。

我轻轻地笑着，并不出声。

——昌耀《河床》

海明威的豹

在我看来，作家海明威置放在乞力马扎罗山顶巅的那头绝对的豹子，并不是雪豹，连非洲豹也不是，因为非洲豹不可能冒险涉足雪线之上。乞力马扎罗山西面高峰叫"鄂阿奇－鄂阿伊"，即上帝的庙殿。看看海明威是怎么写的："在西高峰的近旁，有一具已经风干冻僵的豹子的尸体。豹子到这样高寒的地方来寻找什么，没有人作过解释。"其实，是小说家把自己的灵台搬到了非洲第一高峰上，至少与"上帝的庙殿"比邻而居，那么在此出没的动物，必定得具有君临万物的气概。雪豹是一个突袭作家灵念的动词，它出现。他看见。他说出。仿佛一朵突然的雪莲要吐露天庭的秘密，如此而已。

◎汉画像石·动物

雪豹也和普通豹一样，同属于 Panthera(豹属)。不过，后来有的学者认为它的头骨有某些异样，与狮、虎、豹均不同，故为它另定一属，叫 Uncia，因此学名就成了 Uncia，但也有其他学者提出，将 Uncia 改为亚居，仍置于 Panthera 之下。先不管头骨如何，在大的形态上，雪豹也显然与普通的豹有明显的区别。

从体形大小上看，似乎雪豹与普通豹差不多，因为它们实际的体重也差不多，但雪豹的体毛比普通豹要长得多，所以看来体格就显得庞大了。其次它的尾比普通豹也更长，尾毛更丰更厚，这是雪豹与其他豹的截然不同之处。再者，在颜色和斑纹上，雪豹毛色是淡青而发灰，略有奶油色彩，下体纯白，上体和四肢都有较大的黑斑点，但因其毛长而厚密，斑点隐没得几乎模糊了。它的毛色和斑点具有良好的迷彩作用，特别是在高山积雪之处，当它隐卧不动时，其他动物乃至猎人都很难发现它。（引自相关网络文章《飞禽走兽——豹》）

2007年4月，中央电视台播放了《地球脉动》，其中

我国青藏高原及帕米尔高原地区是雪豹的主要分布区。在青海雪豹总数约650只（1988年估计），再加上青海西北的昆仑山系和可可西里部分，估计青海的雪豹不会低于1 000只。在西藏，雪豹分布区的面积至少为青海的两倍（1992年统计），加上甘肃、新疆和四川西北部，估计全国雪豹的总数在2 000～3 000只左右。

人类首次对雪豹进行正规的人工饲养可能始于1891年。当时伦敦动物园从不丹王国获一只雪豹，其性别不详（引自Godman,1891）。此后于1894年，该动物园又获一只雄豹（引自Flower，1894）。到1903年时，纽约、柏林、莫斯科、伦敦等地的动物园均有雪豹展出（引自Peel，1903）。但是，当时对雪豹的人工饲养并非正规化。时隔半个世纪后，对雪豹的人工饲养、管理才纳入正轨。历史上记载雪豹在动物园得以繁殖的案例始于1906年，之后又分别在1912年、1938年有记载。但是能使人工饲养的雪豹生存至生育年龄的当属丹麦的哥本

哈根动物园，他们通过对从野外捕捉的一对雌幼豹的饲养而繁殖其幼子。事实上，今天世界各地很多动物园展出的雪豹都与当年哥本哈根动物园所饲养的雪豹有着或多或少的血缘关系。

——摘自纽约动物园丹尼·渥顿博士等撰写的《雪豹的人工饲养与管理》

雪豹在美国、苏联、捷克、丹麦、芬兰等国家先后有过人工饲养的记录。可是在雪豹的原产国——中国，人工饲养尚属空白。雪豹难繁殖的主要原因是，家养与野生的生活环境和饲料组成有很大不同。因而有针对性地采取控制饲料量、减少脂肪进食、增加立体活动量、扩大活动场地、采用全价饲料及补充含硒微量元素、增加光照、设置产子箱等措施，使饲养的5只雌雪豹先后发情交配。1983年7月，青海省西宁市人民公园，利用其独特的地理优势，通过几年的努力，成功地解决了人工饲养条件下雪豹的繁殖问题，但未形成饲养繁殖种群，这是中国人工饲养繁殖雪豹的首次记录。

——摘自廖炎发等《雪豹繁殖和饲养技术的研究》

有一集是喜马拉雅山地区野生雪豹猎食的实况，由生态纪录片大师戴维艾汀堡禄爵士执导，据说这是人类首次用摄像机拍摄到的完整的野外雪豹捕食场面。海拔6 000米以上，在那些50度以上的坡度间，雪豹自上而下扑向螺角岩羊。如一把刀飞卷而来，被爪子刨飞的土块和石头纸片一般飞在身后，宛如飞扬的大氅，那种撼动山岳的气势，真是让人难以忘怀。

雪豹是纯粹亚细亚化了的动物，分布在中亚以及东亚北部和沿青藏高原散开的山峰与乱石之间，它不可能像迎客松那样伫立或招摇，以地主之谊表示冰雪的柔软。它总是退避在人们视线以及某种不祥的感觉氛围以外，然后迅速与太多的冰雪融为一体，就像博尔赫斯的妙句"仿佛水融化在水中"一样。雪野上，只留下一行谨慎的足迹，然后，连同足迹不翼而飞。

宛如贵妇的鲸骨长裙

在瑞典人斯文·赫定（1865—1952）的亚洲腹地考察记录中，他注意到了野骆驼、新疆老虎的罕见身影，但雪豹却从他修长的指缝里成功逃逸。雪豹像避谶一般，融化在单筒望远镜的焦灼瞭望当中。因此，它一直没有在西语的舞台正式现身。偶尔突入欧洲人想象空间的雪豹，至多是它浮在冷空气中的号叫。叫声类似于嘶嚎，不同于狮、虎那样的大吼，也没有云豹那般嚣张。俄国作家普宁在小说《高加索》里描绘了雪豹的叫喊："有时在半夜里，恐怖的乌云会从崇山峻岭中蜂拥而来，刮起翻江倒海的暴风雨，闪电不时把喧闹的、像坟墓一般漆黑的树林照得像神话中的绿色深渊，高空中不断炸开古已有之的隆隆的雷电。这时林中的山鹰、雪豹和胡狼全被惊醒，发出一片啼声、吼声和嗥叫声……"胡狼被冻得不行了，竟然去求人开门，但雪豹远远地喊着，声音像鞭子令风暴加速，并使房梁发出碎裂声。这种发声术符合地缘语境，雪野总是松软的，声音一旦散开，迅速被空气胶着。在一个连岩石也陷入沉睡的领地，雪豹的叫声只是摇落了一层雪花，并布置完备雪花之下的陷阱，然后，一切均归于岑寂。

距离斯文·赫定的足迹一百余年以后，乔治·B.夏勒，美国卓越的博物学家，曾任纽约野生动物保护协会主任，他在中国的西域注意到了一个事实：在亚洲腹地之上，在藏羚羊麋集的岩石后面，总有壮丽的旗云俯身而过。也许某一天，他发现旗云的一角突然异动起来，出现了反向的飘荡，他终于区分出，那是一头活在云朵里的豹子。在他为《美国国家地理》杂志提供的文章中，雪豹的身份逐渐得到了比较清晰的确认。

的确，雪豹是食肉动物栖息地海拔高度最高的一种，在人力难以企及的区域，它们在强烈的直射光线下把泼出去的影像收敛起来，用四肢轻轻踩住，并赋予环境一种安静出尘的姿态，就好像它们是在等候来自空中的召唤。在它的分布范围内，雪豹的栖息环境主要有4种，即高山裸岩、高山草甸、高山灌丛和山地针叶林缘，它从不进入森林之中，那显然是另外霸主的领地。尽管它在不同季节之间有沿山坡垂直迁移的习性，夏季栖息的高度大多在5 000米，偶尔在平原地区也有它的踪迹，但它始终将冰雪覆盖的峰巅视为自己的巢穴。如此大范围的上下，必须具备一种傲视的技能尤其是速度的天赋。有一个数据可以说明一些实情，雪豹面对3米的高崖可以一纵而上，一跃可以跳过15米宽的山涧。尽管具有如此异能，但它总是缺乏表演的心情和胆量。

在不捕食的漫长时光里，雪豹却是懒散而忧郁的。——这并不算是什么罪恶。14世纪的英国诗人乔叟在《教士》中，称忧郁为"使探索中的罪人无法享受到所有的美事"。懒散是人类的敌人，因为它和勤勉对立，也是活力的大敌，因为它对"更好地活下去"无益，甚至会因疏忽而浪费、破坏、毁灭生活的美好。但是，对雪豹来说，它只需斜睨一下这些高论就够了，它是不屑于争论的，它只是在享受犹如积雪一样深厚的慵懒光阴。

雪豹的体形大小和外形与普通的豹很相似，但体毛的长度、毛色、花纹以及尾巴的形状等都与普通的豹不同。体表的被毛特别细软厚密，背部毛长约6厘米，腹部的毛更长，类似裙的蕾丝，全身呈灰白色，略掺杂有浅灰与淡青，且布满了黑色的斑。奇怪的是雪豹的尾巴在比例上简直是一个异物，约与体长相等或为体长的3/4。不但尾巴长，而且尾巴上的毛也长，显得特别蓬松肥大，尾梢也不呈尖细状，走起路来特别显眼。有的雪豹由于尾巴过

◎汉画像石·灵兽

于粗大，似乎行动不便，而养成了盘尾的习惯，久而久之形成卷曲的圆圈。这种造型对猛兽来讲并不是一件好事，这容易让我们联想到英国维多利亚时代贵妇们的鲸骨长裙。但造物主赋予雪豹特异的尾巴，必定含有启示和功用，最直接的效果是，每当它急速地在雪地奔驰，下陷的重力总可以被宽大垂长的尾巴分担，并在身后铺开，使得它不至于在雪地下陷过深，并迅速从雪面获得再次上跃的反弹力。这样看来，雪豹就像一匹从雪原滑行而过的雪橇，以最浅的吃水，获得了最大的稳定和速度。

雪豹平时独栖，仅在发情期才成对居住，一般各自有固定的巢穴，设在岩石洞或乱石凹处，大多在阳坡上，往往好几年都不离开一个巢穴，这显示了它们恋旧的品行。这种德性与高地的时间具有同构性质，均是在一种胶着、凝聚的氛围中展开回顾和观察的一角。

雪豹的"三力"

雪豹是雪域边疆生活的一个图腾，仿佛神明的作品横空出世——是的，它耀眼的环纹是神明的大手印。

在张澄基教授翻译的《密勒日巴大师歌集》里，尊者就以绝对的自信和无畏的定力，心发正见，吟唱了下面这首歌：

雄住雪山之雪豹，
其爪不为冰雪冻，
雪豹之爪如冻损，
三力圆满有何用？

1994年，有一只雌雪豹在距拉萨60千米的西藏曲水县被人猎杀，几只尚未满月的幼子也被偷偷地卖掉，其中一只孤零零地被寄放在拉萨的一家旅馆里待售时，幸运地被一个名叫斯蒂文的美国游客注意到了。他是一位动物保护工作者，因此对这种出售濒危野生动物的行径大为惊诧，便走上前去问询，但出售雪豹幼子的人却粗暴地回答："要买就买，少说废话。"斯蒂文怕这只雪豹幼子被倒卖后不能生存，便毅然买下了它，然后通过多方奔走联系，最后在西藏林业厅和中国野生动物保护协会的帮助下辗转送到了北京濒危动物驯养繁殖中心。为了纪念这个热爱野生动物的美国游客，这只雪豹幼子也就被叫做"斯蒂文·豹"。
——摘自余夫《"斯蒂文·豹"的故事》

这里的"三力"是指雪豹或老虎具有三种威力，皮之不存，毛将焉附？豹子的爪通达内心，既是力量的终结点，也是被大手印抚摸剩下的火焰。后来，传言尊者已坐化，徒众们准备到拉息雪山去挖掘尊者的遗骸。他们快要抵达尊者住穴时，忽然看见对面有一头雪豹爬上了一块大磐石，并在石上张嘴弯腰地打了一个呵欠，他们注视该兽良久，最后它才离去。在一条极为险狭的路径上，他们又看见一头似虎似豹的野兽，瞬间跑向一条横路上去了。后来这条路就叫做虎豹之路。

尊者说道："我在岩石顶上曾看见你们在对山休息，所以知道你们来了。"

释迦古那说："我们当时只看见岩石上有一头野豹，并未看见尊者，那时您究竟在哪里啊？"

尊者微笑道："我就是那个雪豹啊！得到心气自在的瑜伽行者，于四大有随意转变的能力，可以化为任何形状物体，变化万端，无有障碍，这一次我也是特别对你们这些根基深厚的徒众显示了这点神通，你们应对此事保密，莫对人言。"

因此，雪豹在高原上具有一切造型也是不过分的，它甚至成为一些民族的图腾。除了它踞守着距离天庭最近的巴比塔，它的生活，就等于展开了一幅升天得道图，它现身时，人的心灵总是在惊悸，莫非是密勒日巴大师在考验我们的定力？

雪豹是雪地绝对的权力者。许多野蛮人部族的萨满巫师长期认为雪豹是冻原上最优美和最迅速的猎人。许多时候这些部落的战士会在激烈的战斗中模仿这种大型白色猫科动物。另外，野蛮人萨满巫师有时会创造法术令战士暂时性地获得雪豹的敏捷，但是由于这些法术是暂时性的，很多时候这些法术会在某些时候失效。

但是，据说有一群野蛮人萨满巫师曾秘密聚集以研究如何更好地产生雪豹的敏捷能力。几乎一年里他们没有回到部落，只是忙碌地将他们的注意力集中到雪豹的魔法上。然后有一天，这些萨满巫师回到他们各自原来的部落，每人带着一个银质的小项链，下面挂着一个好似雪豹爪的挂饰。这些萨满巫师把这个挂饰交给他们各自部落最强大的战士。当项链围上这个战士的脖子，雪豹的敏捷就充满到他们强有力的躯体。从那以后，雪豹护符，这是它后来的称呼，就成为了部落中最珍贵的宝物。只有最强有力的战士才有资格佩戴它，而有朝一日能佩戴上雪豹护符成为了所有年轻战士的目标。

哈萨克牧民说，雪豹捕食羊、麝、鹿、雪兔、鸟类，当它闯入羊群，只袭击其中瘦弱无用的一只，绝不伤害别的，更不会像狼那样乱咬一气。它本性中的残忍转化为无与伦比的节制和风度。而一旦它的胃口得到满足，立刻目光柔和，如同一位苦修者，然后回到雪山上去沉思，去思考雪如何开出莲花，石头如何孕出玛尼堆，土壤如何预谋贝母，去观察白云如何飞舞成经幡。雪豹已成为高原野兽的"旗舰"，如今在珠穆朗玛峰附近，却还不时地出没，并时常惹出不大不小的事端，让住在那儿的人们，为自家的畜生不幸身亡而悲痛。对于家畜，雪豹不到饥饿难耐，一般都不吃它们的肉，它只吸吮血管里的血。这种嗜血的直接性，与它的皮毛，产生了反讽意味的张力。毕竟，雪豹是野兽，不是一般意义的动物。

诗人沈苇曾在《新疆词典》中写道：当人说出"雪豹"二字，表明他有所选择，这正如上帝在13世纪选择了一头"豹子"，仅仅为了让它成为但丁《神曲》中的一个词。一切珍稀的灵兽，一切伟大的创造，均是出于上帝的精选。对于人类来说，拥有和雪豹一样被选择的勇气和魄力，永远为时未晚。

前不久，我在列昂尼德·姆列钦的《历届克格勃主席的命运》（新华出版社2001年版）一书里读到，曾任克格勃主席的叶若夫，竟然有诗人为他献诗："谁比雪豹勇敢无畏，比雄鹰目光敏锐？受全国爱戴的人，目光敏锐的叶若夫。"这不但脏了诗，更弄脏了雪豹。我的意思是说，即使面对雪豹，面对雪豹忧郁的凝视，人类自然有多种属性的选择与被选择，不是忙于胡乱比附，而是应该慢下来，然后，等候雪豹的赋予。

黑豹之夜

> 阳光的中午，又见黑豹。这是正午的黑暗。
>
> ——摘自《词锋片断》

黑豹是夜的觇标

迄今为止，我已经写完了五种豹子，它们像我扑出去的五根指头颤动在黄昏的空气里。我夹着一支烟，手指灵活而干燥，烟雾缓缓将手指的缝隙填满，蹼一般游动在茶色时间里。烟雾的兽皮在逆光下具形，把内部的力逼向毛发，我看见坚持的针，正在把黑丝绒的帷幕刺穿，金属的弧线反弹不已，在空气里颤抖，终于稳定了，又突然散开。而那根一直不被重视的无名指，逐渐在手指的芭蕾中退出去了，把无名的痛堆积在指尖。烟灰飘落在指甲上，有一种奇怪的白，在牵扯着无名指内部的东西。我意识到，那应该是黑豹丢在梦境边缘的光，飞起，又碎匿。

这样，我就必须看见一头豹，因为失名而逐渐变黑。放它到广大的黑旷野，黑豹矸石一样亮起来。黑豹是夜的觇标！这是我无力抒写的，我的墨水只会加剧事情的复杂。因为最显著的错误，就是墨水可能会像电筒一样愚蠢，它把

准确点说，这里的黑暗包括三层意思：首先是自明之前的黑暗；然后才是那个更为广阔的黑暗——环境的、局势的黑暗；最后则是世界本质性的黑暗。笔，就成为写作与之对接的管道，墨水无疑就是思想者与世界交汇的桥梁。

在我看来，写作首先是一个放血的过程。在这个"放血疗法"的演绎里，自然的墨水在淡淡的松木香味里，对浸入的红色血腥由怀疑、拒绝发展到漫漶、交融，构成了金钩铁画的稳定。而来自黑暗的沉稳本质却与跳跃的红色以巨大的色差反馈出这样一个信息："红与黑"的二重唱一直就是真正书写的本质。它以锐利的高音，使所有的文字无

风自动、无光而明。它自明,在巨大的黑暗环境里,文字比黑暗更黑,成为黑色大合唱的高音部。诗人孟浪说过:"黑墨水,也让我黑,让我黑过长夜,让所有的人都堵在长夜的尽头。"说得真是好!

——摘自笔者随笔《思想存档·黑暗是墨水的补丁》

◎清·马骀《黑豹》

梦中的黑豹(全文)
蔡斯·挪特本/作
张莉莉/译

盲眼的老人躺在敞开的窗前,聆听着由近城传来的喧哗声,这是他所熟悉的。他似睡非睡,真实与梦境对他来说已混成一体,无法分出是梦,是真。最后的那位女客人走了将近一个钟头。他的手抚摸着柔软的皮制封面,这是刚才那位女客人念给他听的一本书。

他从前眼没瞎,现在当他用一根手指滑过书皮上印的名字时,回忆一下子全上了色彩,令他想到了金金的米黄色——蕾娜·玛莉亚·里尔克全集,1955年。他房里没放几本书,在仅有的几本书中居然没有一本是他自己的作品。他请女访客从图书馆为他借来第一册,因为他想再听一次《黑豹》那首诗。

黑夜撕开,我就会认定这圆形的光斑是真相。被惊醒的黑豹,从伤口里冲出来,只好以咆哮来进一步扩大伤口。

黑豹是黑暗的元神,不要惊动它!

我逐步慢下来,从汉字的高处退下来,从书籍的影子穿过,抚平卷角的手稿,慢到可以听见很远的水滴在敲打芭蕉,连芭蕉叶细微颤动的身姿也可以看清。这时,黑豹总是如约而至。准确地说，是黑豹从"黑"世界脱身出来，只以"豹"的面目出现。但是，这绝对不同于监狱体制下的"放风"。

吸纳黑暗精血的生物，可以理解为事物成功反对本质的努力。它们被日光赋予得太多，日光下的生活总是单面的，那些因灵异的技术受制而无法施展的妖冶或者盛开，只好被推迟到梦境边缘。何况，日光的食物远不足以支持它们在黑暗中的超负荷工作。就像冥界的三头犬萨贝拉斯，就像爱伦·坡的乌鸦，就像里尔克的黑豹，就像卡夫卡的穴鸟，就像封建专制权力豢养的鸩鸟。它们张嘴把光亮撕下一块，咀嚼的声音，体现了金属回归到法国哲学大师加斯东·巴什拉的"元素诗学"的过程，然后，它们吐出比黑暗更黑的东西。

这时，豹再次返回到黑暗庇护的空气中，成为黑豹。是，似乎又不是。

梦中的黑豹

这里必须提到一个人和一本书。

科运特·布赫兹(1957年出生于德国莱茵河地区的史托堡，从造型艺术学院毕业后便开始从事书籍插图创作。)是慕尼黑一位享誉世界的插图画家，他给慕尼黑的出版社做过许多书的封面设计。某天，他来到HANSER出版社，把自己的画作在地板上摊开。所有这些画里都有书或书的前身：纸、打字机、自来水笔等。总编想到一个主意：为什么不把画中的故事让人写出来呢？于是，编辑们把他的画分别寄给了米兰·昆德拉、黑尔塔·缪勒、乔治·史坦那等47位不同国籍的一流作家，请他们根据自己对画作的想象和解读，把藏在画中的故事写出来，这就是题为《灵魂的出口》的小书的来历。(书的德文原版于1997年出版。中文繁体版，张莉莉译，台北格林文化事业股份有限公司出版，1998年2月第1版；中文简体版，作家出版社，2000年2月北京第1版。)

> 当她用不流畅的德文为他念时，他仿佛看到动物园里的黑豹在来回走动，重复地沿着栅栏踱步，这只大猫的阴沉，逃避的眼神，使人不得不相信自己不存在。
>
> "对它来说，好像就只有这些栅栏，栅栏后的世界根本不存在。"
>
> 他要求她把这两句再念一次。现在他静静地躺在千篇一律、一再重复的黑夜里，就像那只来回踱步的黑豹。只要曾经看过一次，即使在梦中也能再见。一阵柔软的脚步声和呼吸声传来，门无声地打开，一个黑影进来，比黑夜还要黑。这一次，动物看着他，他也用盲眼盯着那两只露出凶光的兽眼，想着他曾为其他的猛兽写的那首题名为"其他的老虎"的诗句。
>
> 他不觉得害怕，因为他知道，现在在他身旁的正是他所渴望的梦境。现在这只动物正梦见他，他因为念了这首诗而引来这个梦。然后他看到，大猫的怒吼声像阵风似地灌入房间，站直，把书像猎物似地用爪子塞进利牙之间，衔着象牙白色的掳获物向前一跳，很轻快，但同时又显得奇慢无比，经过开着的窗户，走上电线，消失在黑夜中。夜空中的星星看起来像雪花一般。
>
> 1996年2月6日圣塔摩尼卡

◎德国·科运特·布赫兹
《梦中的黑豹》

小爱神 II
里尔克/作
何家炜/译

哦，让我们竭力遮起
它的脸庞，
用一种令人恐慌的冒
险行动，
必须将它推后到岁月
深处
来消弱它难以驯服的火。

它来时离我们这么
近，它将我们
与爱着的人分开然后
挪为己用。
它想要我们触摸：这
是位野蛮的神。
沙漠里一群黑豹与它
擦肩而过。

进入我们，带着长长
的随从行列，
它想要照亮我们内心
的一切。
而后，它有如从一个
陷阱里逃脱，
尚未碰到那些诱饵。

1996年2月6日，在圣塔摩尼卡，荷兰作家蔡斯·挪特本用一些"沙制绳索、镜子、碎金"般的词语，谶语连篇，连缀为典型的博尔赫斯式的文体，这就是杰作《梦中的黑豹》。他没有在巴黎植物园找到那写豹的诗人里尔克，但撒出去的金属词汇触怒了旋转在栅栏后面的一声长啸：那只失明的黑豹被一位盲目老人的梦境招来，它轻轻衔起里尔克的诗集，叼着它走上夜里的电线，户外的星星看起来就像雪花一样。而窗台上的书本里夹着一弯新月，仿佛书签：

"对它来说，好像就只有这些栅栏，栅栏后的世界根本不存在。"

他要求她把这两句再念一次。现在他静静地躺在千篇一律、一再重复的黑夜里，就像那只来回踱步的黑豹。只要曾经看过一次，即使在梦中也能再见。一阵柔软的脚步声和呼吸声传来，门无声地打开，一个黑影进来，比黑夜还要黑。这一次，动物看着他，他也用盲眼盯着那两只露出凶光的兽眼，想着他曾为其他的猛兽写的那首题名为"其他的老虎"的诗句。……然后他看到，大猫的怒吼声像阵风似地灌入房间，站直，把书像猎物似地用爪子塞进利牙之间，衔着象牙白色的掳获物向前一跳，很轻快，但同时又显得奇慢无比，经过开着的窗户，走上电线，消失在黑夜中。夜空中的星星看起来像雪花一般。

我想，里尔克此时正匿身于栅栏的高处，他从垂直的角度，而不是栅栏里与外的位置，在观察盲人与黑豹的相遇。他比较满意这个布局，观察黑豹，是不需要视力的。盲人之于黑豹，恰恰互为彰显。

这清楚地纠正了汉语翻译家们的一致性错误，那头里尔克的豹子，是黑豹，而不是一般的豹，也不是花豹。

只有这个解释才是唯一的，不然我们就无法理解里尔克另外的诗句。黑豹伫立在他的言辞高端，为了能够看见，他准备《挖去我的眼睛》。

> 挖去我的眼睛……
> 挖去我的眼睛，我仍能看见你，
> 堵住我的耳朵，我仍能听见你；
> 没有脚，我能够走到你身旁，
> 没有嘴，我还是能祈求你。
> 折断我的双臂，我仍将拥抱你——
> 用我的心，像用手一样。
> 钳住我的心，我的脑子不会停息；
> 你放火烧我的脑子，
> 我仍将托付你，用我的血液。

我们难以想象一个人的才华会被动物提升到这个地步。他在受难中恢复了甘心奉献的、又在愉悦中收回了前世的病痛。黑豹，你这芳香的鬼魂，用硫酸哺育罂粟的园丁，用坩埚煮沸金红石的尤物，你翻动着深切的岩床，想把那矿脉的血在舌头上逼亮。

黑豹的烙铁将黑暗烧炙出了自己的身型，那就是"灵魂的出口"吗？里面闪烁着濒死的愉悦。黑豹在莎乐美紧绷而发亮的身体边游走，黑豹独立在希律王的激情中心，它护卫贞洁，又单个享有。它其实是阴阳双性体。一方面，它宛如黑暗的高潮的子宫颈，铭记交媾时的疯狂闭缩；另一方面，黑豹是一根愤怒的乌木，它特

◎清·吴友如《黑豹》

以前，在美国东南部的几个州经常发现佛罗里达黑豹的踪迹，但是，城市化进程和农业开发严重影响了黑豹的生活习性，致使黑豹的数量迅速减少，仅有50只左右，目前只能生活在佛罗里达州。虽然能够在沼泽地带发现它们，但是佛罗里达黑豹仍然需要在树林和灌木丛中捕猎和筑巢，它们主要的捕食对象是鹿、野猪、浣熊和鸟类。

有的叫声像是刺耳的咳嗽，打穿一切字纸和丝绸，在洞穴的幻象中高歌猛进。黑豹把贞洁埋在迷宫，迷宫里的时间没有速度，如同山大王把抢来的美女藏在石头中，他希望美女白天如石女，但在黑暗中盛开如少妇。黑豹知道出入迷宫的时间，并在贞洁的温湿走廊里打下暗号，它却畏惧于日光对路径的改写，于是，它在迷宫口再次制造了一层梦的帷幕，下面是无底的黑。它不希望被日光发现，正在过渡的事物惧怕曝光的急躁，黑豹躲在看不见的所在，怀念巅峰跌落而下的幽谷，里面布满忧伤。在这里，里尔克、豹子、黑豹是三位一体的，盲老人倒像是一个濒临死亡但奋力回阳的第三者。尽管如此，我们可以认定，"里尔克的黑豹"是"庄周梦蝶"的西语版本，唯一不同的是，黑豹拥有无边的性力，在欲望的旷野上时刻与血肉相遇，而庄子只是在被花朵抬高到诗经的天色里，空飞。

一切，都成了！

黑豹是吃铁的动物，不然我就无法解释它在黑暗中体现的神力。也就是说，黑豹面对那些巴黎的铁栅栏，是可以随意遁身的。但问题是，自己一旦遁去，空栅栏就缺乏力量的缠绕，那么里尔克就与黑豹一样失明了。于是，黑豹只好继续它旋转的事业，直到它用晃动的线条像裹蚕茧一样把诗人包围在力的中心，通透，但不进一步明晰。地上全是黑豹与诗人被栅栏截断的注视或目光，因此，对黑豹来说，凝视与目光是不需要的，它的失明恰恰是它唯一存在的证据。

于是，在黑豹之夜，黑豹自明。

它走在微风的反面，风把它的所有运动带给黑暗，它仅仅从黑暗里伸出一只爪子，再按下去，黑暗就如影随形，淹没它，又使它再次失去名字。就仿佛一支飞驰的箭，不断被空气拾走自己的多余部分，只剩下一截锐器继续自己的事业。意外的情况在于，黑豹伸出爪子，突然被微弱的光线定住，它看见趾爪的反光，玉一样冷，把不祥的预感昭示出来——黑豹看见一条腰肢的曲线，被一股大力擒住，然后挽了一个死结。黑豹立即挣脱光线的缠绕，把前爪放下，它亮出利刃，插进黑土，直到整个身体在黑暗中淬火，接着哑灭。

黑豹必须独自终身于黑暗才是完整的，两者缺一不可。就像坐在高处的复仇者，在快被仇恨点燃的时候，突然原谅了仇敌。它像炭一样松懈，散落在一块干净的石头上，黑金的意象威严而玉体横陈。

世界以流质的方式布局，在日光的左岸，一团黑火焰穿过一条黑暗的甬道。黑火通过热度来显示火的反向造型。红光与白火重叠、交织，然后被密闭。深不可测，密度空前，如同黑豹进入异性的身体，它像亮毛贴在肉上一般完美，连一丝光也不能插足这绞缠的爱情。那根甩直的尾巴酷似性器，每一次出入，紧密是第一位的，而紧密本来就是作为黑豹的最低要求。记忆的碎片，模糊的场景，散乱的词句，矗立的栅栏，伟大的旋转，在黑豹躺下的一瞬均已完结。一切，都成了。

所以，黑到深处的事物，往往不是物极必反的证据——要么以突然的大光来体现黑到如今的力度，要么继续"黑暗的事业"——比黑暗更黑！但是，黑豹并不想被修辞成在皮毛上覆盖诸如缎子、丝绸的软语，同样也拒绝金属的隐喻加诸己身。它不需要或软或硬的外观。这些无法被日光问鼎的黑暗，早已在黑豹的内部如郁金香绽放。被隐蔽就是幸福。它趴在石头上，直到把石头染黑，它溶解了，懒洋洋回到那个做了暗号的地方……

但是，黑豹突然睁开了眼睛，打断了我的叙述。它张大了嘴，打哈欠，令我的文字出现裂口。黑豹浅色的眼睛正作为黑暗的基座，托起了它的历史和背景。我以前只相信黑豹是黑暗的元音，现在我就认定它才是御座之主。还会有什么比一只黑豹的眼睛更深邃、更诡异、更神秘的呢？一个人在其一生中如能有一秒钟的时间得以窥见真理的面目，甚至是魂魄的面目，你就终于可以明白，自己可以不说什么了——你不再畏惧，只有满怀的虔敬！

我看不见黑豹眼角的花纹，它不像花豹那样昭示痛苦，它已经穿越了这些皮相，在一个幽深的梦里迟疑，折返大地。

豹 变

> 女人之所以喜爱豹纹，来自于本身的一种极不安全感和极渴望受保护的心态。
>
> ——社会学家马滕

古人是大自然忠实的记录者，他们总是试图在自然的序列中感知人类的合理位置。《易传·系辞》说包牺氏"俯则观法于地"时，还认真观察了"鸟兽之文"。由视觉发生而来的"文"，虽为人身所缺失，但华丽炫目的美学诱引，激发了人们与之靠近的慕渴之心。于是《易》的《革》卦爻辞有云"大人虎变""君子豹变"，《象》传释曰"大人虎变，其文炳也"，"君子豹变，其文蔚也"等等说法。老虎之纹，鲜明耀目；花豹之纹，蔚然成采。孔子的著名学生子贡，在回答棘成子"君子质而已矣，何以文为"之问时，便以虎豹毛皮有文作答：如果将其皮扒掉，"文犹质也，质犹文也，虎豹之鞟犹犬羊之鞟"（见《论语·颜渊》）。

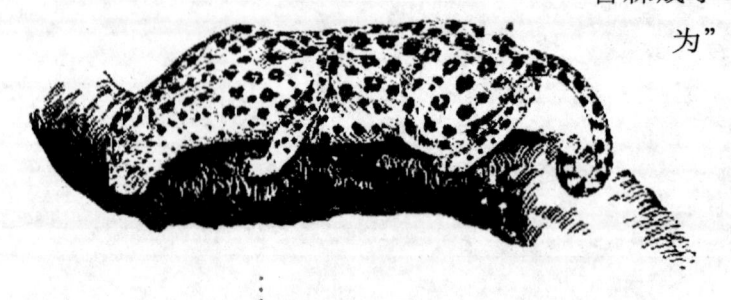

◎清·吴友如《云豹》

从美学角度看，豹纹素来来象征野性，也是最好的伪装。比如，百合花非常美丽，特别是一种豹纹百合，更是花中极品。所以，以至于缺乏阳刚之气的女性，历来喜欢豹纹服装。据说豹不仅象征着女性非凡的头脑和才能，还具有不可抵挡的魅力和女人味。

子贡反对那种重里不重表的君子之论，指出"文"是一种重要的物种标志。可见"文"在进入古人视野时，其色彩之美就得到了剧烈的彰显。

古语"豹变"，是说豹身的花纹变得美丽，引申为君子由贫贱变显达。李白诗"英雄未豹变，自古多悲辛"，就是抒发怀才不遇的悲叹。不过，对两河流域居民来说，豹身花纹是不可以"变"的，因为《圣经·耶利米书》十三章就说：人能够改变自己的皮肤吗？豹子不会改变自己的斑点。豹自然无法改变自己的斑点，正如"阶级人"不能改变自己的出身一样。所以，人们用这成语来说江山易改，本性难移。

法国诗人阿波里奈尔有一句诗：婊子美如金钱豹。对比关系就是比喻赖以存在的基础，这是堪称为"神示"的绝美之句。也许在被咏叹的密腊波桥旁边，诗人出没在散发着迷香的风月场所时，妓女们把女性之美彻底外翻出来，紧张、凸凹、艳丽，并且短兵相接。她们在沉默里无声无息抵达了男人幽暗、脆弱的内心，突然亮出了自己的利器，直捣命门。这让我联想到俄国作家普宁的《日记》英译者，在译序中引

古书记载说，风伯飞廉的形象是——鹿身雀首，头生尖角，通身豹纹，尾如黄蛇。《史记》集解引用郭璞之说：飞廉，龙雀也，鸟身鹿头者。《汉书》注则用应劭说法：蜚廉，神禽，能致风雨者也，称它是风神。

文身图案成为很多种族的图腾标志。巴西已凯里部落的印第安人，文身的图案就是豹纹，他们相信豹是本部落的祖先。《山海经》中记有大量的人面兽身，比如：豸身、蛇身、豕身、鸟身、鱼身、牛身、马身等的神人，其实很可能是一种如实的写照。说明远方异国之人还保留着绘身、文身及用其他实物将自己装扮成"类动物"的习俗。

述鲍利斯·爱肯鲍姆的话：从诗作看，阿赫玛托娃"一半像修女，一半像婊子"，这是否暗示了诗歌女皇内外双修的气韵？

　　豹纹没有虎纹那样夸张，也没有蛇类那样含有阴鸷诡秘的成分。豹匿身于花。这些花朵来自大地的植被和天空的云翳，更来自于暴跳于世界的火焰。豹子之花就像是造物主打下的记号，在彼此都迷失于对方时，从灌木中闪现而出的记号，就成为了他们穿越时光彼此确认的法宝。豹像一块沉静的硫黄，任火与焰的梅花遍布全身，豹在火焰里冷暖自如。它扭头观察背脊后面的异响，豹就把弓弦拉到了极限。豹子点燃了一万炷香，焚烧彻夜不熄。只需要一点点外力，哪怕就是从草间舞蹈而过的微风，就足以使豹惊怵，浑身立即被大朵大朵的玫瑰所覆盖。豹扛起一座旋转的空中花园扑向世界。它的眼睛，宛如一触即燃的硝石，成为了花园两道门上的灯盏。

　　尽管布封认为马是世间最美丽的动物，但我却以为豹子更胜一筹，豹纹成为了隐喻修辞的源头，使得一切对豹纹的再修饰成为浮词和累赘。也由此，才派生出豹斑毒菌、豹斑蝴蝶等词语。记得我在成都动物园看云豹，是一个秋日的下午，豹已经处于睡眠的边缘，只有极少的花还没有凋谢，就像炉膛里保留的火种，在安静的外表下，热过初恋。几只豹子小心地躺倒，与地面断裂的大木头混淆，偶尔翘立的尾巴如同突然的枝桠，将我的目光挂住。豹斑是各自成块的黑，似乎毫无规律，但如果仔细一些，又发现彼此勾连。斑点之间流淌着曲折的火，被一股奇怪的力道牵引着，既不规则，似乎又隐含花的精心布局。米诺斯迷宫的内部，是否护卫着那无际的梦田？

　　1952年英国数学家涂林发展出"反应—扩散方程式"，透过操弄成形素的扩散与速度以相关变量，就可以复制出常见的花豹的斑点，企图进一步从生物物理的角度来说明遗传基因的过程。涂林在提出该方程式后的次年自杀，让这个方程式留下许多豹子一般的谜。

　　据报道，2006年台湾中兴大学的教授经过多年研究，发现花豹的花纹之所以能够世代相传，不只有基因遗传，即：年幼时候是圆点、在成长时变成圆圈，而在成年后成为蔷薇形，豹纹还循着一套"反应—扩散方程式"在演进。对这些将美丽抽象为数学公式的学问，我辈自然是无力明白的，但豹变，却成为了另一种真实的存在。

　　看看奔驰的豹子，速度把花纹拉长为愤怒的篝火和铜矿。它顿然停身，火焰在惯性作用下漫溢到了头部之前，并倾倒出焰口的触须。最华丽的，还是豹子在捕捉猎物时的陡转，似乎是从中分离出两头豹子，一头在力弧上排成列岛，另外一头，则犹如影子的肉身化。豹变之花开满大地，而深深锲入脑后的两道黑色花纹，是否就是花梨木敲打着忧伤的头骨？

我想，那就是走出迷宫的线头吧。

《文心雕龙·原道》："虎豹以炳蔚凝姿。"这"凝姿"一词妙到毫巅。所以，即使在豹纹突然的断裂处，也总有一种预感，在种植那隐秘的火苗。但在《拉封丹寓言·狐狸和豹子》里，豹子却是另外一番景象：狐狸和豹子在争论它俩谁美。豹子总是炫耀自己身上那五彩斑斓的花纹，狐狸却说："我要比你美得多，我的美不在我的外表，而在我灵活的大脑里，因为它充满智慧的思维。"这个故事要说的是：智慧的美远胜于形体外表的美。

面对这个智慧式的结论，汉语的豹子只需从名字里展示"勺物而取"的本性，这代表"勺取"的谨慎，估计拉封丹是难以回答豹子之问的。

针对豹变的现实镜像，清人沈起凤在《谐铎·兽谱》里讲述道：一个"负贩"出身的暴发户企图高攀豪门，但有心人给暴发户讲了一个故事——说一头牛为主人驮着很多钱，却突然跑开了，四处碰壁，最后在驴子的指引下，竟然去投奔豹子。豹子见牛背上有很多钱，就让牛把钱绑在全身，充当豹纹。"一破悭囊，便成俊物"，牛也"掉尾自雄"起来。但等到牛身上的钱掉得差不多了，豹子立即把牛驱除出列。故事辛辣讽刺了希望依靠豪门光耀家室之辈，因为这与牛企图混入辉煌的"兽谱"是一回事。

◎ 清·汪绂《山海经（存校释印本）·中山经·豹》

居住于闪电的猎豹

在非洲稀树草原，某探险家曾与猎豹遭遇，人兽相斗，难解难分，双方均受重创，最后，探险家终因将拳头塞进猎豹的口腔而使猎豹窒息死去。看着这只尽管双目圆睁、却已一动也不能动的猎豹，探险家艰难地爬起来，带着一身伤痛，踉跄着跑回营地。他找到一助手来抬猎豹的死尸，可回到事发地点，大吃一惊，猎豹竟然不见了。循着血迹，他们来到一棵大树前，见树根下有一动物巢穴，猎豹就在里面，美丽的豹纹清晰可见。鼓捣了老半天，没有动静，原来，猎豹已死。待他们把死猎豹拽出来，都愣住了，大豹的身后居然还有两只没睁眼的、嗷嗷待哺的小豹。此时，探险家明白了，猎豹之所以死不瞑目、拖着垂死之身跑回巢穴，是为了给两个饥饿的孩子喂上最后一口奶。

——摘自《科学24小时》2003年第8期

○猎豹

有研究者指出，明永乐、宣德年间，曾三次向宫廷报告有"祥瑞"之兽"驺虞"出现，并将相关的个体公开展示。而符合所述"虎躯狮首，体魄伟岸""白毛黑纹，尾巴修长""性格温驯，仪态优雅""动作敏捷，奔跑如飞"等四方面特征的动物，非猫科动物"猎豹"的变异个体，毛色有"白化"倾向的"王猎豹"莫属。

在有关猫科动物的传说中，猎豹无疑是最为神奇的一种。一是因为它被大大夸张了的鬼魅似的速度，二是它嗜血的狂热和猛烈。随着时间的推延，人们凭借经验认识的猎豹，与它的真实形态发生了大尺度的挪移，猎豹就像是依靠几种猛兽的绝对暴力而组合出来的"佛兰肯斯坦"。

◎明·蒋应镐《山海经（图绘全像）·孟极》

猎豹只产于非洲和西南亚，目前我们只是在叙利亚、土耳其的一些偏远河谷里偶尔还能见到它们划破空气的身影。一个世纪前，亚洲的猎豹从阿拉伯半岛东部经过伊朗进入印度。在12世纪时，猎豹就被抓获训练用以狩猎瞪羚，并作为一种皇室的高级消遣。据说古印度的一个国王拥有9 000只猎豹。而最后的印度猎豹在1947年被射杀。后来，这个物种也从其他国家陆续消失了。从这段节选的回顾中，我就发现，属于往事的东西，总是阴差阳错地拒绝来到现实，它们在往事里走动，并带动瑰丽的云彩组成遥不可及的美丽。

由于形态上有较多特殊性，猎豹不仅与普通豹不同种，不同属，甚至还自居一个亚科。最主要的一个特点就是它的爪不像猫爪而像狗爪，爪较直，不弯钩，不能收缩掌内，也没有爪鞘。猫科动物中爪子像这样结构的，只有猎豹一种。除了上述爪子的特殊外，它在其他方面也与普通豹有明显差异。它体态纤瘦，四肢细长，全身密布黑色的小圆斑点。后来在南非赞比亚发现少量的新种群，身上的圆斑点成串成行，被人称为"王猎豹"，最初人们还以为是一新种或新亚种，后来才确知是一变种。

猎豹最有趣最有启示意义的是它的捕食习惯。每到进食时间，猎豹会在一群猎物中挑选一只作为自己猎捕的对象，然后开始追逐这只猎物。在猎豹奋力追捕猎物时，常会有其他更容易捕捉的动物出现在它的视野中，但猎豹从不会因此改变追捕路线，放弃先前选定的那只猎物。事实上，没有任何东西能使它改变自己的猎捕对象。所以，凭着它天下第一的奔跑速度和咬定目标不放的韧劲，被猎豹看中的动物最终几乎都成了它口中的美餐。
——摘自《环球时报》2005年9月30日第20版

有关猎豹的文学读物甚少，国内仅出版有奥地利著名生态作家乔伊·亚当森著的《我的朋友：猎豹皮芭》，(史庆礼，陈效一编译，气象出版社1982年8月出版)，同一著作后又改名《猎豹和它的人妈妈》，(吕桂，刘庆雪编译，农村读物出版社1987年出版)。

本书是《野生的爱尔莎》的姊妹篇，乔伊·亚当森是享誉世界的奥地利女动物学家，她是一位凭自己心愿干事的人，她收养了一只死了双亲的小母狮，并将饲养大的狮子送到大自然里去独立生活，这是以前从来没有过的。乔伊·亚当森是第一个实践这一方法的人，在43年的漫长岁月中，她和丈夫乔治·亚当森一起，开展了对母狮爱尔莎和母猎豹皮芭的实验工作。从而否定了人们以往通常的看法，那就是由人驯养的大野兽再也不会被同类所接受，而且没有双亲的驯养，它们无法得到捕食技巧，只能在兽栏中度过一生。现在，拯救稀有和濒危动物的方针之一就是进行人工繁殖，然后再把它们送回到大自然。

◎ 猎豹

既然是唯一不能将爪完全缩回的猫科动物，也就是说，猎豹是唯一无法上树的异物。据说，有人看到过猎豹上树，估计是把它与一般的豹子混淆所致。这种攀爬技能的失却在于它的脚趾接近狗爪，就像一个收敛的君子，并不时时需要剑拔弩张。但修长的四肢却像一个吸引地力的容器，在它打开四肢丈量大地的时候，我们就发现它无法上树的损失已经被无穷的脚力完全弥补了。它不会缩回的脚爪和特别粗糙的脚掌大大增加了抓地能力，硬而长的尾巴达到80厘米，宛如一个质地良好的风舵，极大地保持了奔跑时的重心平衡并控制着急弯造成的离心力。种种造物的绝妙设计令猎豹成为陆地上跑得最快的动物。奔跑时猎豹同时只有一足触地，中间有时还会四肢离地，就像一头不满土地的羁绊、准备起飞的怪兽。它尽情在自己的梦想世界作直线切割，然后在陆地与飞翔之间寻找最佳的着力点，当它用头骨撞倒猎物后，就用门齿切入猎物的喉咙。

严格地说，猎豹应该称之为印度豹，英文名亦源自北印度语，就是"有斑点的"意思。它流线的外形显得轻盈，加之脊椎骨十分柔软，每当它伫立时，它的腰身曲线轮廓就像是一尊青铜作品，让人联想到红透英美的性感女歌星凯莉米洛。英国媒体将她的背部与臀部曲线列为人类的"美学遗产"，称为"凯莉米洛臀线"。但如果与猎豹比较起来，就显得人工味儿太浓了。因此，每当猎豹文静地伫立之时，它展现出来的美学轮廓尽管是冰山之一角，但已足够我们摄取和分析。在那无法看穿的身体之下，还潜伏着怎样的力量和一座疯狂的花园？

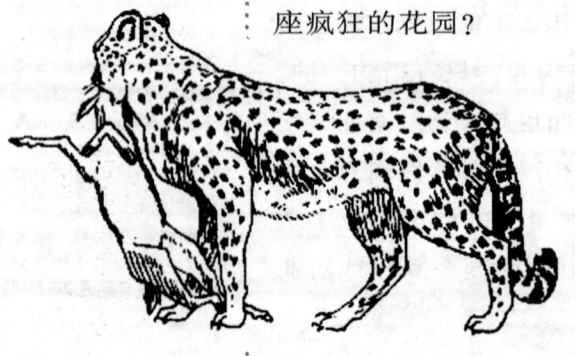

根据猎人的说法，要区别金钱豹和猎豹，最简便的方法是看身躯和斑纹。猎豹比金钱豹略小，长期的奔跑已经剥夺了一切多余的结构和赘肉，而豹纹的修辞学显示了文化地缘的历史和风化。"豹纹"就成为了动力十足的反词。在人们打开它的纹理寻找火焰的地图并希望与之肌肤相亲时，它柔和的毛发突然以芒刺的尖锐挺立起来，让人极容易惊悸或中谶。

金钱豹的体色一般为浅褐色，全身遍布空心黑斑，其黑化的变种是黑豹，全身呈黑色，斑点几不可见。亦有白化种，但很稀少，仅见于马来西亚及中国西南瘴气密布的山峦。猎豹在3月龄前，毛呈青灰色。成年以后，背部呈土黄色，腹部呈白色，全身开始布满实心的黑斑。到了这个时候，猎豹的迥异形态才使它获得了自名和独立。

猎豹具有亡命的追逐天性。它们可以长时间滴水不喝，甚至在最酷热的季节，几天不沾水也是常事，忍受饥渴构成了一种受虐的天性。但身体的呼吸系统在达到时速110公里以上时会出现虚脱症状，犹如风箱在超负荷运转，身体无法把囤积的热量大面积排出。所以猎豹只能短跑约几百米，之后便自动减速，以免因过热而死。这种奔跑是很伤元气的，猎豹即使捕获了猎物，却已无力进食，它必须休息一阵。这是猎豹最为脆弱的时刻，猎物容易被老虎、狮子、狼抢走，甚至还有性命之忧。

在非洲，猎豹是非洲狮群最喜欢驱赶和猎杀的对手，狮群对攻击猎豹的兴趣比对猎狗还高。陷入狮群的猎豹通常无法利用速度逃离险境。加之它的犬齿并不强健，所以，除了非洲豺以外，所有食肉兽都能抢夺它的猎物。可见，速度不是生存唯一的法宝。

为了保存猎豹的体力，不至于消耗在无意义的行走和等候方面，古代的猎豹驯养者总把它们驮在马匹上，直到猎物出现，才让豹子跳下来做雷电之击。由于猎豹体色浅，具有深色斑点，所以在它加速逼近目标时，它隐没在干燥草原和灌丛当中的身影就像一个善于与环境融为一体的影子武士，

◎贺兰山岩画《围猎猛兽》

乔伊·亚当森与母狮爱尔莎的故事，无疑是爱心的经典演绎。人与野兽之间具有天生的恐惧感，然而现在爱战胜了恐惧。1980年1月4日，69岁的乔伊·亚当森突然死在肯尼亚东北部的自然保护区里，后来警方查明她是死于谋杀。这恰恰证明了她生前说过的一句话："可怕的不是动物，而是人！"

乔伊·亚当森死后，她的丈夫仍然坚持在肯尼亚继续有关狮子的研究。他们最恨偷猎者，因而成为偷猎者的眼中钉。1989年8月21日，乔治·亚当森同他的两名助手一起被偷猎匪徒杀害。

据《册府元龟》有关朝贡的记载统计，在此期间波斯向唐朝进献的物品主要有香药、犀牛、大象、猎豹等；甚至到大历六年（780年），还有波斯国遣使献珍珠、琥珀等物。（见《册府元龟》卷九七一"外臣部·朝贡"四）

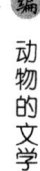

快得似乎正要从自己泼在前方的影子当中返回内心。

　　但是，在历史的记忆当中，猎豹总是文静的，似乎与速度无关，人们只是把它视作猎犬、异兽甚至坐骑的某种混合物。早在三千多年前的古埃及，皇室喜欢猫科动物，尤其是猎豹，而罗马皇帝则让他们宠爱的狮子在寝宫外面放哨。埃及法老的从属还饲养猎豹为其打猎助兴，但饲养的猎豹繁殖率一向偏低。像印度莫兀儿帝国的阿克巴大帝便曾设立了一个有数千头猎豹的动物园，但据记载，只有一头猎豹成功繁殖了后代。证据很清楚：通常雄猎豹要在野外对雌猎豹追逐好几天才可以交配，而圈养起来就性冷淡了。这仿佛是猎豹对失去自由的抗议，这一态势进一步凸现了猎豹的尤物品质。

　　猎豹在中国历史中羞涩地掩饰着自己的身影。现在我们可以从元代书画家赵孟頫的作品里，看到猎豹的精神镜像，这见于其晚年的《九歌图册》。这本图册现藏德国柏林国立美术馆，堪称名副其实的"海外遗珍"。国内的各种画册——包括台北故宫博物院所出版的《海外遗珍》，都没有收录。

　　赵孟頫的《九歌图册》共有9幅图，描绘了9首诗的意象。猎豹就在其中的《山鬼》中。《山鬼》描写山中精灵山鬼与情人有约，因道路险阻，到达约会地点时情人已然离去。诗中描写这位美丽的山中精灵："若有人兮山之阿，被薜荔兮带女罗。既含睇兮又宜笑，子慕予兮善窈窕。乘赤豹兮从文狸，辛夷车兮结桂旗。被石兰兮带杜衡，折芳馨兮遗所思。……"这位多情的山中精灵，长久以来一直是画家们所爱画的题材。

　　台湾学者张之杰在《猎豹记——古画中找猎豹》（《科学月刊》1997年1月号）一文中指出，由于"山鬼"具有"乘赤豹兮从文狸，辛夷车兮结桂旗"的魄力，所以画家们笔下的山鬼，大多与一只豹子并行，而且都是习见的金钱豹。赵孟頫的这一幅，可能是唯一的例外。赵孟頫为什么将"赤豹"画成中国所不产的猎豹？而且在形态上画得惟妙惟肖？答案很简单，赵孟頫一定看过猎豹。赵孟頫于公元1287年奉召至大都，延祐六年（公元1319年），辞官南归，居官期间，可能多次看过御苑中的猎豹。更为关键的是，画家认为如此奇瑰的场面，一般的金钱豹已经难以烘托其出尘意境，唯有罕见的猎豹才可以胜任这一使命。

　　根据研究，猎豹的舌骨器官是一整块骨头，没有弹性韧带，所以不能使喉咙后部变大，因此猎豹不能吼叫，只能低吼。猎豹还会发出一些其他猫科动物根本不会发出的声音，如雌猎豹招引配偶时会发出类似鸽子咕咕咕的叫声，呼唤幼豹时会发出小鸟唧唧喳喳一般的声音。

相比起被御用的猎豹，野生的猎豹就显得更为孤独和幽冷。它们总是蹲在时间的高处，像块风化严重的火成岩，似乎具有使时间停摆的能力。猎豹不像花豹和狮子在进攻之前闪闪缩缩，总是光明正大公然地出击。猎豹的体形决定了它必须少吃多餐，这样就得不断地捕食，连续3次捕食无获就难免饿死之虞，5次捕空就只能听天由命了。可以比较的是，雄狮时常杀死自己的子女，一方面是因为它性欲旺盛，而只有身边没有子女了母狮才能结束哺乳而肯与雄狮交配；另一方面是因为它太要强了，容不下竞争对手。捉到猎物后的母猎豹不会像母狮那样疯狂抢食，而是先会看清楚附近有没有危险，再让子女先吃。稍微长大后，猎豹总是悄无声息地进行着家族的分流工作，使个个都成为独行侠。野外的猎豹不稀罕现成的食物，它们总是毫不迟疑地走开，远远离开这些糖衣炮弹，只吃自己捕捉的动物。以猎豹的灵敏，被持枪者打中的机会微乎其微，但它却逃不脱那些偷猎者设下的圈套。

不过猎豹最美的，我以为还在于它的神秘和半遮掩的品性。猎豹的嗅觉并不怎么出众，但忧郁的情景培育出来的视觉和听觉却异乎寻常，能够在黑暗中看到和听到感觉区域边缘的祸害或幸福的造型。它喜欢顺着山冈行走，站在高丘瞭望，或者潜伏在石头上。靠近鼻子一边的每个眼角处，各有一道黑色裂纹一直达到嘴边，就像上帝画下的符咒。那是两条黑火药的导火线，把某种忧伤的元素，悄悄麇集在自己的控制中。我们似乎可以猜测某种决定在大脑深处电光火石般一闪，再遁入彻底的等候，就像在等候一种彻底、绝对的爆炸……

铁 鸦

○清·马驺《乌鸦》

欧丁是北欧神话中的天王，也是知识与胜利之神。他通常很少参加战斗，却是一位战略家，不仅以武力更以计谋战胜敌人。他骑着8条腿的骏马斯莱普尼尔环游世界。欧丁还有两只乌鸦随从，一只叫"赫吉"，代表思想；另一只叫"穆南"，代表记忆。为了饮用伊格德拉西尔根部智慧之泉水，欧丁失去了一只眼睛，所以两只乌鸦随从，成了他最好的向导和传达他思想命令的信使。

他生下来。

他画画。他死去。

麦田里一片金黄，一群乌鸦惊叫着飞过天空。

——波德莱尔评价梵高

乌鸦是指雀形目、鸦科、鸦属的几种黑色飞鸟。它的身体和嘴都比同属于鸦的渡鸦小，通常也有人把渡鸦叫乌鸦。大乌鸦的体长一般为50厘米，羽毛光滑而呈黑色。

乌鸦具有旺盛的胃口，它什么都吃，草籽、谷类、浆果、小昆虫、腐肉，以及别的鸟蛋。在特别饥饿的时候，它们甚至没有放过金属屑和石头。据说，在罕见情况下乌鸦会攻击小孩。这一般是在旱魃出没的恐怖季节，麇集起来的乌鸦有几万只，甚至几十万只，好像来自于夜晚的巢穴。鸟散于夕光的暧昧边缘，它们栖息在干枯的丛林，发出塞壬与杜美莎的合唱，对着龟裂的天嘶叫着。一旦展翅飞舞，它们把黑色素尽情铺开，吞噬光亮和空气里可怜的水分，天色都为之暗淡。

2005年8月，我和蜀屏到稻城去采访，不断见到高原乌鸦在路边飞舞和降落。它们成群地停在土路上，从牛马粪里寻找没有被彻底消化的粮食。乌鸦黑黑的一串，停在电线上，就像电杆上的零件。偶尔被汽车惊醒，才会呱呱地叫着，顿时升起一抹黑云。汽车过去了，它们会立即落下来，悠闲地享受属于它们的寂静。当我停车喝水时，突然嘎的一声，猛然在我身边飞起一只大乌鸦，周围是群鸦呱呱的嘲笑声。这些有点恶作剧的鸟儿，让一些人加深了对乌鸦的仇恨。但藏人并不这般看，他们认为乌鸦是通灵的，不可冒犯，更不可捕杀。这种来自信仰的爱护，加上高原上遍地的食物，使这些大乌鸦成了自在的闲人，与秃鹫、山鹰齐飞，与藏鸡、藏香猪共食。稻城的桑堆河边的小食店，乌鸦也敢自由进出。这些乌鸦用草枝和毛皮在山岩或烟囱顶部筑巢，如果不够暖和，甚至飞到羊背上拔毛。高原乌鸦飞得很低，从不惊慌，堪称是青藏高原最醒目的鸟。

在汉族聚集区，一些人偶尔被来自空中的乌鸦屎击中，就有极其强烈的不安感。多数种类的乌鸦喜欢雌雄双飞双宿，通常筑巢在高高的树梢上，不易被发现。乌鸦强大的求生欲望与迂回的智力赋予了它们绵长的寿命，通常约有15年。

乌鸦是哲学之鸟，在诗歌中一般指称阴晦、突然的灵异之物，如德语诗人特拉克尔经常写到乌鸦。爱伦·坡（1809—1849）的名作《乌鸦》，可谓一座"乌鸦之碑"。此诗是爱伦·坡诗歌美学最全面的体现，即他认为最富诗意的"美女

一位鸟类学家说过鸟类与人类的关系："没有人类，鸟类还能生存；若没有鸟类，人类将会灭亡。"现代科学证明，这种说法不是没有道理的。

《经》曰："鸦鹊不为世俗所鸣，乃因有德者鸣之，以报吉凶。"凡占先看何方飞鸣而来，却看鸣时是何时辰，然后断之，吉凶如响。圣贤明著占《鸦经》，认取来方仔细听，鸦鸣设者有忧声，默念"乾元亨利贞"，次看时辰知祸福，百步之外不须听。叩齿三通者七遍，转凶为吉免灾星。
——《玉匣记》

在满族，乌鸦被当做看守林的格格，即林海女神。猎人出猎祭山，要先给乌鸦撒食。民间传说中，乌鸦还有救主之恩。努尔哈赤和皇太极，在被仇敌追杀时，都曾被乌鸦搭救，所以特设"索伦杆"以敬乌鸦。

当年努尔哈赤被围困在草地上，而身边落满了乌鸦，敌人搜到这里时，乌鸦群落在他身上，敌人便认为这里肯定没有藏人，不然乌鸦早就该飞走了，无形中救了努尔哈赤一命，于是满族把乌鸦视为自己世代相传的标志性图腾图案。

动物论语

◎日本·冈元凤《毛诗品物图考·乌鸦》

洪迈的《容斋续笔·卷三》收有一则"乌鹊鸣",是一些人对喜鹊与乌鸦叫声喜恶的典故。

北人以乌声为喜,鹊声而非;南人闻鹊噪则喜,闻乌声则唾而逐之,至于弦弩挟弹,击使远去。《北齐书》,奚永洛与张子信对坐,有鹊鸣于庭树间,子信曰:"鹊言不善,当有口舌事,今夜有唤,必不得往。"子信去后,高俨使召之,且云敕唤,永洛诈称堕马,遂免于难。白乐天在江州,《答元郎中杨元外喜乌见寄》,曰:"南宫鸳鸯地,何忽乌来止。故人锦帐郎,闻乌笑相亲。疑乌报消息,望我归乡里。我归应待乌头白,惭愧元郎误欢喜。"然则鹊言故不善,而乌亦能报喜也。又有和元微之《大觜乌》一篇云:"老巫生奸计,与乌意潜通。云此非凡鸟,遥见起敬恭。千岁乃一出,喜贺主人翁。此乌所止家,家产日夜丰。上以致寿考,下可宜田农。"按微之所赋云:"巫言此鸟至,财产日丰宜。主人心一惑,诱引不知疲。转见乌来集,自言家转孳。专听乌喜怒,信受若长离。"今之乌则然也。也有传《阴阳局鸦经》,谓东方朔所著,大略言凡占乌之鸣,先数其声,然后定其方位,假如甲日一声,即为甲声,第二声为乙声,以十干数之,乃辨其急缓,以定吉凶,盖不专于一说也。

之夭亡和失美之哀伤"。为了效果的统一性,他只写了108行;为了格律的独创性,他配置了一种前人未尝试过的诗节;为了情节的复杂性,他故意让主人公一开始把乌鸦翅膀拍窗的声音误认为是敲门声;为了艺术作品的暗示性,他设计了一个其字词不变,但其寓意却不断变化的叠句——永不复焉。按照他在《创作哲学》末段中的说法,读者读到全诗最后两节,便会开始把乌鸦视为一种象征,不过要到最后一节的最后一行,读者才能弄清这象征的确切含义——乌鸦所象征的是此恨绵绵无绝期的伤感之情(详见曹明伦《爱伦·坡其人其文新论》,《四川教育学院学报》第十五卷第七、八期,1999年7月)。但在斯蒂文斯的《看黑鸟的十三种方式》之后,乌鸦同时成了想象力的隐喻,但黑鸟很多,一些人认为斯蒂文斯是说的乌鸦,一些人认定是乌鸦,这种一相情愿具有神谶的意味。在古代希腊神话里,乌鸦正是神使,因此用作想象力的指涉，符合乌鸦神秘的造型。民间一直有"子夜杜鹃啼，来日晒干泥"的说法。"仰鸣则晴，俯鸣则阴"，这是古籍《禽经》中记载喜鹊预报天气的本领。在中国音乐史上，古籍《乐论》还有乐律始于鸟鸣的说法，据说孔子的高足公冶长因为懂鸟语很让孔子引以为荣，甚至不惜把宝贝女儿嫁给他。《红楼梦》中林黛玉称"人有吉凶事，不在鸟音中"，诚然是一时快语。但鸟有吉凶事，则在鸟音中，不可不信。

有关鸟卜，《"天堂"撒下的花籽——感受鸟文化之民俗篇》一文里（见《森林与人类》2002年第12期）以及张得祖先生《我国民俗中的鸟文化琐谈》（原载《青海民族研究》）等文章中指出，鸟卜，就是用鸟占卜，预兆凶吉。鸟卜的前提是鸟崇拜，只有把某种鸟看做神物，才能用其预卜祸福。

《楚辞·天问》中就记载了早在牧野之战时，周武王曾从战前空中密集回旋的鸷鸟发出的可怕鸣叫声中，预卜到这里将有一场伏尸遍野的恶战。鸟卜习俗在西汉时颇为盛行，其可分为鸦卜和鸡卜两种。宋人洪迈说，世传有《阴阳局鸦经》，据称是西汉东方朔所著，是专门讲用乌鸦占卜的著作："凡占鸟之鸣，先数其声，然后定其方位，假如甲日，一声即是甲声，第二声为乙声，以十干数之，以辨其缓急，以定吉凶。"究其《鸦经》是何时的著作，是否是那位以放荡不羁、滑稽诙谐而出名的东方朔所著，不得而知，且无稽可考。但从许多年史记载看出，早在西汉时期，就盛行鸦卜习俗，是可信的。现代人看来，乌鸦全身漆黑，犹如反光的黑铁，似乎浸透了黑暗的浓汁水，而且叫声凄厉，像金属片被迎风撕裂，令人联想到死亡的颜色。但汉代人却把乌鸦看做吉祥鸟。据晋代干宝所记，景帝三年，"有白颈乌与黑乌群斗楚国吕县，白颈不胜，堕泗水中死者数千。"这预兆着楚王刘戊附吴王谋反兵败后逃往丹徒，为越人所击，堕泗水而死的后事。由此看来，在汉代人眼里，乌

乌鸦
兰波／作
葛雷、梁栋／译

当寒冷笼罩草地，
沮丧的村落里
悠长的钟声静寂……
在萧索的自然界，
老天爷，您从长空降下
这翩翩可爱的乌鸦。

冷风像厉声呐喊的
奇异军旅，
袭击你们的窝巢，
你们沿着黄流滚滚
的江河，
在竖着十字架的大路上，
在沟壑和穴窟上，
散开吧，聚拢吧！

在躺着新战死者的
法兰西隆冬的原野，
你们成千上万地盘旋，
为着引起每个行人的思考！
来做这种使命的呐喊者吧！
啊，我们穿着丧服的黑乌！
然而，天空的圣者，
让五月的歌莺
在栎树高处，
在那消失在茫茫暮色的桅杆上，
给那些人做伴，
一败涂地的战争
将他们交付给了
树林深处的衰草。

鸦是胜利的象征。延至唐代，也颇行鸦卜。段成式说："人临行，乌鸣而前引，多此。"

据清代人记载，我国巴楚地区也俗行鸦卜，其曰："巴陵鸦，不畏人。除夕，妇女各取一鸦，以米果食之。明旦，以五色缕系于鸦颈，放之，视其方向卜一岁吉凶。其占甚多，大略云：'鸦于东，兴女红；鸦于西，喜事齐；鸦于南，利桑蚕；鸦于北，织作息。甚验。又元旦梳头，先以栉理其毛羽，祝曰：'愿我妇女，颙发鬖鬖，惟百斯年，似其羽毛。'故楚人谓女髻为鸦髻，今俗误为丫髻。"可见，人们对鸦崇信到了何等程度。

泰国动物学家纳端专门研究过乌鸦，写过一本书叫《乌鸦会话辞典》。他认为，在鸟类世界里，乌鸦的语言是最为繁复的，叫声大约有三百多种。乌鸦有很浓厚的地域语言系统，比如，美国密执安湖畔的乌鸦和中国南部林区的乌鸦之间，就存在着语言障碍；而生活在城市水泥森林和群山之间的乌鸦，也存在言语断道的可能。记得一篇文章里提到，据说寒鸦的智能是鸟类中最高的，在当雄县城我认识到它的模仿能力：那条倒霉的狗正做着有骨头和肉的美梦，闲得发呆的乌鸦踱过去突然对它大叫，狗被惊醒，可想而知的愤怒，如果不是身上的铁链，这只乌鸦会被撕成碎片。这只惹是生非的乌鸦不躲闪，学着狗高一声低一声吠叫，还拍打着翅膀，打发着清晨的无聊。那条倒霉狗被调戏得最后悄无声息。

乌鸦真的让现代人讨厌吗？这实在是技术性人类与飞禽疏远后的一种误解。毕竟，没有乌鸦的城市是生态的悲哀，没有乌鸦的天空是诗意的悲哀。乌鸦天性喜鸣，叫声比较干燥，充满某种攫取的企图，多半是地界上散发出死亡气息的缘故，这才是真正的诱因。有些时候，波动的大乌鸦墨水般聚集在树林上，显得比黑暗的背景更黑，就像黑暗的使命被提前传达出来，它们不断地狂舞，把空气切割成齑粉，并吞进口中，加速了自己的凝重和坚硬。

眺望鸦世界的跃动，可以慢慢地发现有个不变的法则。不管是群飞向右，群飞向左，或群飞向上，群飞向下，它们都以某一定点为中心。可以画出数个旷大的旋涡曲线来，并造成阴风的力量聚集。并且看到它们的首领就站在旋涡的中心，以尖利的鸣叫从鸦群上空掠过，就像逆风飞舞的呼哨，指挥着漫天起伏的韵律。黑羽毛如黑雪飞临，连鸩鸟等异兽也要退避三舍。有时，乌鸦竟然会从濒死者的面颊上扫过，死亡的腐气深入肺腑，乌鸦黑眼睛突然血红，显得强悍而肆无忌惮。《本草纲目》指出，人吞下乌鸦的眼睛就可以"见诸魅"，或者把乌鸦眼珠磨成粉撒进眼睛，夜能见鬼。这些记载充分展示了乌鸦灵化的一面，虽然不可当真，但医者的诗意却跃然纸上。

诗人总喜欢异性思维。杜牧写有《鸦》的五律，显然已经感觉到这种黑鸟对黑暗人世的逼近。

> 扰扰复翻翻，黄昏飐冷烟。
> 毛欺皇后发，声感楚姬弦。
> 蔓垒盘风下，霜林接翅眠。
> 祗如西旅样，头白岂无缘。

可以看到，这不过是诗人以乌鸦来反照更深广的黑暗罢了。

但人之将死，与鸟何干？与其说是乌鸦加速了死亡的到来，不如说死亡本就是按部就班的，不能恨乌鸦。但在这个时候，我却想起了另一件事，乌鸦在空中写出的字，都是无法涂改的，这太值得喜好涂鸦的写作者警惕了。

书蠹以及发声史

"……柔芳甚杨柳，早落先梧桐，惟有一堪赏，中心无蠹虫。"

——白居易《有木诗八首》之六

书蠹是蠹虫庞大家族的一种，就是《尔雅》里说的蟫（蟫，音银）鱼，即衣鱼，具有银子般的颜色。唐·寒山《诗三百三首》里"脱体似蟫虫，咬破他书帙"的句子；说的就是这种雅致但让爱书人讨厌的文字虫。书函成为蠹鱼的生活处所就叫"蟫函"。鱼的命名颇具匠心，因为赋予了虫子一种游动不居的滑行性质，就像它暧昧而精怪的字义。当然了，在文昌文祸俱生的时代，它还有一个杰出的名字就叫银鱼，听起来就很美。

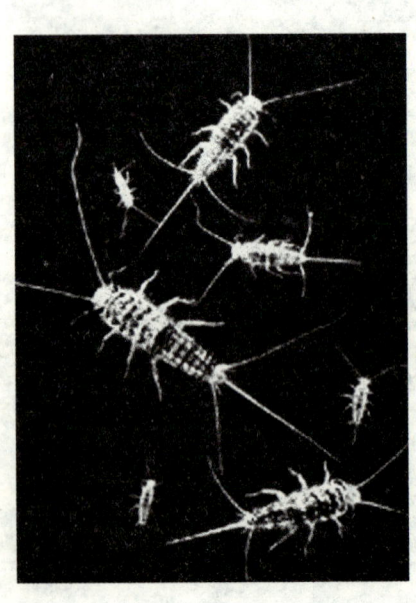

蠹虫在器物、书页里打洞穿凿，它们生存的痕迹为旁观者带来了意料不及的收获，出现了很多古怪的词汇——蠹

○衣鱼

衣鱼喜欢温暖的环境。野外种类生活在暗湿的土壤、苔藓、朽木、落叶、树皮、砖石的缝隙或蚁巢内；室内种类生活于衣服、书画、谷物、糨糊以及橱柜内的物品间。全世界已知300多种，中国已知20多种。

怪（蠹虫的精怪）、蠹薮（蛀虫聚集的地方）、蠹贼、蠹蝎（水中的蠹虫）、木蠹等，而蠹字（蠹虫所蚀书上字的痕迹）总是以诡谲的走向改变着汉字的内涵，就像一个异端侵入了大脑，在淘空记忆时，也留下了漂浮的手影。

古代热衷仙道的人，都预备一个木盒子，里面养书蠹，拿很多张写有"神仙"二字的宣纸喂养它，书法要尽量神俊、古拙，似乎字体能够传递元气。书虫如果三次都吃掉书中的"神仙"字样，虫就羽化为仙，称为"脉望"。脉望的故事出自《酉阳杂俎续集·支诺皋》，这成为古代文人通过文字与天道沟通的精神证据。

据文人们的描述，脉望像"肉的手镯"，但我估计其造型更像消瘦的饕餮，饕餮有狗的天性，总是喂不饱。或者说，脉望就是饕餮肚皮里的蛔虫。外国人缺乏中国人那种诗性的模糊印象，他们喜欢精细。赛尔伐斯特在他的《诗歌的律法》中，以不甚风趣的词句，将它形容为"一种渺小的生物，蠕动于渊博的篇幅之间，当被人发现时，就僵硬得像是一团灰尘一般"。但是，西方最早对蠹虫进行研究的却是R.荷基，在其1665年由英国皇家协会资助出版的《显微画集》中，展示了作者对蠹虫仔细但有些荒谬的眼光。他说，这是"一种小小的白色闪银光的小虫或蛾类，我时常在书籍和纸张堆中发现，料想那些将书页和封面咬烂穿洞的必是它们。它的头部大而且钝，它的身体从头至尾逐渐缩小，愈缩愈小，样子几乎像一根胡萝卜……""它头前有两只长角，向前挺直，逐渐向尖端缩小，全部是环节状，并且毛刺蓬松，颇像那种名为马尾的沼地芦苇……尾部末端也有三根尖尾，各种特征与生在头上的两只角极相似，腿上有鳞也有毛。这种动物大概以书籍的纸张和封面为食物，在其中钻出许多小圆洞，也许从古纸在制造过程上必须再三加以洗涤锤炼的那些大麻和亚麻的纤维中获得一种有益的营养。"（转引自威廉·布列地斯《书的敌人》，叶灵凤译）尽管使用了工笔描摹的笔致，但读着读着，我突然觉得这蠹虫变得好像不认识了，它被显微镜

南宋大诗人陆游书多，蠹鱼也时常光顾他的书房。他不急，因为蠹鱼也为他平添了许多写作灵感："卷书置篋中，宁使蠹鱼饱"；"壁简阴积添蠹字，床琴生润咽弦声"；"一卷蠹书栖卷手，数声残角报斜阳"……真是彼此相处融洽。

怀扬州旧居
郑板桥／作

楼上佳人架上书，
烛光微冷月来初。
偷开绣帐看云鬓，
擘断牙存拂蠹鱼。

芸草，古人用以藏书，曰芸香是也，置书篋中即无蠹，置席下即去蚤虱。叶类豌豆，作小丛，遇秋则叶上微白如粉汗，南人谓之"七里香"。大率香草，花过则无香，纵叶有香，亦须采掇嗅之方觉。此草远在数十步外已闻香，自春至秋不歇绝，可玩也。
——[宋]邵博《闻见后录》

剥离了神光。

清人沈起凤在《谐铎·祭蠹文》里描绘说，蒋观察的藏书重地名叫万卷楼，半为蠹鱼损坏。他"命童子搜捕，尽杀乃止。是夜楼中万声齐哭，几于达旦，主人患之。"这种凄厉的哭叫乃是文字虫的生命之声。蒋观察不得不作一篇《祭蠹文》，以文攻文，于是才平息了蠹鱼们的叫嚷。

书蠹偶尔吃到诲淫诲盗之书，就会变成一种叫"无曹"的可怕动物，在身体内安家，人也就纵欲暴虐起来，女色、功名成为了行动指南；如果反其道行之，喂它过量的圣贤书也没有好结果，它吃多了就夜郎自大成为"玄灵"，住进人的大脑，控制思想的脉络。所谓控制思想，大概就是它的革命性转喻。

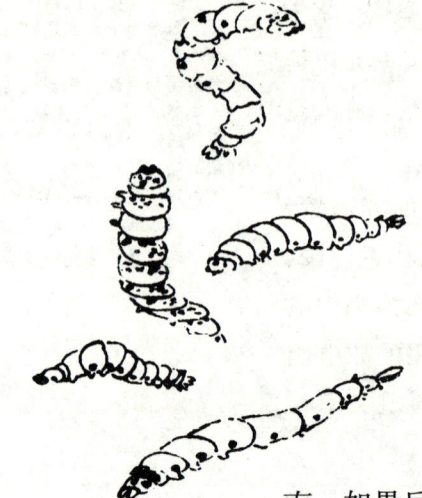

◎日本·冈元凤《毛诗品物图考·蚕日条桑》

仅仅寄生在人身和器具不过是书蠹的生存哲学，人们有很多方法驱除它。用以毒攻毒的办法，把鸡血滴进耳朵能杀死"无曹"和"玄灵"。但虫子可以转战南北，经常在肚皮里自言自语，却是令人惊恐的事情。有个文人叫吴曾，他写的《能改斋漫录》里，就有一条关于应声虫的记载，他是从陈正敏《遁斋闲览》转录的。

书载：杨勔中年得异疾，每发言应答，腹中有小声效之。数年间，其声浸大。有道士见而惊曰："此应声虫也，久不治，延及妻子。宜读《本草》，遇虫不应者，当取服之。"勔如言，读至雷丸，虫忽无声，乃顿饵数粒，遂愈。正敏其后至长汀，遇一丐者，亦有是疾，环而观者甚众，因教之使服雷丸。丐者谢曰："某贫无他技，所以求衣食于人者，唯藉此耳。"以上皆陈所记。予读唐张鷟《朝野佥载》，云洛州有士人患应病，语即喉中应之，以问善医张文仲，张经夜思之，乃得一法，即取《本草》令读之，皆应，至其所畏者即不言，仲乃录取药合和为丸服之，应时而止。乃知古有是事。

另外宋代吴开的《优古堂诗话》也记载了这一件应声虫事件。

现在的读者可以在《说郛》当中读到这则逸闻，好像这是在夸耀知识的通灵特性，但如果再读《本草纲目》，就发现事情正在发生尴尬的变化。李时珍是个诚实的读书人，他说，雷丸又叫雷实、雷矢、竹苓，药性苦、寒、有小毒辣。雷丸是真菌类多孔菌科植物雷丸菌的菌核，对于驱杀绦虫，疗效很好。现在说就是治疗蛔虫病和钩虫病。这样看来，所谓神乎其神的文字虫，从虚幻的灵台现身说法，不过是蛔虫而已。

由美丽的银鱼演变为蠹虫以及蛔虫的过程，其实就是古代文人蜕变的过程。这种钻营和穿凿的特征基本概括了文人在仕途上逶迤而诡谲的路径。因此，在佯狂炒作、卖名卖身之外，如何使文字虫如龙一般见首不见尾，一直是过于聪明的文化人博取宫廷信任的最大心病。这让我联想起清人沈起凤在《谐铎·祭蠹文》里的观点，"借文字为护符，托词章为猎食，皆可谓书蠹。或曰，此等词义不连之辈，名曰书蠹，犹属过誉"。

技术就是思想。这是诗人欧阳江河说的，意境超迈。但我是从浅薄的层面理解含义的，技术更是锦衣玉食和美女如云。鲁迅先生曾经反复使用了"腹诽"一词，其实是从"腹议"化出来的，那么是否可以再分化出诸如"腹赞""腹颂"之类的词汇呢？不需要，因为赞扬从来就是高歌猛进的。应声虫在权力话语跟前没有缺席，它以一种复制和放大的功能发出了自己勤学苦练的声音。

科普作家郭正谊先生指出，中国一直有很多被称为"肚仙""灵鸽"的神人，自称有"仙人"藏在他们肚中，可以向"仙人"求问吉凶，去病消灾，十分灵验。招得大批善男信女，向其顶礼膜拜。其实"肚仙"讲话是"屏气诡为"，其声音发自"胸以上喉以下"，这就是其中的奥秘。

这必须提及腹语术——讲话向肚中咽声，使声音在腹腔共振，这样隔着肚皮就可以听到含混不

◎佚名《书虫》

◎日本·冈元凤《毛诗品物图考·蟦蛴》
蟦蛴为木蠹虫的幼虫，体形肥白，多生在病木中。

清的话音。"腹语"练好了可以发出比较大的声音，不一定要耳朵贴着肚皮去听。有口技的人还可以练出不同声音的腹语。

学腹语不难，至少比拥有独立思想容易得多。只要倒吸气发音，或者强把话音往下咽就行。开始有些不习惯，慢慢就会掌握窍门，发音也逐渐清楚了。如果有兴趣，练上几个月，"肚仙"就练成了。

一旦"腹语"成为一门与口语、书面语并驾而驱的言说方式以后，它就摆脱了应声虫的尴尬处境，腹语可以更自如地表示当事人的赞叹。比如，在权力者一言不发干着一件事情时，腹语者就响亮地发出了一连串"好"的声音，这不是饱嗝声，而是一种类似饥饿的咕噜声。权力者明白得很，腹语人是饿了。因为从文字人在豪门高唱"莲花落"开始，必须回报，这是一种传统礼仪嘛。

腹语术经历了十几个世纪的演练已经炉火纯青。事实上，是古罗马人开始使用这个名称的。在19世纪和20世纪，腹语术成为了极受欢迎的娱乐项目，但也成为了文人们献媚的技术。

腹语术就是读心术，要模仿的不止是他的表情，还有那些声音。而用腹语术来模仿逝者的语音语调，揣测别人的心理，这就是所谓的读心术。权力者的宏大叙事完全敞放出来之后，大众就会惊慌失措地露出马脚，这是破除异端的关键所在。话虽如此，但这多半是一种梦呓吧！

本文说明：有关腹语术在日本的发展情况，文末参考了《神奇的腹语术》一文的结论，见由纪惠の部屋http://loveyukie.getbbs.com；另见《他用肚子说话》一文，《新民晚报》2004年11月12日。

猫　论

恩格斯讽刺神学目的论的一句名言是："猫被创造出来是为了吃老鼠，老鼠被创造出来是为了给猫吃，而整个自然界被创造出来是为了证明造物主的智慧。"

——《马克思恩格斯选集》第三卷，第449页

猫崇拜

《本草纲目》在诠释猫的来历时，转述说："陆佃云：鼠害苗而猫捕之，故字从苗。《礼记》所谓迎猫为其食田鼠也。"这个名称显示了猫的天性与辛勤劳动是一致的。但这对博尔赫斯来说毫无意义，他一直为猫的神秘性质所困扰，其实，是被猫身上散发出来的冥想气质迷住了。他顺着光滑的皮毛返回现实时，却又留恋那些背景里跳动着的"火红的几何学"。他试图使这个二律悖反得到成立，要熊掌和鱼兼得，于是，迷宫成为了接纳实体和影子的祖国。当蓝色老虎丢下一身金子不翼而飞之后，在远处，它在造型的顶端出现了，以猫的小，使整个修辞的国度辽远起来。这时，博尔赫斯感到的猫，是行走于镜子与现实之间一团毛茸茸的梦——

镜子没有这么更加沉默，

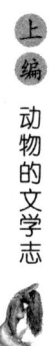

透进的曙光也不这么更为隐秘；
你，在月光下，豹子的模样，
只能让我们从远处窥视。
由于无法解释的神圣意旨，
我们徒然地到处找你；
你就是孤独，你就是神秘，
比恒河或者日落还要遥远。
你的脊背容忍了我的手
慢条斯理的抚摸。你，
自从早已遗忘的永恒，
已经允许人们犹豫的手的抚爱。
你是在另一个时代。你是
像梦一样隔绝的一个区域的主宰。

博尔赫斯抚摸着梦境，那些残留于掌纹里的来自绒毛的滑腻感，与梦境反面的女人以及她们的缎子长袍产生了某种辉映和勾连。光线灌透了毛发，使它透亮，使下面的肌肤蒸腾起丝丝纯化的肉感，并在根梢尖部凝聚为一星光斑，然后像水一样溶解在诗人的言辞中。这比起量子物理学家薛定谔的猫，自然要清晰得多，但反而也抽象得多。

20世纪20年代中期，量子力学的出现就仿佛是幽魂显灵，连量子的提出者都试图拒绝它，或做出各种调和性的解释。薛定谔就被量子变异的结果弄得心神不安，他尝试着用一个理想实验来检验量子隐含的不确之处。他设想：在一个封闭的匣子里，有一只活猫及一瓶毒药。当衰变发生时，药瓶被打破，猫将被毒死。按照常识，猫可能死了也可能还

◎清·吴友如《猫》

猫也有财富的意义，猫的独立使它不会屈服于主人，离家出走在外也不会饿死，很像我们失去的财产。丢了可能再也找不回了，有点一去不复返的意思。所以猫在梦中出现，也有暗示梦者紧张自己所拥有的财产正面临着被剥夺的危险的意思。

活着。但是薛定谔告诉我们，存在一个中间态，猫既不死也不活，直到进行观察看看发生了什么。如果以文字的想象力予以推断的话，从这个比喻性的牢笼里，还释放出了另外一个可能：猫根本没有在牢笼里，它从壁垒的不可能和逻辑的密不透风状态进退自如，猫依靠搁置在牢笼之外的动词而活着，关在里面的是一个纸一样的词。纸词中毒死了，但猫肯定活着。这样，猫是远离死亡的，它有九条命，它从玄学之角翘起尾巴，爱伦·坡看见的那只坐在头盖骨上的黑猫，夏目漱石的猫，甚至卡夫卡也拥有的那只半猫半羊的怪物，都成为猫突然弹离原地的并在半空打开的幻影。

猫在历史上频繁显身，得力于它们神秘的品性。古埃及人将猫奉为神明，以为猫是神的化身，而埃及妇女就是猫最早的知音，这一时期大约是在5 000年以前。但直到3 500年前，猫才被真正地驯化为家猫。古代埃及人把猫奉为月亮女神的化身和象征，这是因为月亮女神巴斯特强大无比，是专门掌管月亮、生育和果实丰收之神。猫的某些生活习性和生理特征，如夜行性、毫不隐蔽的性爱生活和多产以及捕鼠以保证粮食丰收，正好和月亮女神巴斯特的职责相符合，也就很自然地和月亮女神联系到一起了。并且，月亮女神的形象也被描绘成人身猫头，甚至女神的兄弟太阳神，也被描绘成公猫的形象。

有关猫的木乃伊的传说流传久远。在崇拜女神巴斯特的中心布巴斯提地区，就出现了一个庞大的猫墓地。公元前4世纪希腊罗马人统治埃及后，由于流行崇拜巴斯特神，猫几乎成了拜物教的祭品。为了赶制猫的木乃

◎清·吴友如《波斯猫》

大约在战国年间，猫开始在中国落户。它最早是皇室的宠物，常被称为"狸奴"。唐朝时，外国进贡入宫的猫ablement少。诗人陆游爱猫如命，还为所养的猫写下了不少诗文。明朝天启帝就非常爱猫，他还专门在紫禁城里设了一个养猫的院落，每天派专人伺候。这些猫各有名字，而且还被拟人化地称为"小厮"。明末"秦淮八艳"之一的顾媚（顾横波）也是爱猫人。她尤其宠爱一只名叫"乌员"的猫。乌员后来因过食而被撑死。顾媚为此伤心不已，食不下咽。她的丈夫为了安慰她，以沉香木为乌员打造棺材，还请尼姑为它诵三天三夜的经文超度。

伯兰特·罗素说:"当我说看见一只猫时,很可能有一只猫。但我们在逻辑上不能超越'很可能',因为我们知道有时说人们看见猫时,猫却不在那里,比如在梦中。"(罗素《对意义和真理的探索》)这显然是自以为聪明的废话。逻辑实证论彻底否定了全部哲学存在的意义,罗素承认:"我不得不痛苦地认为,被称作是哲学的那些东西,其十分之九乃是欺人之谈。唯一确实的部分就是逻辑学,但由于它是逻辑学,所以也就不是哲学。"所以有学者认为,在西方人写作的多种《西方哲学史》中,内容最浅薄而庸俗的就是罗素写的那本。

某次李敖开玩笑说:"所谓哲学家的工作,就是在一个黑屋子里找一只黑猫!而且这只猫还不存在。"其实,黑猫不是"不存在",而是未知。所以,哲学家的工作,就是在一个漆黑的房间里描述一只黑猫。

鲁迅先生不喜欢猫,他说:"它的性情就和别的猛兽不同,凡捕食雀、鼠,总不肯一口咬死,定要尽情玩弄,放走,又捉住,又放走,直待自己玩厌了,这才吃下去,颇与人们的幸灾乐祸,慢慢地折磨弱者的坏脾气相同。"

伊,许多猫都活不到两岁,就被人折断脖子,或被人打死。然后把它们的头部用石膏定型,再饰以彩绘。为了将它们制成风华正茂的雏形,制作师一般是将它们的前腿折叠于胸前,再将后腿向上折叠于腹前。这是猫的悲惨世界,也是一切崇拜物的必然结局。

由于猫眼随光线变化的奇特性,便具有了月亮神和太阳神的双重身份。由于猫眼能在黑暗中发亮,埃及人遂认为猫能存储阳光,可在黑夜中驱鬼,这一特性被一再强调,因而视之为神圣的动物。希腊史学家希罗多德曾于公元前5世纪访问过埃及,他写道:"若有家猫无疾而终,主人将剃眉志哀;屋宅若遭回禄(火灾),必先抢救猫只。"埃及妇女甚至企图将猫眼散发出的神秘气质移用到她们的双眸上,因而发展出她们特有的眼线描画法。

猫得到的优厚待遇激怒了一些置身教堂的大人物。这些依靠黑色建筑和黑色斗篷口灿莲花的人物,其实忘记了自己与猫的通感。时逢中世纪,基督教在欧洲如日中天,他们认为被神化的猫,正是恶魔的化身。猫在黑暗中眼睛发光,走路没有声音和越来越逼近的身影,如同一个不遵守上帝指令的幽灵。而且,他们不仅认为猫是恶魔的化身,就连饲养猫的人也被判定是魔女。于是,国王下命令在国内对猫进行大虐杀,这种虐杀持续到18世纪。鬼魂回到黑暗以后,造成了欧洲鼠疫大流行。对猫的暴力革命大约持续了300年,猫经历了苦难的岁月。

猫既是空间的拾荒者,又是置身黑暗的贵族。近距离地观察猫眼,我们总能够在这一镜像里发现被妖魔化的世界以及周遭飞舞的丝线,它像一对收集黑暗里纯粹物质的宝石,宝石里盛开着金玫瑰,以证明黑暗深处的威力和想象,并控制与现实的高度和距离,使我们无法靠近。那是一种半透明物质,在蜜黄色、蜜褐色、黄绿之间摇摆不定,当眼睛旋转时,会呈现出一条清晰的银白色条带。条带发出的罕见的光,突然令我们感到心悸。它的表面有一层薄膜,光线融化在上面，就像摊开的金箔一般。它每一次眨动眼睛，就把金箔的反面转过身来，我们似乎能够目睹藏匿在光之下的元素和风情，正在被光将黑暗的根须改造、教育到敞亮的反面。在黑暗的环境中，猫眼睛成为唯一的动词，在它的命名之下，整个黑暗事物才具有了意义。当一只蚊子像往事一样飞过时，猫的瞳孔突然敞开，使我们得以目睹宝石的全部华贵纹理。

猫是以狡猾、畏惧责任、懒惰、见利忘义等不良身份进入文字领域的。猫在纸面留下的像雾气一样的痕迹，尽管如此缥缈和易于挥发，还是让人们难以忘怀，何况，它竟然以轻巧的步点随风而去。寓言家们大肆发挥了他们演绎的可怕后果。罗伯特·坦普尔在《伊索寓言全集》序言（译林出版社2002年版）里说："古希腊人豢养的宠物往往不是猫，而是经过驯化的鸡貂，又称家貂（见寓言76、77和250。中文似无确切对应词，为便于理解计，权且译作"黄鼠狼"）。唯有寓言12、13和14提到的动物才是我们习见的那种猫，至于寓言14里出现的'猫'医生，原先或许是另一类动物，该寓言被收入集子时才改为'猫'这一名称。猫当初由埃及传入希腊，但直至希腊化时期，家中养猫的现象依然十分罕见。广为人知的寓言76，述及爱神将'猫'变成少女一节，所指动物与我们熟知的猫不啻有天壤之别。"这样看来，猫已经囊括了人们的爱与恨，成为了一个抒发感情的东西了。但猫从不分辨，就像它打碎了东西，仍然以绅士的举止若无其事地走开。（出自《宠物小猫的趣味英语》，《世博英语》2002年7月24日）

诗人T.S.艾略特就以猫的反面"老负鼠"自居，他创作了不少与猫有关的诗歌，《老负鼠讲讲世上的猫》以及后来一些作品，成为作曲家安德鲁·劳埃德·韦伯创作音乐剧《猫》的灵感。猫被旋律化了，但并没有停止跳跃，反而在不可思议的空间陡然起身，展开热泪的生存和号叫的爱情。猫的身姿被拟人化了，在猫与人的同异性之间来回摇摆，音响场面似乎被鸦片控制了，有一种奇异的美。剧中的女猫，完全成为了俘虏雄心的利器。

猫步美学

这里应该谈一下女人与猫的语缘干系以及她们共同的动态——猫步。

在继承了神话的暗示以后，人们自然把猫和女人联系起来，pussy cat 就可以指漂亮的年轻女孩。比如在一个酒吧里，一个男孩想和一个漂亮女孩搭讪，他说："Hey,pussy cat! Do I know you from some where?"（嘿，小妞，我是不是见过你呀？）要注意，这个词男性用的多，就像chick一样，不过和chick

不同的是，最好不要随便扣到美女头上，因为不礼貌。

猫行走时心中时时想着脚下有条直线，恰好在左右脚之间，脚步不能自然迈出，必须轮番踩在两脚间的直线上，猫步就走出来了。猫的这种散步姿态，通常是闲得百无聊赖的时候。如果见到老鼠，需要跑得飞快，就不可能摆猫步。猫步要么是猫要装样子，要么是悠闲时才摆出的步法，这时，猫的脊背以一种难以言传的圆滑，像鬼魅的标本，把接近猎物的心机轻轻铺展开来。

后来，猫步是天桥上的模特儿的经典步伐，具有仿生学的美感，行进时左右脚轮番踩到两脚间的中线位置，或者把左脚踩到中线偏右一点，右脚踩到偏左一点，由此产生一种飘逸的韵律。模特儿左右脚踩在两脚间的直线上，让身体——尤其是胯部夸张地左右扭动，身姿好像失去平衡感，却在时尚的风尘岁月中留下了令人心动的韵律。设若有女如猫，就是尤物了。有个经典的说法，世界上最让男人无法抵挡的女人，是像猫那样的女人。步伐走到了这种程度，不是尤物还是什么？只是，猫女的称呼可以在心头呼唤，不要发出声来。

写到这里，一直坐在我写字台上的猫从梦里返回，独坐到宝石的瞳孔中心，把那根鞭子似的尾巴举起，从残梦迷离的面部绕过，然后干脆坐到我的稿纸上，不走了。我只能看它，看它眼睛里那些狂奔的玫瑰、夜色的聚合以及时间的溃散。我知道，窗外的黑暗越来越浓，使我的文字暗淡下来，暗到失去声音和形体，成为夜色破碎的元素，要跟整个黑暗的空间结盟。它像阴翳一样舞蹈，然后从纸面遁走，字是它留下的蜕。也许，猫就是为了提示警醒和冥思的意味才出没于我们的生活的。那双深不可测、与黑暗勾连的眼睛，使在冥思中发光的物质具有了一定的规则，它以宝石的高度控制物质和思想的走向，把未来铺成冥想的漫漫长夜。反过来看，凡是违反自然的异样，反而不是最高的境界。可是，我们在冥思中又总是渴望着一些妖冶、超现实的意象以灵感的身份匡扶思想，这其实多半是背离冥想本质的。冥思的猫眼熄灭了这些异动，它使尚未归位的事物复位，在概念与实体达成高度的合一。然后，澄澈地敞开了一个黑暗的结晶体，把我的睡眠镀上一层无梦的光。

我想起了诗人周伦佑的《猫王之夜》，决定再读一遍：

  ……这是一只黑颜色的猫
  整个代表黑暗比最隐秘的动机还深
  分不出主观客观猫和夜互为背景

有时是一张脸有时是完全不同的两副面孔
每一种动物都躲到定义中去了
只有独眼的猫王守候着旋动的猫眼绿
从黑暗的底座放出动人心魄的光芒
使我们无法回避的倾倒
有时感觉良好有时彻底丧失信心
它以某种不易被我们觉察的动作
模拟出水的声音光的声音
植物落地生根的声音……

在声音之外，我听到形体在回归声音，突然明白一种高度的平静，来不及说出，因为我已经睡了。

猫头鹰的鬼语

◎选自日本·冈元凤《毛诗品物图考·鸱鸮》

美国《国家地理》曾介绍了一种"魔法猫头鹰"雪鸮。它们是强力猫头鹰，体形称霸冻原，动作迅捷凶猛，就连男人都会被它们撂倒。即使是毛茸茸的幼雪鸮 也有双目光逼人的黄眼睛。

云雀完全是懒惰的鸟儿，
它常常酣睡到天亮；
可是我想赞美欢乐的猫头鹰，
整个晚上它的号角都吹个不停。

——[美]约翰·巴勒斯《鸟与诗人》

发声场景和恐怖美学

如果要严格区分的话，枭并不是只指猫头鹰。猫头鹰在古汉语里的专业称呼是鸱鸮，《尔雅》将鸮释为枭，这就从字型上悄悄改变了这种飞行物的立场和性质。因为枭是象形字，鸟立于木上，符合了有关猫头鹰的恶毒传闻，就像《汉书》里记载的那样，"枭鸟食母，破镜食父"，于是，把母亲吃得只剩下一个脑袋放在树上，成为"枭首"的一种来历。这显然是为了伦理的需要而虚构的恶劣典范。如今在山东的孔府大殿屋顶上，站立的鸟就是枭鸟。

屋脊每边18只,两边共36只,据说它们曾经受孔子的教化而感动,聆听孔子讲道,用以象征孔子无所不包的人格与有教无类的精神。许慎在《说文解字》里解"蛊"字时也说道:"《春秋传》曰皿虫为蛊晦淫之所生也,枭磔死之鬼亦为蛊。"可见,枭的所有筋脉均为"毒世界"提供了巨大的来源。

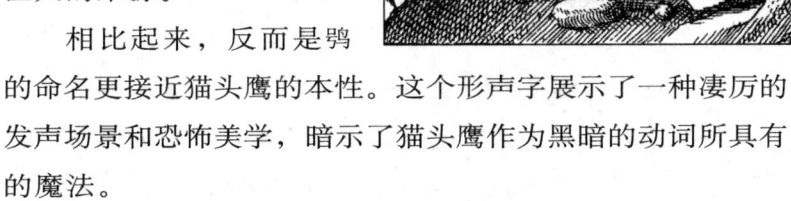

相比起来,反而是鸮的命名更接近猫头鹰的本性。这个形声字展示了一种凄厉的发声场景和恐怖美学,暗示了猫头鹰作为黑暗的动词所具有的魔法。

猫的头,鸟的身子,禽和兽的不和谐的结合与游离。或许是由于它外形的奇特,所以,有很多诡异的事与之有关。猫头鹰叫声不同,叫声可以把它们区别开来。比如,鹰鸮是大型猫头鹰的一种。头上有簇状羽毛,不少人误认为是尖耳朵,在收集黑暗的信息。大凡来自于黑暗的动物,都具备一种照亮黑暗的异能,如同从理性的反面突如其来的灵感,构成它冲刺的力量显然是黑暗的渊薮所赋予的。那个世界被鬼魂所操纵,以一种青铜破裂的叫嚷声放出一道窄窄的光,在梦境和水面的反照下散开,然后,碎裂为一地的金属,很久以后,偶尔才传来铿然的坠地声⋯⋯

因此,如果说乌鸦的叫喊是干燥的,那么猫头鹰的叫声则是湿润的,就像金属在缓慢肢解,仿佛声音解体于风,从而使风获得了它的全部锋芒。美国的博物学家约翰·巴勒斯(1837—1921)在自编文集《鸟与诗人》里描绘道:"猫头

◎画家 Van Der Borcht 笔下的猫头鹰

猫头鹰的羽毛非常柔软,翅膀羽毛上有天鹅绒般密生的羽绒,因而猫头鹰飞行时产生的声波频率小于1千赫,而一般哺乳动物的耳朵是感觉不到那么低的频率的。这样无声的出击使猫头鹰的进攻更有"闪电战"的效果。据研究,猫头鹰在扑击猎物时,它的听觉起定位作用。它能根据猎物移动时产生的响动,不断调整扑击方向,最后出爪,一举奏效。

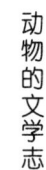

动物论语

鲁迅在《野草》中的《我的失恋》中提及到要赠给爱人猫头鹰。沈尹默回忆鲁迅时说："在大庭广众中，有时会凝然冷坐，不言不笑，衣冠又一向不甚修饰，毛发蓬蓬然，有人替他起了个绰号，叫猫头鹰"。鲁迅把猫头鹰用在自己的文字里，将自己的反叛情绪都倾注于猫头鹰形象里，以至于在别人眼中，鲁迅与猫头鹰已同为一体了。

在鲁迅的《秋夜》中，一直就鸣叫着"恶鸟之声"。

我的所爱在山腰，
想去寻她山太高，
低头无法泪沾袍。
爱人赠我百蝶巾；
回她甚么：猫头鹰。

从此翻脸不理我，
不知何故兮使我心惊。
以上是鲁迅《我的失恋》的第一节，这首诗的副题是："拟古的新打油诗"。拟的原来是《玉台新咏》中的张衡的《四愁诗四首》，张诗的第一阕是：

我所思兮在太山，
欲往从之梁父艰。
侧身东望涕沾翰。
美人赠我金错刀，
何以报之英琼瑶。
路远莫致倚逍遥，
何为怀忧心烦劳。

著名语言学家周振甫先生指出，鲁迅此诗中"蝶"与"耋"同音，亦谓"白首偕老"之意。但他把"金错刀"变成"百蝶巾"，"英琼瑶"，易之为了"猫头鹰"。

鹰似乎比自信、咆哮的老鹰更获诗人的青睐。猫头鹰无疑是一种更通人性也更独特的鸟儿，但它只在夜间显形，而且会制造出某种古怪的效果。这种鸟儿的翅膀纹丝不动，双目奇大，很像长着羽毛的猫，而且性情凶猛，经常偷偷摸摸地在废墟和塔楼之间神出鬼没，用古怪的哭泣声来嘲弄午夜的宁静。猫头鹰是羽毛类动物中最厉害的鬼怪，到了白天，只要它一出现，从乌鸦到麻雀，几乎所有能飞的鸟类都会发出警告和嘲笑的呼叫声。"这段杰出的描写，堪称"猫头鹰物语"，不但展示了猫头鹰的特性，而且进一步体现了它的神秘性质，它的鬼语发生术，的确是非凡的。

波德莱尔有一篇不大引人重视的作品叫《暮色》，收录在《巴黎的忧郁》当中，猫头鹰的叫嚣是黑暗的礼物，可是对于沉溺于肉欲的城市来说，猫头鹰同样是异质的怪物——

> 夜幕降临了。白天艰辛劳苦、疲惫不堪的一个个可怜的心灵，这时也开始安歇下来。他们的思想也染上了一层暮色的柔和而苍茫的色彩。
>
> 可这时，穿过夜晚透明的云雾，从山顶上传来了一声长长的嚎叫，直传到我的阳台上，仿佛一群人在嘈杂地乱嚷，在空中变成一股阴森可怖的和弦，好像是高涨的海潮，或是一场将要来临的风暴。
>
> 这些不幸的人哪！黑夜不能使他们安顿下来。他们像猫头鹰一样，把黑夜的来临视作他们吵闹的黎明。他们到底是些什么人呢？这不祥的猫头鹰的哀鸣是从山上那黑魆魆的栖所传来的。每天晚上，我吸着烟，凝视着这静息下来的空旷峡谷，上面坐落着一片片小屋，每个闪亮的窗口仿佛都在说："这里是安宁。这里有家庭之乐！"当晚风从那高高的山岗上吹起时，我便带着惊奇的思绪，沉浸在仿佛地狱的谐音之中。

这就是波德莱尔要得出的结论：夜晚在他们精神上布下了黑暗，却在我的头脑里放射出光明。这个字的外观上一直在歌颂恶之花的诗人，其实是在为思想布置一个肉欲而污浊的场景，当他完成这一切辅助工作后，他俨然已给猫头鹰达成了谅解备忘，在依赖黑暗又必须排斥黑暗的悖论世界当中，他们以独立的姿态在黑暗的深处警惕而感激，成了黑暗的心脏。于是，波德莱尔的《猫头鹰》终于以比黑暗更黑的造型显形于天幕——

> 在庇护的黑水松下，
> 猫头鹰正排列成行，
> 像异教的天神一样，
> 红眼放光，沉思无话。
>
> 它们保持一动不动，
> 直到那忧郁的时刻，
> 那时黑暗推走斜辉，
> 重新确立，笼罩天空。
>
> 他们的姿态教会哲人，
> 在这世上就要谨慎，
> 防止喧闹，还有动荡；
>
> 有人醉心过眼烟云，
> 一心一意变换地方，
> 总是受到应有严惩。

诗歌的寓意被墨西哥诗人贡萨莱斯·马丁内斯在《扭断那天鹅的脖子》里予以道破："请看聪颖的猫头鹰是如何展

◎清·吴友如《猫头鹰》

猫头鹰无论在形态构造、行为表现等方面都和其他鸟类相去甚远。全世界9 700多种鸟类中鸮型目约占2%，其中有许多种类正面临灭绝的危险。一般人对猫头鹰存在一些错误的看法，例如听闻猫头鹰的叫声代表噩耗将近等。这些皆是由于对猫头鹰了解不深而误解的结果。

翅／离开奥林匹斯山，帕拉斯的膝前／休憩在那株树上，停止了默默地飞行……／它没有天鹅的优雅，但它那／警觉的眸子注视着阴暗之处，默读着／寂静夜晚的神秘之书。"

我们不妨这样设想，猫头鹰既是这神秘之书的阅读者，也是其写作人。当猫头鹰在某个歧义的断句处停留时，立即打开了翅膀。当它从伫立的寂静里俯冲下来，带起一股风，风里裹着金属屑，它终于追过了声音的脚步，身体的锋刃在剧烈的弧度上反飞，突然反切而下……

雅典娜的宠鸟

猫头鹰的大眼睛只能朝前看，要向两边看的时候，就必须转动脖子。猫头鹰在白天都是闭着两只眼睛，因为白天的光线会刺激它，所以它习惯在事物的背面闭目养神。但是，一旦听见附近有什么声响，它就会习惯性地睁开一只眼睛，观察一下现实与自己预感之间的距离。所谓睁一只眼，闭一只眼，在猫头鹰的静止里得到了完美的演绎。（《塞舌尔猫头鹰》，见人民网2002年3月8日）由于它脸上的羽毛很长，有修长的细毛怒张而超出头部轮廓，喙部上方的刚毛向上飞扬起来，挡在两眼中间，形成扇状的冠。它的眼睛就像透过冰块的黄玉，在夜光的折射之下，黄玉以火的联想返回到燃烧的中心，透露着些微青绿色的光。这时候，猫头鹰的神情，是斜睨式的，嘴角似乎还挂着一丝扭曲的笑。周围的空气都凝固了，那眼光像是被撕烂的火苗，不经意地穿过黑暗的心脏，然后在嘴上放出一条血线，在枯枝败叶下一闪即没……

雅典的臣民相信，雅典娜也会化身为猫头鹰，运用这种伪装从她的敌人那里窥探他们的秘密。雅典城里富有的人喜欢带着猫头鹰招摇过市。很多人相信它能听懂人的谈话，而且能够变成人。而按照一些丧心病狂的说法，认为猫头鹰的眼珠，如果挖出来浸在它自己的血里，浸上7天，就会

◎明·蒋应镐《山海经（图绘全像）·中山经·𫛭鸟》

变得像两个玻璃球一样，把它放在眼前，到了每晚子时，就可以透过它，看到鬼魂！这容易令我们联想到与水晶球的对视，可是，神秘的事物为什么非要以异形的姿态出现呢？猫头鹰从这些疑问上空飞掠而过，只抛下一串漫长的声音，在人们恐惧的核心盘桓。

1924 年 3 月 17 日，病入膏肓的作家卡夫卡回到布拉格。他几乎无法说话和进食了，只能整日整夜挨饿挨痛，靠麻醉药缓和痛苦，靠透明的液体维持生命。他知道一切都快了，于是，他泪流满面开始校改《饥饿艺术家》，让现实的泪水在字里湿润往事，以及不可预知的明天。那天，布洛德最后一次去看望卡夫卡，多拉悄悄地告诉他说："好像，夜夜都有只猫头鹰停驻在卡夫卡的窗前。"

◎猫头鹰木雕

显然，猫头鹰不是死神的化身，而是卡夫卡灵魂的显形。多年以后，英国诗人塔德·休斯终于在《卡夫卡》一诗里表达了他的双重敬畏：

>他是一只猫头鹰，
>他是一只猫头鹰，
>"人"字　刺在断翅下的腋窝，
>（他被耀眼的光墙照晕，坠落在这里）
>刺在地板上抽搐的巨影的断翅下，
>他是一个裹在绝望的羽毛中的人。

这难道是说，智慧的化身可以在智慧里从事反叛吗？就像思想反对哲学？就像鹰反对穴鸟？就像激情反对爱情？就像水反对水？可惜，卡夫卡沉默了，只有猫头鹰还在枭鸣。在宝石的最高处，除了光，就没有身体了。

显然，卡夫卡认同了雅典娜的猫头鹰，可是，智慧既不

◎《山海经·人面枭》

能拯救生命，也无力照彻激情。恰恰因此，猫头鹰兀自伫立在生命之树上，彰显自己的坐标。

并不信任激情的黑格尔是禁止腾挪的意象进入自己的纸造世界的，但他对猫头鹰却网开一面。在《法哲学》一书的序言中，黑格尔曾经指出："为了说明世界应该是怎样的，哲学无疑总是来得太晚，作为对世界的思维，哲学只有在现实结束其形成的过程并成为过去后才会出现。哲学的历史告诉我们，观念之物必须在完全成熟时才能作为实在物的对立面显现出来，把握世界的本质并将其转变为精神王国里的形象。倘若哲学在自身的灰色中描绘世界，那么生命的形象将是衰老的，它并不能使这一形象变得年轻，而只能认识它。米涅瓦的猫头鹰只是在夜幕降临时才展开它的翅膀。"

黑格尔的这段话说明，对于现实来说，思想总是迟到的，因为思想是被理解了的现实的本质，就像已被收入谷仓的谷物。这与奥德修斯的情况完全相同。黑格尔按照这一模式提出了一种假设：欧洲的历史同样可以描绘成自我寻找直至找到自我的过程。

欧洲的历史于是成了精神的自我寻找，从开始无法寻找到最终找到了自我的过程。它就像米涅瓦的猫头鹰，在黄昏中展开自己的翅膀，在它飞行的终点回顾所经历的艰难困苦，并将其作为返回自身的旅途中的各个阶段来理解。理性哲学在得到完成并放射出智慧之光的同时，欧洲精神的黄昏也就来临了。

因此，当哲人们为高卢雄鸡和密纳发的猫头鹰谁更贴近物质世界而争论不休时，在黑暗的屋子里，鲁迅先生用铁硬的笔触画出了很多猫头鹰的肖像，有的还制成了木刻。这只能是人格意志的象征，它的宿命是批判的，不妥协的，无休无止的。它掷落在纸上的声音就像猫头鹰吐出的那些圆圆的小球，剖开一看，全部是尖利的骨头。当这些骨头从文化的腐殖物里伸出它们的倒刺时，思想，正以最美的姿态矗立于刺尖上……

孔雀的叫喊

孔雀开屏是美丽的，但屁股却也露了出来。

——鲁迅

孔雀的汉文化造像

日本作家三岛由纪夫写的短篇小说《孔雀》，说了如下的一段话：创造孔雀这种鸟是自然的虚荣心。这种无用却灿烂夺目的动物，对自然而言是不必要的。在造物者极端的倦怠下，去发明种种有目的、有功用各种生物之尽头，孔雀无疑是一种毫无价值的观念的形态表现。像那样的豪华奢侈可能是在创造的最后一日，在布满多彩晚霞中被塑造出来的！为了抵抗虚荣，为了面对即将到来的幽暗，事先将无谓的黑暗翻译成彩色和光辉，再镶嵌而成的。因此孔雀闪亮的羽毛，每一道花纹都应该与构成夜晚浓密漆黑之要素密切吻合。

这一段徘徊在美学与玄学之间的论述，既不是大唐式的，也非印度或者西方的，纯然是浮世绘的工笔与重彩，企图把佛学的美学命名体验化，具有一种樱花的短促与绚美，展示了东瀛那种特有的易于怦然心动的敏感神经。

但在中国人的视野里，孔雀走动的身影并不轻盈，也许

孔雀

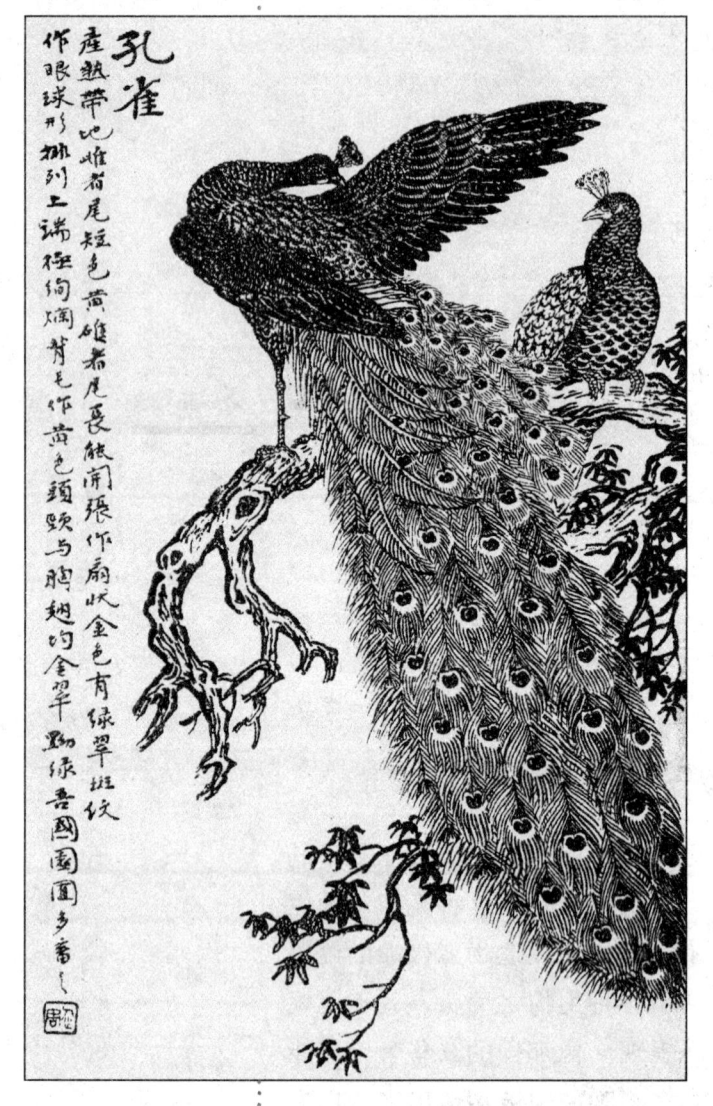

產熟帶地雌者尾短毛黃雄者尾長能開張作扇狀金色有綠翠斑紋作眼球形排列上端径絢烂背毛作黄色頸與胸翅的金翠勤綠善國園圖多著

◎清·马骀《孔雀》

在中国最原始的天文中，朱雀所在南宫由鹑首、鹑火、鹑尾组成，这一切说明了朱雀本是鹌鹑。当然这样有些不雅观，无法与其他三象并列。所以，在汉朝已经用红色的孔雀代替，后来就是凤凰了。

它过于疲劳，从天竺爬涉而来，还驮负着无比珍贵的经书和道义。《说苑》曰"孔鸟爱羽，虎豹爱爪，所以辅其身也"。小心翼翼的孔雀在汉朝时突然打开了翅膀，在一团色彩的火焰中构造"火红的几何学"，然后腾空而起。它并不是为了逃命，只是为了观赏者的爱情。

这就可以发现，《孔雀东南飞》受到了印度文化的影响。在此以前的很多都是五言短诗，《孔雀东南飞》却突生为长篇叙事诗，代表汉乐府民歌艺术成就的巅峰，被明代王世桢赞为长诗之圣。这在20世纪初叶就引起了很多学者的注意。胡适、梁启超指出这与当时用诗歌翻译的佛经的文学形式有关。再看题中的孔雀，在汉代中国版图内是没有孔雀的，有的也只是进贡的。为什么非要以非中土的飞禽孔雀起兴？再说孔雀不会飞，只能短距离滑行。让如此沉重之鸟为爱情而奔波，是很不恰当的。何况，孔雀在汉语语境中并不具备爱情的象征。焦仲卿、刘兰芝夫妇后来是双双变成鸳鸯，这不是汉代中国的本土观念（人死后变成另一种动物），这种变异的观念是受到了佛教的启迪。而所有的疑问都可以用《佛经》来解释。佛教是庞杂的，教义也相互抵牾，有些观点认为孔雀、鸳鸯是淫鸟，但在世俗的眼光中，孔雀、鸳鸯就是爱情鸟，人们就可以理解为何以孔雀起兴、死后化为鸳鸯的转化过程。（参考了叶素燕《由孔雀东南飞看东汉的风习礼俗》一文）

　　这也是汉语中将孔雀赋予美好隐喻的个案，在后来越来越多的记载中，这种奇怪的大鸟行走在民俗的屋檐下，其繁复炫目的花纹扭曲了本体，变得十分古怪了。段成式在《酉阳杂俎》前集卷十六的《羽篇》中说，在唐代人们认为，"孔雀因雷声而孕"，十孕其九为鸟而一为人。由孔雀卵孵化出人之说，反映出当时人们对孔雀的图腾崇拜观念。古人们一直认为，孔雀并不交配，只"以音影成接而孕，或雌鸟下风，雄鸣上风，亦孕"。到了元代，熊太古的《冀越集》当中，孔雀被妖魔化到了荒悖的地步，说"孔雀虽有雌雄，将乳时登木哀鸣，蛇至即交，故其血、胆犹伤人。《禽经》则云'孔见蛇则宛而跃'者，是矣"。显然，孔雀不但背上了好淫的恶谥，还有混乱禽兽伦理的嫌疑。这种观点纠正了一个流行的谬误，即孔雀是凤凰的世俗化身。原来，凤凰神姿高贵、仪态端庄，而孔雀艳丽，却天生几分媚气，这是神姿之别。论起形态，凤凰是绝不开屏的，而孔雀往往因为性欲澎湃则反复开屏。因此，即使在《本草纲目》中，李时珍也严肃地区分了凤凰与孔雀的不同历史和效用，绝不混淆。

孔雀胆与孔雀蓝

　　在西语体系里，孔雀的命运并不比在古汉语里的处境好。在希腊神话中，孔雀象征着赫拉女神，但赫拉女神也是以滥交出名的。莎士比亚在《哈姆雷特》里巧妙地赋予了孔雀一种潜望镜的作用，用以透视君主的荒淫和隐私——

哈姆雷特：我可要领个全薪。
再唱："亲爱达蒙你应知，
　　　　此邦君主非天尊，

> "孔雀胆"的故事流传已久。元末，红巾起义军攻入昆明，梁王逃至楚雄，向大理总管段功求援。段功击退义军，使梁王复得昆明。出于报答，梁王将公主阿盖许给段功，两人十分恩爱。不久段功想回昆明梁王府，梁王受奸臣蛊惑，怀疑段功有觊觎昆明之心，命阿盖用孔雀胆毒杀段功，阿盖不忍下手。梁王又生一计，邀段功到长乐寺做佛事，派人乘其马惊之时将其杀害，阿盖悲痛欲绝，忧愤而终。据此以及盘龙江支流水河上通济桥的故事，郭沫若创作了历史剧《孔雀胆》。
>
> 《孔雀胆》是郭沫若20世纪40年代所创作的六部史剧之一，历来争议最大。对于它的主题，聚讼纷纭，莫衷一是。《郭沫若年谱》1942年9月3日记载："周恩来看了该剧演出本之后，认为'剧本写得还不错，但史实很值得研究，而在当时上演此剧在意义上是不可能与《屈原》等并论的'。郭沫若接受这一批评，并说自己'对某些历史人物时常有偏见，这是很难改的毛病'。"

宝座上头是只——孔雀。"

赫瑞修：你应该把它押个韵才是。

孔雀在莎士比亚的时代享有淫乱以及残酷的恶名，赫瑞修说"押韵"，但押过韵后，"孔雀"一词就变成了"驴子"。而驴子更是色情狂和愚蠢的具象。这显然不存在东西方文化交流的问题，这也许只是一种异曲同工的审美"通感"吧。

中国人对动物的神话从来是由表及里的。在此，孔雀胆的威力俨然已后来居上，跃居鸩毒、鹤顶红、蛊虫之上，成为了毒世界的第一推动力。用法是把干燥的孔雀胆浸泡在烧酒里，毒汁被酒力逼出来，可以立杀之，并可以反复使用。对百无禁忌的人类来说，有个不可救治的毒物随时准备潜入自己的生活，就像一条法律和阴谋的补充律令，也许可以起到畏惧的作用，但事实证明作用并不显著，就像龙的威力一直没有发挥出来一样。孔雀的胆汁主要含有胆酸、胆盐、胆色素等成分，其中除去氧胆酸是胆汁成分中的一种主要胆酸，具有溶解胆囊结石及祛痰镇咳功能，目前临床用来治疗胆固醇结石及支气管炎。用孔雀胆浸酒药性如何有待试验研究，但不能用作毒药则是肯定的。这一点，李时珍早就知道了。所以说，很多人是被孔雀胆吓死的。

蓝孔雀是我们熟悉的一种鸡形目、雉科鸟类。它在色彩世界中独占一席：孔雀蓝。它是绸缎与宝石在蓝色向度上的终结者，是蓝色的形而上，所有的心计在上面难以附着，并使之打滑。秘密总是蓝色的，它如火焰舌头，伸出蓝色的轮廓游弋在忧伤的深水边缘，揽水自照，然后蓦然回首，让我们的心智理智地放弃无休止的追寻。这种令所有宝石立即黯然的纯粹之色显示了造物主的苦心：也许要营造一种美，不到令人晕眩的地步就不能算圆满。因此，最美的东西总是不

◎明·凌必正《碧桃春鸟图》

图中一枝春桃自画面左下角斜伸而出，弯曲虬折，一只孔鸟立于枝上。花、鸟皆用宋人工笔画法绘出，双钩填彩，用笔精细。画面清丽恬美，但因拘守于成法而略显板滞。

凌必正，生卒年不详，明代画家。字蒙求，一字贞卿，号约庵，太仓（今属江苏）人；一作吴郡（今江苏苏州）人。工画山水，设色妍雅，位置精密，不同时流；兼擅花鸟，亦拘守宋人法。传世作品有《碧桃春鸟图》《梅根野雉图》《孔雀牡丹图》。

宜贪心，医书上早就指出，孔雀羽毛看多了会出现眼翳。那些尾翎上的花斑，就像一只只半睁的法眼，以恒定的安详，睨视着三千世界和芸芸众生，似乎是逼视，又似乎是无心。那是佛的化身吗？难道佛在情欲的身体上打开了另一只眼睛？

孔雀在佛教神话中的确是由凤凰而生，因为它曾将佛祖吸入腹中。佛陀剖开其背，跨上灵山，封孔雀为佛母大明王菩萨。诸佛中，如阿弥陀佛、鸠摩罗天等皆以孔雀为坐骑，而且，印度教舞蹈之王湿婆的儿子迦尔迪盖耶曾坐着孔雀云游四方；耆那教的神祖以及战神卡提科亚也都把孔雀选为骑乘工具，甚至封孔雀为鸟国之王。从表面上看，孔雀开屏恰恰是与佛法距离最远的龌龊行为，但佛性总是以一种"置之死地而后生"的危险悟性而拥有世界的真谛。这就可以合理解释孔雀明王的来历，他又称"佛母孔雀明王"，在密教中为如来化身出来的愤怒之相。在印度教之中，因为孔雀是专吃毒蛇、毒虫之鸟类，体内充满毒素，因此孔雀明王又被称为"污秽神"。

  内心峰回路转，在黑暗里酝酿光。
  佛在屎尿中。
  佛在情欲颤动的尾翎上。
  佛是刀锋上的一抹青色的柔情。

花开花落，灿烂的星河也会干涸。人的一生与这些相比，简直就是刹那间的事……人生也是处于不断变化之中，却不应受无常的束缚。在这无限的变化中，作出最准确、最有价值的判断，才看得见事物背光的一面。当事物的两面重合之时，事物开始自明。我们就在孔雀的阴影里，看见释迦合着双目，已将种种人生看得剔透了，生与死、爱与恨、泪与笑、孔雀与乌鸦，都是云烟飘过，心是空灵一片，无所畏惧。他深入冥思之水，让世界与身体在开屏的花叶中突然消失……

拒绝融化的冰棱

每当清晨或黄昏，动物园里的孔雀开始发出高亢、单调、凄婉的鸣叫。屏息倾听，每每产生一种莫测高深的氛围，就像在空中铺开的一条冥思之路，真不知这到底是一种鸟声对时间的铭刻，还是它们对圣迹的呼唤。那是一种类似小孩啼哭似的声音，"嗷呜、嗷呜"的叫声虽然高亢，具有金属的内涵，但又是

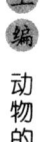

那么凄厉而单调，似乎金属在空气中发白、发光，直到被蓝光彻底灌透，然后柔软地抵达悲伤的中心。可是，如果你仔细分析这悲哭的鸣啼，却又发现，它是某个高音的自然迂回与起伏，孤独的声带开始把躲在声音后面的玄学抛撒在空中，犹如突然轰响的莲花。这让我想起佛经《佛说阿弥陀经》里的记载："彼国常有种种奇妙杂色之鸟：白鹤、孔雀、鹦鹉、舍利、迦陵频伽、共命之鸟。是诸众鸟，昼夜六时，出和雅音。其音演畅五根、五力、七菩提分、八圣道分，如是等法。其土众生，闻是音已，皆悉念佛、念法、念僧……是诸众鸟，皆是阿弥陀佛，欲令法音宣流，变化所作。"

那是孔雀的叫喊，在弥漫的晨昏氤氲中，像一条拒绝融化的冰棱，守护着一线之隔的光芒和丰沛的大气……

鱼 鹰

> 在自然文化形态中，代表力量、权力与猛士的鱼鹰，逐渐演变为猎头性质的工具，这未必就是动物的悲哀，也许更等而下之的，是那获利之人。
>
> ——摘自笔者笔记《词锋断片》

水上喊鱼

我们完全可以把《诗经》视为一个动植物自在而愉悦的世界。著名的"关雎"，也是南方广阔水面上姿势特异的水鸟，俗称鱼鹰。这种模样并不优美的黑鸟，竟然可以为爱情造像，想来是有些奇怪。《本草纲目》里解释说："鹗状可愕，故谓之鹗。其视雎健，故谓之雎。能入穴取食，故谓之下窟乌。翱翔水上，扇鱼令出，故曰沸波。禽经云：王雎，鱼鹰也。尾上白者名白鷢。"李时珍进一步说："鹗，雕类也。似鹰而土黄色，深目好峙。雄雌相得，挚而有别，交则双翔，别则异处。能翱翔水上捕鱼食，江表人呼为食鱼鹰。亦啖蛇。"看来，古人主要取其"交则双翔"而作为情诗之兴。而对于民族来说，则注重于鱼鹰的聪明与凶猛。三峡中古代时期，聚居着一个叫"鱼凫"的部族，便以鱼鹰为图腾。

◎佚名《鸬鹚图》

见到鱼鹰，我回想起我家乡的河流。我的老师罗成基先生指出，唤鱼池下即是以水深鱼多著名之峡子口沱湾。有关峡子口的神话传说甚多，而抗战前不时出现载有鸬鹚与水獭的渔船结队追打鱼群之壮观，则为老一代自贡人所津津乐道。如今王爷庙下再也见不到橹船如林，鱼逃獭逐，听不到人群欢吼了。见到的则是从颓败中重新修复的王爷庙，以其端丽的姿容，展现在游人之前。

根据佛学典籍记载，舍利子是人名（梵名Shaiputra），"舍利"即一种称为鸬鹚的鸟类。"舍利子"之母名为"鸬鹚"，故称"鸬鹚之儿子"，亦有译师依其梵音译作"舍利弗"，是佛陀的亲近弟子之一。

黄昏时分，是南方水面最为恬静的时刻，从牛的背脊上泻下来的夕光，开始在丝绸的水面淌金。鱼鹰忽闪着翅膀栖息下来，水墨画一样的简净淡雅。鱼鹰立在水边冥思，在它的身边，则是穿行在千年律诗里那一叶扁舟，被一束渔火映出的蛰伏的身体。

出水不久的鱼鹰黑得发亮，栖立于渔船的船帮上，所谓"鹰立如睡"，就显示了它们的狡黠；它们的主人，也穿着一身黑衣，一言不发地在船板上守候，眼睛盯着犹如鸡肋的一点收获品。鱼鹰与渔人就仿佛彼此守望的黑铁。在夏季，鱼鹰体羽几乎全为黑色，双翅却带青铜棕色，如同从黑铁里铸炼而出的利刃，一如镰刀。大多数水鸟的尾脂腺能分泌油脂，它们把油脂涂在羽毛上来防水。鸬鹚缺少尾脂腺，它们的羽毛防水性差，身体很容易被水浸湿，不能长时间地潜水。鱼鹰翼极狭长，脚上长蹼，后弓明显，翼面在腕处折屈，善鼓翼欲飞，喜欢在水域低空以短距离滑翔。在每次入水被浸透以后，它们要站在岸边晒太阳，待羽毛晾干之后，才回到水下。

杜甫在夔州写下了"家家养乌鬼，顿顿食黄鱼"的诗句。"乌鬼"是什么，这引起了历代知识人的考据大战，有人竟然认为"乌鬼"是家猪，其谓四川人嗜肉，家家养猪，呼叫猪时则作乌鬼声，故号猪为乌鬼。还有人考证是指鬼神。后来，沈括考证说是鸬鹚，我以为是比较准确的。周师旷所撰的《禽经》，是中国最早的鸟类学专著，书中就记载道："王雎、雎鸠，鱼鹰也。《毛诗》曰：王雎，鸷而有别。多子。江表人呼为鱼鹰。雌雄相爱，不同居处。"但这也有问题，因为按照渔人的说法，鱼鹰很难抚养后代，鱼鹰的后代一般是渔人用母鸡来抚养的，如果"多子"的话，岂不累煞父母？

人们称鸬鹚为乌鬼，以形容这种黑鸟不像鲣鸟那样冥顽，而有着近于鬼魅的擒拿技术。但这种技术一方面是天性使然，另一方面，在于它们那可以伸缩的喉袋，那里则被渔人视为理想的鱼类中转站。鸬鹚往往整齐地站在船头，各自脖子上都被戴上一个脖套。渔民发现鱼讯，打一声哨响，鸬鹚便纷纷跃入水中。由于带着脖套，鸬鹚捕到鱼却无法吞咽下去，它们只好叼着鱼返回船边。主人把鱼狠命夺下，鸬鹚又空着胃囊再次下潜。在遇到大鱼时，几只鸬鹚会合力捕捉，它们有的啄鱼眼，有的咬鱼尾，有的叼鱼鳍，配合得非常默契。待捕鱼结束后，主人摘下鸬鹚的脖套，把准备好的小鱼赏给它们。这是它们劳作一天的唯一口粮，还要看渔人的心情。

熬鹰是鱼鹰必须接受的残酷训练。熬鹰的时候，渔人必须残酷，既然要指望从清水里榨出利润，就只能一门心思将它们熬练成鹰。用两根布条子，分别把鹰的脖子扎起来，几天下来，直饿得嗷嗷乱蹦，才端出盛满鲜鱼的小筐。鱼鹰扑过去，吞了鱼，喉咙处便鼓出一个大疙瘩。鱼鹰吃不进肚，又舍不得吐出来，就像贪吃的官员，被不义之财憋得咕咕叫。渔人攥着鹰的脖子，另一只手狠拍鹰的后背，鹰的嘴里不舍地吐出鱼来。就这样反反复复熬下去，使呕吐成为一种自由的呼吸。有些鱼鹰熬不过，瘦成一只小鸟模样，丑陋地死去。而熬过来的鱼鹰，打开翅膀，继续呕吐着，它们的生命才得以延续。人们可怜渔人生活的清苦，却反过头来说鱼鹰贪婪。

鱼鹰的悖论

虽然驯养鱼鹰在中国已有上千年的历史，但文字的记载却是少之又少，只是偶尔在一些诗、画或文学作品里被提

鸬鹚还能显示神异。《唐书》记载说："贞玄十三年四月，上以自春以来，时雨未降，正阳之月，可以雩祠。遂幸兴庆宫龙堂，兆庶祈祷。忽有白鸬鹚，沉浮水际，群类翼从其后。左右侍卫者咸惊异之，俄然，莫知所往，方悟龙神植典化，遂相率蹈舞称庆。至乙丑，果大雨，远近滂沱。于是宰臣等上表陈贺。"

诸儒诗话，子美戏作俳谐体。《遣闷》云："家家养乌鬼，顿顿食黄鱼。""养"或读为上声，或读为去声。沈存中《笔谈》以"乌鬼"为"乌猪"，谓其俗呼猪作"乌鬼"之声也。《蔡宽夫诗话》以"乌鬼"为巴俗所事神名也。《冷斋夜话》谓巴俗多事乌蛮鬼，以临江，故顿顿食黄鱼耳。《湘素杂记》以鸬鹚为乌鬼，谓养之以捕鱼也。然《诗辞事略》又谓楚峡之间视乌为神，所谓神鸦也。故元微之有诗云："病塞乌称鬼，巫占瓦代龟。"梦弼谓当以此《事略》之言为是也。盖养乌鬼，食黄鱼，自是两义，皆记巴中之风俗也。峡中黄鱼极大者至数百斤，小者亦数十斤，按集中有诗云"日见巴东峡，黄鱼出浪新。脂膏兼饲犬，长大不容身"是也。然是鱼岂鸬鹚之所能捕哉？彼以"乌鬼"为鸬鹚，其谬尤甚矣。或又曰乌鬼谓猪也，巴峡人家多事鬼，家养一猪，非祭鬼不用，故于群猪中特呼"乌鬼"以别之也。今并存之。
——[宋]蔡梦弼《草堂诗话》

◎佚名《鸬鹚图》

在藏族的医药经典《四部医典》中，也将鸬鹚称作"索夏"，藏医和民间用其肉与骨治病。但较早的作为正式记录进行科学考察的，还要算外国的探险家。俄国人普尔热瓦尔斯基自1876—1885年，先后四次率队进入青海考察，曾到过大通河、青海湖、柴达木、通天河、扎陵湖一带，采集鸟类标本约两万件，分别收藏在圣彼得堡科学院博物馆、莫斯科大学动物博物馆，有些到了美国华盛顿博物馆和英国伦敦博物馆。在他的科学报告中两次所公布的鸟类名录，便有普通鸬鹚之名，并有测量记录。

及，却没有进行系统化的研究。1931年，芝加哥自然博物馆的费迪馆人类学馆长 Berthold Laufer 出版了一本书，比较中国和日本的驯养鱼鹰风俗，也许是至今最好的资料了。

《格林童话》里讲到鸬鹚的叫声，仿佛是在呼唤"回来，牛儿，回来……"其实，它们是沉默的，野生鸬鹚偶尔咕咕咕叫几声，被驯养的鱼鹰则连这咕咕咕也免了，它们缺乏感恩的兴致。就像一块沥青，夹在阳光和水面的反光中，黑成模糊的一团，溶化欲滴的样子。

拉封丹在寓言《鱼和鱼鹰》当中，特别描写了老年鱼鹰的聪明，寓言家总结说："鱼虾用生命换来的教训告诉我们，永远不能相信吃人者的话。当然了，其实葬身于鱼鹰腹中的鱼虾还不能算太多，既然人们也同样把鱼虾的大部分都吃掉了，吃鱼虾的是谁又有什么关系呢？进人腹和进狼肚，都差不多，早一天或晚一日，我看区别也不大。"我同意寓言家的结论在于他懂得最基本的进化论维持了这个残酷世界的稳定。拿食物给我们的人，另一只手，其实也随时将卡住我们的脖子。

而其实呢，鱼鹰大约可以工作15年，它们老了，眼力开始变差，捉鱼的效率便会降低，在这种时候，渔人便慢慢混一点酒精和生胡椒来喂它们，随着分量的逐步加大，鱼鹰便醉死在梦中。我想，那个梦与天空、飞翔都无关，只与食物密切相连。这并不可悲，生命濒临绝境，与生命无关的念头，都会自动熄灭。

想起杜甫的《三绝句》里的诗句"门外鸬鹚去不来，沙头忽见眼相猜。自今以后知人意，一日须来一百回"，是体现人与鸟的和谐和信任的关系，但世间已经越来越不需要这种信任了，信任食物，逐渐成为了这个世界的最高语法。

鱼鹰常年处于饥饿状态，这刺激了它们斗争的欲望。我们偶尔见到的鱼鹰，往往都无精打采弯着脖子，仿佛一把休息的镰刀。这种欲望拯救了它们的性命，周围是自由的风，流动的水，高敞的天空，它们被食物系住了脖子。鱼鹰懒得抬头，梦在水里融化，宛如破水的刀。但刀在水里，就像被水折断了一般。

动物论语

天空的朝圣者

致云雀
雪莱／作
查良铮／译

祝你长生，欢快的精灵！
谁说你是只飞禽？
你从天庭，或它的近处，
倾泻你整个的心，
无须琢磨，
便发出丰盛的乐音。

你从大地一跃而起，
往上飞翔又飞翔，
有如一团火云，在蓝天
平展着你的翅膀，
你不歇地边唱边飞，
边飞边唱。

下沉的夕阳放出了
金色电闪的光明，
就在那明亮的云间
你浮游而又飞行，
像不具形的欢乐
刚刚开始途程。

那淡紫色的黄昏
与你的翱翔融合，
好似在白日的天空中，
一颗明星沉没，

> 天空绝对的炭，白昼最初的激情
> 它镶嵌在清晨，歌唱起伏的大地
> 报时的钟声，它呼唤主人，它途中的自由
> 太迷人了！人们赞叹着，射杀它
>
> ——[法]勒内·夏尔

这是法国杰出的诗人勒内·夏尔（1907—1988）的名作《四种迷人的动物》当中的一首《云雀》，诗歌刻画了这种在欧洲的天空下，知名度仅仅次于夜莺的鸟儿。一句"天空绝对的炭"，足以使此诗成为众多云雀颂歌当中的精品。除了诗人的表面修辞，云雀的隐喻其实是非常繁复的。比之于雪莱的名篇《致云雀》，他没有像雪莱那样，模拟云雀高飞的节奏，云雀一边高蹿，一边歌唱，愈唱愈响亮，愈飞愈高；一边倾听云雀的歌声，一边希望自己的歌声也能给人们带来快乐和希望，而是用了一个突然的结尾，就像弯刀一样，断然割断了天使的喉咙。

自古希腊以来，云雀一直是备受人们喜爱的。华兹华斯赞美云雀是"天空的朝圣者"，它完全成了宠鸟，不但是春天、光明、火焰、希望的象征，甚至也成为了上帝的使者，施展妙手回春之力，就足可以活死人、肉白骨。达·芬奇的文学作品并不多，但他的散文《云雀》却寓意深邃。从前，有一个年老的隐士，隐居在森林里，陪伴他过日子的，只有一只那种叫云雀的鸟儿。有一天，有两个使者前来拜见老人，求他跟他们一块到他们主人的城堡去，因为他们的主人病得很重。老人带着云雀，随同那两个使者一块去了。后来，城堡的主人病好了。"不要感谢我，"隐士说，"是这只云雀治好你的。这云雀是非常敏感的鸟儿，当它在病人跟前时，要是它拧开头，不望着他，这就意味着没有希望了；但要是它望着那病人，像它望着你那样子，就是说这病者是不会死的，正是用望着病者的方法，云雀帮助他康复了。"达·芬奇的结论很有意思：正像这敏感的鸟儿一样，高洁美德的爱是不会去望丑恶阴暗的事物的，只会去找寻高贵完美的事物。鸟儿的家是百花盛开的园林地带，美德的家是高尚的心。

由此可见，云雀已经不再是一只会唱歌的鸟，在大哲心目中，它俨然成为了美德的化身。在这个传统势力影响下，云雀一直享用着神庙里的道德香火。英国诗人塔德·休斯眼中的云雀，就已经不再是火焰、精灵之类的了："云雀把嗓门提到最高极限／最大限度地打呀打出最后的火花——／这就成为一种慰藉，一股清凉的微风／当它们叫够了，当它们烧尽了／当太阳把它们吸干了／当地球对它们说行了。"这就意味着，云雀为世界提供了生命的核心动力。这样宏大的责任，对一只十几厘米的小鸟来讲，是不是过于沉重了呢？

从生物学角度看，云雀属雀形目，百灵科，是一类鸣鸟，全世界大约有75种。多数云雀以昆虫和种子为生食。所有的云雀都有高昂悦耳的声音，在求爱的时候，雄鸟会唱着激昂的歌曲，在空中飞翔，炫耀技能和体态，并响亮地拍动翅膀，以吸引雌鸟的注意。

在中国广大地区，一般都有云雀分布，老百姓更喜欢叫它为百灵鸟或叫天子，由于云雀外表很像麻雀，所以屡

你虽不见，
我却能听到你的欢乐；

清晰，锐利，有如那晨星
射出了银辉千条，
虽然在清澈的晨曦中
它那明光逐渐缩小，
直缩到看不见，
却还能依稀感到。

整个大地和天空
都和你的歌共鸣，
有如在皎洁的夜晚
从一片孤独的云，
月亮流出光华，
光华溢满了天空。

我们不知道你是什么，
什么和你最相象？
从彩虹的云间滴雨，
那雨滴固然明亮，
但怎及得由你遗下的一片音响？

好像是一个诗人居于
思想底明光中，
他昂首而歌，使人
世由冷漠而至感动，
感于他所唱的希望、忧惧和赞颂；

好像是名门的少女
在高楼中独坐，
为了舒发缠绵的心情，
便在幽寂的一刻
以甜蜜的乐音充满
她的绣阁；

好像是金色的萤火虫，
在凝露的山谷里
到处散它轻盈的光
在花丛，在草地，
而花草却把它掩遮，
毫不感激；

好像一朵玫瑰幽蔽在
它自己的绿叶里，
阵阵的暖风前来凌犯，
而终于，它的香气
以过多的甜味使偷香者昏迷；

无论是春日的急雨

屡遭到捕杀。尽管如此，云雀依然在在高空鸣叫，有时候就像是天空的铆钉，停在天堂的门楣。美国博物学家、作家约翰·巴勒斯在《鸟与诗人》当中精细地描绘说："云雀的歌声并不是特别甜美，但却发出连绵不断的欢快的咝咝声。它的象征是草地，它以草坪为家，它的曲调多得简直相互混淆，几乎如出一辙，而且全部在相同的音阶上，但速度却很快，而且十分密集，毫不节制，如夏季的骤雨一般倾洒而下。"但如果仔细分辨，云雀的叫声的确充满韵律，有着大致固定的发音方式，特别是开头和结尾。聆听声音，熟悉云雀的农人就能知道云雀是刚刚一飞冲天，还是正在俯冲而下。常常几只云雀同时在天上鸣叫，似乎看谁唱得好听。有时候还会打架，从天上打到地上。那显然是雄鸟为了争夺伴侣，比赛了唱歌之后，又开始了决斗。有的艺术家相信云雀的歌声和人类的艺术一样，对同类来说具有美的性质。雄云雀的歌声在雌性听来，美感还在于那声音和山泉的流淌声有些相似——因为需求的原因，山泉的声音对于几乎所有动物来说都是很美的。其次是因为长时间的飞翔和歌唱显示了歌唱者优越的体能，接近优越者的需求使得歌声变美。这种审美心理一旦形成，于是就有了相对

向闪亮的草洒落，
或是雨敲得花儿苏醒，
凡是可以称得
鲜明而欢愉的乐音，
怎及得你的歌？

鸟也好，精灵也好，
说吧：
什么是你的思绪？
我不曾听过对爱情
或对酒的赞誉，
迸出像你这样神圣
的一串狂喜。

无论是凯旋的歌声
还是婚礼的合唱，
要是比起你的歌，就如
一切空洞的夸张，
呵，那里总感到有什么不如所望。

是什么事物构成你的
快乐之歌的源泉？
什么田野、波浪或山峰？
什么天空或平原？
是对同辈的爱？还是
对痛苦无感？

有你这种清新的欢快
谁还会感到怠倦？
苦闷的阴影从不曾
挨近你的跟前；
你在爱，但不知爱情
能毁于饱满。

无论是安睡，或是清醒，
对死亡这件事情
你定然比人想象得

◎梵高《有云雀的麦田》

云雀高于麦田，却孤独于麦田，就像一盏灯之于天空。欣荣的群体的麦子，与形单影只的云雀，形成了空间与寓意的强烈对比。整体色彩看似温暖与舒适，而这种强反差让人感受到大范围的孤独。只有明白这种孤独，人们才能走进梵高的世界。

独立的意义，使得丰富多变的歌声更趋于完美。音乐大师舒伯特就为《听听云雀》谱过曲。《听听云雀》是莎士比亚的喜剧《辛伯林》中的一首诗，描写早晨清新的空气，云雀振翅直上蓝天白云的情景。舒伯特用钢琴来表现云雀扑打翅膀的节奏。据说作曲家那天心情很好，和他的朋友们去郊游，当他们高高兴兴地在小餐馆吃饭的时候，舒伯特突然吵着要五线谱纸，朋友们知道他的灵感来了，但谁都没有带五线谱纸，他们赶紧把菜单翻过来，在后面画上五线谱，作曲家立即在上面急促挥写起来……

所以，云雀之歌人们听起来十分悦耳，心理学家分析说，这是因为它迎合了人类对山泉、雨水的需求造就的美感；其次，是因为云雀显示了令人向往的山林和旷野；再就是因为人有闲情逸趣，从而喜欢听。但是，知音毕竟是云雀存在的先决条件，一些农人就不怎么欣赏云雀的声音，因为他们往往累得要命、晒得发昏，自然无心欣赏这种浪漫主义的仙乐了。

云雀通过调教可模仿麻雀、燕子、雏鸡等十几多种鸟鸣，亦可模仿鸡、猫、狗的叫声及婴儿的啼哭声，可饲养为观赏鸟，因此成为很多养鸟人的宠物。正因为如此，百灵鸟在国内有着巨大的需求市场。在巨大的经济利益诱惑下，偷捕者疯狂地捕捉云雀。每年端午节前后，云雀在花草中产卵孵化，也是它们最容易遭到捕捉的悲惨时节。这些鸟贩子拿着杆子扒开草，将刚孵化出来的雏鸟连窝端走。这些现象已经引起人们的警惕。人们还发现，凡是有空气污染的地方，从来就没有云雀的身影，云雀逐渐成为了衡量一个地区环境水平的指标。难道比诗人勒内·夏尔描绘的更悲惨的云雀灭绝之景，会发生在我们身边吗？

更为真实而深沉，
不然，你的歌怎能流
得如此晶莹？

我们总是前瞻和后顾，
对不在的事物憧憬；
我们最真心的笑也
洋溢着
某种痛苦，对于我们
最能倾诉衷情的才是
最甜的歌声。

可是，假若我们摆脱了
憎恨、骄傲和恐惧
假若我们生来原不会
流泪或者哭泣，
那我们又怎能感于
你的欣喜？

呵，对于诗人，你的
歌艺
胜过一切的谐音
所形成的格律，也胜过
书本所给的教训，
你是那么富有，你藐
视大地的生灵！
只要把你熟知的欢欣
教一半与我歌唱，
从我的唇边就会流出
一种和谐的热狂，
那世人就将听我，
像我听你一样。

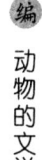

碎舞的蝙蝠

> 长着孩子脸的蝙蝠在紫色的光里
> 嗖嗖地飞扑着翅膀
> 又把头朝下爬下一垛乌黑的
> 倒挂在空气里的那些城楼
> 敲着引起回忆的钟，报告时刻
> 还有声音在空的水池、干的井里歌唱。

——T.S.艾略特《荒原》

为蝙蝠去魅

亚里士多德在《形而上学》的开头，似乎就遇到了必须与大量的抽象概念相纠缠的麻烦，在谈到真理与知识的关系时，他不得不调动自己熟悉的动物使得抽象词汇显形："迷难本起于两类，也许现在的迷难，其咎不在事例而正在我们自己。好像蝙蝠的眼睛为日光所闪耀，我们灵性中的理智对于事物也如此炫惑，实际上宇宙万物，固皆皎然可见。"这个认识是错误的，一来万物并不皎然可见，二来蝙蝠体认世

◎清·吴友如《蝙蝠》

界却跟眼睛无关。但这个首鼠两端的异类,并不能遮蔽亚里士多德在《动物志》中对它的正确分类,亚氏意识到,蝙蝠是唯一能真正飞行的哺乳动物。这一点,就比李时珍处理蝙蝠的归属高级一些。

蝙蝠的前臂及手,尤其是手指(拇指除外)的骨头长得很长,手指间有皮膜连着躯体两侧,近距离观察,脸上有着一系列飞快变化的动作,就像它们出乎意料的反飞,颇有些像恶魔的雏形。如果真的大如飞虎或飞豹,怕是最难对付的动物了。蝙蝠多次在权力和玄学的水面惊险地飞掠,水放大了它那狮嘴鹰身的影响,并随着涟漪的扭动,扩展到石头内部和诗歌的韵脚当中。统治者视之为神示的篇章,但它过于夸张的飞翔模糊了求知者的内心,他们只觉得心乱如麻。

古希腊奴隶伊索多次提及蝙蝠,也不都是用蝙蝠设恶喻。钱钟书在《读伊索寓言》一文中强调:"我们看到这许

在拉丁美洲,有一种蝙蝠夜里出来,从动物和人的动脉里吮吸鲜血。在没有弄清真相之前,人们认为这是一种吸血鬼,它像一个巫婆夜里脱去皮,变成一个火球,藏在僻静的地方,伺机扑到动物或者人的身上吸血。后来,科学工作者揪出了这个吸血鬼,原来它是一种吸血蝙蝠。拉丁美洲蝙蝠种类很多。在各种蝙蝠中,就有夜里吸血的蝙蝠,吸血蝙蝠是恐水病和其他危险疾病的媒介。学者们查明,吸血蝙蝠只分布在新大陆的热带地方,共分三种:普通吸血蝙蝠、连毛腿吸血蝙蝠(或小吸血蝙蝠)和白翅吸血蝙蝠。

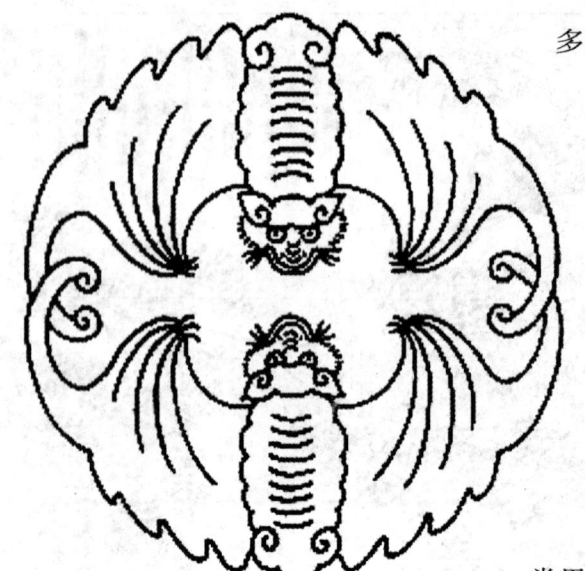

◎《双蝠图》

福，指洪福、福气。《韩非子》载："全寿富贵之谓福。"《千字文》中有"福缘善庆"一语，表示善良与吉利能引来福。用蝙蝠组成图案，寓意福运和幸福。

蝙蝠的头部的确有些像耗子，在四川方言里，把蝙蝠叫做"盐老鼠"，川南一带也称它为"盐耗儿""盐耗子"等。其实，蝙蝠怎么也不可能偷盐吃！即使吃了，老鼠如何长得出翅膀？但以前的确有"盐老鼠，偷盐吃，一刀杀了过年吃"的民谣。我想，应该指的是"檐老鼠"。据说，称"盐老鼠"不限于四川，广西，江西，一些"老南京"也如此呼之；山东方言则称之为"盐白虎"。恍惚还记得那时相关的儿歌：盐老鼠，偷盐呷，篙子打，荆条刷……

多蝙蝠、狐狸等的举动言论，大有发迹后访穷朋友、衣锦还故乡的感觉。但是穷朋友要我们帮助，小孩子该我们教导，所以我们看了《伊索寓言》，也觉得有好多浅薄的见解，非加以纠正不可。例如蝙蝠的故事：蝙蝠碰见鸟就充作鸟，碰见兽就充作兽。人比蝙蝠就聪明多了。他会把蝙蝠的方法反过来施用：在鸟类里偏要充兽，表示脚踏实地；在兽类里偏要充鸟，表示高超出世。向武人卖弄风雅，向文人装作英雄；在上流社会里他是又穷又硬的平民，到了平民中间，他又是屈尊下顾的文化分子：这当然不是蝙蝠，这只是——人。"这显示了钱的思维习惯，好反其道而行之，但蝙蝠几千万年来并没有习性、构造上的多少变化，也就是说，它们的存在与人类无关。

能够从陆地上实现起飞的梦想，说明蝙蝠相当幸运，自然要遭到一些非议。仔细想想，就会发现这个起飞的过程充满了危机。蝙蝠被一种御风的念头所统治，从灵魂到身体，当这种念头像腾空剂一样置换了身体内的浊物之后，它把大地的宽度竖立起来，成为了巴别塔。它在空中行走，并把大地的尘土与风元素相熔炼，像一块轻盈的木炭，在天空涂写土壤的构图。因此，它的身影被飞行和走兽家族嫉妒的言辞勾勒出了鬼魅般的的轮廓。一千多年前，曹植就据此作《蝙蝠赋》："吁何奸气，生兹蝙蝠。形殊性诡，每变常式。行不由足，飞不假翼。明伏暗动，尽似鼠形，谓鸟不似，二足为毛，飞而含齿。巢不哺毂，空不乳子。不容毛群，斥逐羽族。下不蹈陆，上不冯木。"如此诡谲的飞行物自然是负有某种使命的，际遇不好的人难免要赋予蝙蝠以鬼魅性质，并视之为自己霉运的发泄对象。

古人很多知识的来源多与天空有关，这是长时间仰望获得的结晶，是一种"天语"的呈露。在西汉辞赋家扬雄的所有著作中，《方言》（旧题为《輶轩使者绝代语释别国方言》）是其用功最多、耗时最长的一部作品，《方言》不仅具有语言学、方言比较词汇学、描写词汇学、历史词汇学、方言地理学价值，而且具有博物学价值。蝙蝠在他的词汇世界里十分频繁地出没："蝙蝠，自关而东谓之服翼，或谓之飞鼠，或谓之老鼠，或谓之仙鼠。自关而西秦陇之间谓之蝙蝠。"（《卷八·第十条》）

这至少说明：西汉时蝙蝠遍布如今东北、华北、西北，极可能当时这些地区的气候、生态条件非常适合蝙蝠生存，蝙蝠的食物在当时这些地区较丰富，天敌较少。《方言》中未载当时吴、楚是否有蝙蝠，如没有或很少，那么与现在相比，应该有蝙蝠南迁史……，可以引出很多思绪言路。（有关扬雄《方言》的论述，引自叶福翔《试论扬雄对中国文化的贡献》，载《中华文化论坛》）但蝙蝠有个十分古怪的名字扬雄并没有提及，这就是"夜明砂"（当然，也有人认为就是指"蝙蝠屎"）。这是颇富有诗意的，蝙蝠飞舞的声音以及它木炭似的造型，就像一把砂把黑暗擦出了一串锐光。李时珍十分重视这个名字，并从这个称谓中追索明与暗的辩证法，他认为蝙蝠在黑暗中的视力惊人，多半对眼力不佳者有效，就提出了一些药方；后来者更上层楼，指出要白头蝙蝠才有神效。白头蝙蝠是一种变异品种，不可能令人眼放光明，倒是极可能沾上一些奇怪的病毒。

吸血蝙蝠

对蝙蝠进行妖魔化的还是西方人，吸血蝙蝠与吸血鬼的通感几乎成为一个硬词的两面。蝙蝠是吸血鬼的化身，原因可能是法国博物学家布丰把拉丁美洲一些吸牛血的翼手类动物命名为吸血鬼。实际上，传说中的吸血鬼，能够异形为蜘蛛或蝴蝶等各种动物，也能变成雾气或麦秆。其实，翱翔在

鼍风鱼——《异物志》说：冬天，此鱼数千万头共处大窟中藏，上有白气。或在鼍穴中，皮黑如漆，能潜知数里中空木所在，因风而入空木，化为蝙蝠。其肉甚美。

《伊索寓言》里有一则《蝙蝠和黄鼠狼》的故事。记一只蝙蝠掉到地上，被黄鼠狼逮到，蝙蝠大叫饶命。黄鼠狼说本狐仙可饶你，但是本狐仙恨鸟，你是鸟，故不饶。蝙蝠力辩自己不是鸟，而是老鼠，最后被放掉了，不久它又掉到地上，被另一只恨老鼠的黄鼠狼逮到，历史又重演，不过它这次力辩自己是鸟，不是老鼠，最后又被放掉了。另一则寓言是《鸟兽和蝙蝠》的故事。记鸟兽双方大战，互有胜负，蝙蝠在其间老是投靠在胜利者的一方，向鸟说它是鸟，向兽说它是兽。最后鸟兽双方议和，真相穿帮了，不但"不容毛群，斥逐羽族"，而且"不容兽群，斥逐哺乳类之族"了。从此不敢在光天化日之下活动，只好昼伏夜出了。

上面这两则寓言，主题都是写蝙蝠的骑墙性格，跟《蝙蝠赋》比起来，那位西方被压迫的奴隶——伊索，的确比我们东方这位被迫害的文豪——曹植，观察得高远，观察得深刻。伊索把蝙蝠拟人化，使我们古往今来，能借用这种观点去认识另一种变相能飞的哺乳类——人类，而对此道人物，有所卑视与警觉。
——摘自李敖《蝙蝠和清流》

◎蝙蝠

在秋天
特拉克尔／作

蝙蝠在夜幕降临时尖叫。
两匹黑马跃过牧场。
红枫沙沙作响。
旅人窥视路上的小酒馆。
新酿的酒和坚果味道甘美。
奇妙在转暗的森林中喝醉跌撞。
哀悼的钟声透过黑枝鸣响。
露水落在眼睛上。

大地间的吸血蝙蝠的确有三种，现存一种，而且数量远远比不上人群里摩肩接踵的坏人。西方人以及一些南美土著人认为吸血蝙蝠都是无恶不作的巫婆，在夜里脱了皮，变成一个火球，躲在猎物无法企及的思维角落里施展魔法，可以毫无知觉地吸干它们的血液。

吸血蝙蝠其实具有这种隐身本领，在于唾液含有麻醉剂。但更要命的却在于唾液可以使血液无法凝固，直至流完为止。它们的相貌看起来带有苍老的恶相，鼻部顶端有一个"U"字形沟的肉垫，耳朵尖为三角形，喙部很短，形如圆锥，吸血蝙蝠的眼睛比其他蝙蝠的眼睛更大，但是在漆黑的世界里同样毫无作用。

很多人以为大蒜是对付吸血鬼的万灵丹，其实不然，只有在罗马尼亚一带才流传这种说法。不过，吸血鬼倒真的只能在夜间出来，鸡鸣之前必须回到坟墓里去。吸血鬼害怕圣水，因为圣水是生命之源；它也害怕圣体和十字架。归根结底，用木桩扎进吸血鬼的心脏，是结束万恶生命的最好办法。

而与吸血鬼造像完全相反的精神造像，却是出现在中国民间。这是"蝠"的谐音打通了福，使蝙蝠成为光明使者。现在见到的钟馗画像，常有蝙蝠伴其行。钟馗知道鬼怪总是喜欢藏在阴暗的角落里干罪恶勾当，很需要能在阴暗角落里识鬼认魔的志同道合者配合，但一时找不到。有一天，钟馗遇到一个小鬼，小鬼自我介绍说："我这鬼形是刚才变的，我的原形乃是蝙蝠。能在黑暗中飞舞自如，凡有鬼所在，唯我能知。"钟馗听了大喜，看着那个小鬼果然化作碗口大的蝙蝠。自从钟馗有了蝙蝠这个助手，他的声威大震，斩妖祛邪，功勋显赫。

法国作家儒勒·列那尔（1864—1901）在《形象的捕捉者》里描绘了一个猎人放下猎枪后的感觉世界。他发现自己平时从未领略到的惊异特征，飞鸟和蝙蝠在空中划出一个大括弧，然后聚合在一起，它们在天空的蓝色底板上，落下厚重的墨迹。

猎人突然觉得，蝙蝠黑色的飞翔像是希腊文和拉丁文，而儒勒·列那尔呢，则把这些墨迹视为在空中铺开的希伯莱文。蝙蝠如正午的一场急雨，在它巨大的翅翼拍打之下，世界正变得柔软和渺小。

希伯莱文是如何结构的，我不知道，推测大体与那些古羊皮卷上的笔画近似吧。蝙蝠俨然已经是文字的鬼魂，有时就像一个错字卡在天空，突然让仰视的人感到敬畏和冰冷。

鸟的阴性智慧

○明·蒋应镐《山海经（图绘全像）·姑获鸟》

越是神秘的动物，它们在神话、传说中也越是模糊不清。在不同的记载中，女鸟获得了不同的命名，《玄中记》称之为"姑获"，《岭表异录》称之为"鬼车"，《白泽图》称之为"苍䱉"，《帝笞书》称之为"之逆"，《辨疑志》称之为"渠逸"。另外还有诸如天帝女、钩星、麋鸹、隐飞等称呼，散见于各种中国古代博物著作中。不过，这种动物通常被叫做"夜行游女"。段成式认为此鸟是天帝的女儿变的，但并没有说明究竟是哪一帝。神话学家袁珂考证说，夜行游女的父亲很可能就是五帝之一的颛顼。这就是"天帝女"一名的由来。

颛顼是黄帝的后裔。据《山海经·大荒西经》记载，他生下了老童，而老童则是楚人的先祖。楚公室在南下时，把颛顼的神话传说带到了长江中游的荆楚地区。从神话传说可以看出，颛顼氏的政绩是"绝地天通"，但他的几个子女却很不争气：一个作了疟鬼、一个作了魍魉鬼、一个叫廋约的儿子则作了穷鬼。"喜取人子养之"的鬼鸟、鬼车鸟、姑获鸟大约也是颛顼的女儿。

——摘自佚名《先秦时期的神话传说》

阴性的智慧就像鸟的反飞策略

记得作家韩少功在某篇随笔中写到过，男人是兽性的，而女性是鸟性的。想想也对，历史上的鸟经往往跟女经合流，她们相互学习，鸟发出女人的声音，而女人也作鸟状，所谓小鸟依人、莺声燕语，仅仅是鸟性的平和展示方式。但在无法洞悉

的黑暗里，那才是一个无底的鸟世界，鸟打开了它们阴鸷的羽翼，于是，那些顶风逆飞的羽毛，以一种诡异的冷光，显示了它们对高度以及宏大事物的藐视。

　　大地是为走兽而展开的，天空则为了鸟而蔚蓝和空阔。鸟像主人一样巡视着自己的庭院，一旦发现了某个疑惑之处，它们就以繁复的飞行线条，盘成一个个蛛网似的迷宫，企图阻止真空里的时间下坠。尽管中国民间常用鸟和鱼来表示阴阳属性，鸟代表阳性，鱼代表阴性，但在刚阳的天空做蹈空之舞的鸟却显示了事物背光面的性质。如果我们把鸟视作阴性的，那么作为女性意志的不明飞行物，女鸟首先在神话中就亮出了飞矢般的身姿，并直接命中了男权的关键器官。直接从女体上演变出来的姑获鸟以及亡魂鸟，它哭叫的声音像弃妇号啕般地响彻茫茫夜空，令躲在纸窗后面的男人忐忑不安、肝胆发凉。而雌性鸺鸟则像索命判官，只以金属似的叫嚷让置身宫阙的恶人中谶，它黑亮的羽翼从房檐擦过，闪烁出鬼火的种子。

◎选自《日本女鬼图鉴——姑获鸟》

　　鸟是天空绝对的动词。出于对飞行物的敬畏，人们对其神圣化和妖魔化也是命中注定的，这是来自于渴望飞行的鸟崇拜原始思维。当阴性物质以飞舞的姿态在刚阳的天空随意涂鸦之时，男人们总会莫名其妙地产生自卑心理。

　　在希腊神话当中，一群叫做妇人鸟的黑暗天使以饕餮的胃口让我们领教了鸟性的多元化。英雄阿革诺耳的儿子菲纽斯因为滥用阿波罗传授的预言法力，遭到了致命惩罚——晚年突然双目失明。丑陋而讨厌的长着妖妇头颅的女人鸟是宙斯的猎犬，不让他安静地用餐。它们尽可能抢走他面前的饭菜，又把剩下的饭菜弄脏，使他无法食用。

　　他已经饿得皮包骨头，活像一个影子，衰弱得双腿颤抖，走起路来摇摇晃晃。当他来到阿耳戈英雄们的面前时，已经累得精疲力竭倒在地上。众人围住这个老人，看到他枯槁的样子非常惊讶。菲纽斯苏醒过来，恳求英雄们杀死可怕的怪鸟。

> 最具研究价值的是《太平御览》引《荆楚岁时记》的一则记载："正月七日，多鬼车鸟度，家家槌门打户，掩狗耳，灭烛灯禳之。"《荆楚岁时记》是南朝梁人宗懔撰著的一部专门记录荆楚地区民间习俗的书（宗为江陵人）。躲避九头鸟就成了民间流传的习俗，可见其影响之深远。至今，神农架民间为防止九头鸟突然闯进住宅，夜间都要生火或点油灯，因为九头鸟怕灯火，这可能便是古老习俗的传承。
> ——刘不朽《由神鸟恶怪鸟演绎的鸟文化》

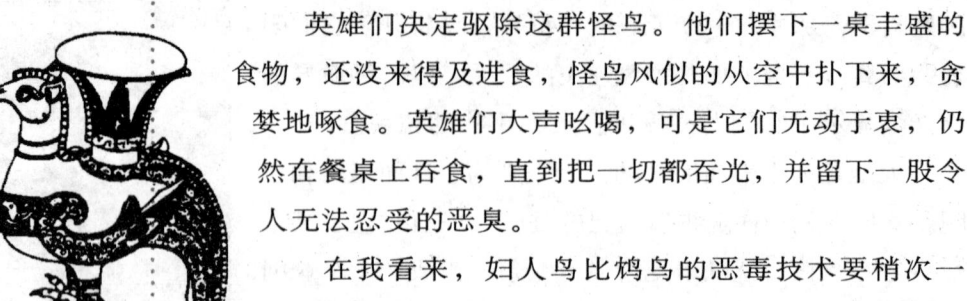

○ 商周时期青铜酒器

　　商周时的青铜器上就出现了鸟身人首的酒爵，这应该就是女鸟的雏形吧。

○ 约韩·威廉·渥特豪斯《塞壬女妖》

　　英雄们决定驱除这群怪鸟。他们摆下一桌丰盛的食物，还没来得及进食，怪鸟风似的从空中扑下来，贪婪地啄食。英雄们大声吆喝，可是它们无动于衷，仍然在餐桌上吞食，直到把一切都吞光，并留下一股令人无法忍受的恶臭。

　　在我看来，妇人鸟比鸩鸟的恶毒技术要稍次一些，她们的心中永驻宙斯的旨意，传达的仅仅是威胁，并没有直接搏杀性命。由于是鸟身人面，长相的粗糙和臭味大大影响了她们的知名度传播，因此，当女妖塞壬现身之后，塞壬自然成为女鸟桂冠的当然继承者。

　　荷马史诗《奥德赛》在讲述特洛伊战争结束后，希腊将领奥德修斯在返程途中，在塞壬岛附近与海之女妖塞壬猝然相遇。这是男人中的男人与女人中的女人的阴阳交媾之舞，也是智慧与聪明的二重唱。这种鹰身人面的异形动物具有与神使赫尔墨斯的牧笛相媲美的歌声，凡是听到她歌声的水手都会难以自持地要靠近倾听，直至触礁身亡。

　　塞壬是一群正宗的美女，甚至是处女，浓烈的阴气在她的天赋中回荡成歌声。由于尚未成为真正的妇人，她们的诱惑手段只是局限于鸟性中的声音礼节而非鹰的攫取，这种天真很容易使自己处于危险之中。奥德修斯率领船只经过这片音乐喷泉之海的时候，先是让所有水手在耳朵里塞入蜡块，然后将自己绑在船只的桅杆上。这样，他既听到了塞壬悠扬的歌声，兴奋得五官挪位，船只也得以安全渡过了不归之海。船员们是懵懂的，奥德修斯成为唯一穿过了塞壬的身体又胜利离开的男人。这就是男人的智慧，是"智慧的狐狸"（卡夫卡喻奥德修斯）击败女人小聪明的典型案例。但我总觉得这些智慧让人难以亲近，有些狡诈和阴暗，如果你是骑士，你就应该直面声音的灌顶，在定力的柱石上开始反击。

　　卡夫卡在《塞壬们的沉默》里试图改变这种

结局。沉默比销魂的歌声更具蛊惑性，声音缺席的水面遍植丰满的罂粟，枝头颤动着情欲的嘴唇，奥德修斯因为仰仗着蜡和铁链的双重护卫，眼睛里尽情放射着巨大的喜悦，等候着歌声的抚摩。塞壬们引而不发的唯一原因，是想在沉默里收获男人眼睛里的喜悦。这才是阴性的智慧，让我们联想到《聊斋志异》中采取元阳的修炼技术。因此，奥德修斯即使抵达沉默的边缘，仍然怅然若失，并感到身子空虚。

阴性的智慧就像鸟的反飞策略，它出乎意料的陡转、下切、俯冲，在风中完成惊险的高空作业和句法转换，把动词遮蔽成形容词，并胜利返回到女性的柔媚巢穴当中，然后不胜娇羞，然后静若处子。这一点，我们在很多美女身上都可以领略到个中的心机。

姑获鸟与九头鸟

中国是个鸟国，鸟音繁复，鸟影翩然，但女鸟从空气里降落成型，就成为一个惊人的场面。郦道元《水经注》中载："阳新县地多女鸟。"女鸟是鬼鸟的一种，传说中是专降小儿疾病的鸟。《玄中记》说："姑获鸟者，鬼神类也。衣毛为飞鸟，脱毛为女人。云是产妇死后化作，故胸前有两乳。喜取人子食之。凡有小儿家不可夜露衣物，此鸟夜飞以血点之为志，儿辄病惊痫及疳疾——谓之无辜疳也。荆州多有之，亦谓之鬼鸟。《周礼》庭氏以救日之弓救月之矢射鸟，即此也。"这就奇怪了，为什么女鸟单单对小孩子不利呢？遗憾的是，李时珍也没有回答这个问题。这种长有美女面容的鸟儿，与佛教中人面鸟身的神鸟妙音鸟是异曲同工的，甚至在三星堆还出土了它的艺术造像。但它远远无法与塞壬相比，它以幽怨的漫长的哭泣声蔓延于人们的记忆与历史的记载中，为了某种灾祸的到来，在空中撒出了一串预示的墨水。

姑获鸟也被一些人直接称作女鸟，《玄中记》里补充说："……时人亦名鬼鸟"，但肯定无法与煽动楚风的九头鸟相比。据学者考证，在中国古代，"九""鬼"两字通用。这个

台湾民俗学家朱介凡也撰有《九头鸟传说》一文，此文长两万字，引述中国古典文献包括许多地方志中的材料近百条，对九头鸟这一俗谚的今古演变及社会文化内涵进行了细密考评。原刊于《东方杂志》，后选入《中国谣俗论丛》。

朱介凡先生认为，九头鸟的传说，脱胎于《楚辞》和《山海经》中的古老神话。《山海经·大荒北经》中载："大荒之中，有山名北极天柜，海水北注焉。有神九首，人面鸟身，名曰九凤。"这九头凤就是九头鸟的最早说法，也可以说九头鸟就起源于《山海经》中的九凤。凤本是中国神话中的神鸟，九头凤就更加神奇了。《山海经》中不仅有九首之凤，还有九首或九尾之狐、羊、虎等，而且在讲究阴阳和合的古代中国，九是阳数，寓吉祥神圣，所以九头鸟最初并不含妖气。

以九头鸟象征人事，介凡先生从历史上举出两例。一是同明代湖北人张居正为相有关。这里又有两种说法，其一是说张居正为相时，大权在握，整顿吏治，声誉日增。患病时，各地官绅纷纷为之建醮，极尽铺张，事为九大御史前后参奏，而张之地位并未动摇，九大御史反为张居正——整肃。因此当日民间便生出"天上九头鸟，地下湖北佬"之谣，意为九头鸟再厉害，也敌不过一个湖北佬。在这个说法里九头鸟乃指九御史，并非湖北人。其二是说张居正在整顿朝政时，保荐了九位御史，这九人都是他的湖北老乡，对贪官污吏严厉制裁，革新政风大有成效，那些受到整顿的贪官污

吏，心怀不满，因而咒骂"天上九头鸟，地下湖北佬"。由此可以看出，这九头鸟的谣传，原是当日政敌散布出来以攻击张居正的。

另一说是这句谚语出于清初满人对湖北人的诅恨。据有关史料记载，鄂之圻黄地区，曾据山岩拼死抗清，大局既定后，那些难忘故国的遗民，又拒绝同清廷合作，如有受清廷笼络所利用的，众所共弃，乃使满人为官湖北者，莫不恼恨交加。在无可奈何之下，因荆楚向有九头鸟传说，于是编造了这句谚语。后来武昌辛亥首义的成功，再次证实了这句谚语的活力。因而在台湾出版的《湖北文献》上刊出的诗作，高唱："武昌一夕鸟飞鸣，满族政权难自保，九头徽号称鄂鸟，鄂人听了不烦恼。"

——摘自阿迪《九头鸟之谜》

长着九个人头且具有人脸的大鸟，因为头颅的左顾右盼造成了别扭的步态，据说与鸭子的步伐近似，一些怪异的表情麇集于一身。它出没于宫阙的后花园，并为暴虐的统治带来灾祸。人们相信，九头鸟囊括了女鸟的全部禀赋和鸟性技术。在某种程度上可以说，中国古人的想象天空，是被女鸟打开的。它们偶尔遗失在大地上的身影和足迹，形成诗与歌的策源地。

日本恐怖电影《姑获鸟之夏》近年大热，改编自小说家京极夏彦的作品。故事主题是生死、爱恨、情仇，但此片的叙述十分奇特。影片的主线姑获鸟是传说中的故事形象，却在现实中找到了相似的例子。医院院长的女儿梗子怀胎20个月，老公又于一年前在密室中失踪。导演采用了非常奇怪的暖色调来拍一个让人心生寒意的故事。剧中众人的表情也像在做梦，让人分不清真假。本书涉及怀孕想象、怀孕妄想、心理病变、记忆阻碍以及妖怪学、阴阳师等，如果将《姑获鸟之夏》视为心理著作，或者探究人类心脑和记忆的著作也毫不为过！更难的是作者京极夏彦在处女作中将各种元素完美融合成一体，构成了这部容纳了各种元素的超级想象之作。

如果一个女人化作女鸟，飞舞在感情的风尘里，那是她的自由。她们在处女时代作天鹅状、在贫瘠岁月里作麻雀状、在风化糜烂的时期作老鸨状，都是很自然的生理选择。鸟在修辞的领域已经成为女性的替代物，并施展其权力意志。对一些男人来说，企图龙凤呈祥比翼齐飞，好像也是他们的宿命。但结果往往是阴差阳错的：男人一旦领略了女人的鸟性，会成为呆鸟。

每当万籁寂静的时候，听到窗外滑翔着女鸟的冷风，它以悠长而破败的叫嚷打击着男人绮色的想象，狐仙不可能自天而降，来自于黑暗潮湿的梦境腹地的动物，对人们的不慎行为，开始了秋后算账。

美人鱼之歌

> 黄得就像坐在琥珀宝座上的美人鱼的头发,黄得超过拿着镰刀的割草人来之前在草地上盛开的水仙花。
>
> ——奥斯卡·王尔德《夜莺与玫瑰》

王尔德的尤物

奥斯卡·王尔德(1854—1900)的著作译介在大陆一直是遮遮掩掩的,直到 2000 年 9 月,才由中国文学出版社出版了赵武平主编的六卷本全集,使这个喜欢穿奇装异服、表情女性化的怪才在汉语里迅速展开了他绮丽雍容的大氅。这样,我们才得以多角度欣赏他的细节旨意。

王尔德的童话一直名声在外。其实他只写过 9 篇,结集为《快乐王子》和《石榴之家》,内容大都是儿童看不懂的东西,现在看来,应该属于

◎安徒生童话《海的女儿》插图

◎美人鱼

美人鱼是一座世界闻名的铜像，她位于哥本哈根市中心东北部的长堤公园(Langelinie)。远望这个人身鱼尾的美人鱼，她坐在一块巨大的花岗石上，恬静娴雅，悠闲自得；走近这座铜像，您看到的却是一个神情忧郁、冥思苦想的少女。铜像高约1.5米，基石直径约1.8米，是丹麦雕刻家爱德华·艾瑞克森(Edvard Eriksen)根据安徒生童话《海的女儿》铸塑的。这座铜像是由新嘉士伯啤酒公司的创始人卡尔·雅格布森(Carl Jacobsen)出资建造的。当初有一天，卡尔·雅可布森在皇家剧院观看首演的芭蕾舞剧《海的女儿》后，深受感动，产生了要为美人鱼制作一座铜像的设想。他感到安徒生的童话在艺术中已有芭蕾舞、音乐及油画等形式，唯独缺少一座雕像。于是卡尔·雅格布森就同雕塑家艾瑞克森商量，希望艾瑞克森用雕刻艺术来表现美人鱼。雅格布森还为此邀请艾瑞克森观看了芭蕾舞剧《海的女儿》。艾瑞克森从芭蕾舞剧中获得了灵感，并构思了铜像的形态。

成年人的童话吧。《打鱼人和他的灵魂》是其中很著名的一篇。唯美诗人积累了太多的梦幻，当他使用来自非洲的象牙梳子优雅地把自己那头长卷发分出波浪时，这种顾影自怜的咏叹是发自内心的，他的爱情在男人与女人之间异位和异形。既然在现实里无法复活这一妖冶的情愫，那就只能在虚构里寻找一种极度的真实品。在他的渴求之水铺开之时，美人鱼逶迤而至——

> 美人鱼十分貌美，渔夫望着她时充满惊奇，伸出手拉动渔网的他靠在船边，将她抱在怀中……她的头发像浸湿了的金色羊毛，每根发丝都像玻璃杯中的纤细金线。她的身体有如白色象牙，尾巴像是银和珍珠做成的。她那如银与珍珠般的尾巴上缠绕着绿色的海草，她的耳朵有如贝壳，小嘴好比珊瑚。

这些比喻显得有些急不可待，修辞难以承载诗人企图沟通灵魂与肉体的双重冲动。但美人鱼似乎是一个不折不扣的妖精，是一个拒绝灵魂的肉身，让渔夫陷入了片面的二元对立当中——灵魂和肉体的愉悦无法合一，它们总是以绝对对立的方式出场和收尾。其实，这种对立并不是王尔德的发明，在欧洲风化史当中，美人鱼一直具有超现实、诱惑、色情、放纵的隐喻，是男人春梦的常客和指挥者。没人去细究美人鱼的根据地，知道她住在梦里就够了，因为理性的追问总是令美色褪去神光。

王尔德的《打鱼人和他的灵魂》在写作时间上比安徒生的《海的女儿》（1837年）晚得多。因此，他追求一种更加复杂的叙述，讲述了一个关于爱情、关于灵魂、关于天国的故事。打鱼人疯狂地爱上了人鱼公主。当他向人鱼公主求婚时，人鱼公主说："你有一个人的灵魂""要你肯送走你的灵魂，我才能够爱你"。打鱼人不惜一切代价送走自己的灵魂，他终于得到了人鱼公主的爱情。但是没有"心"的灵魂经历漫游之后，每一次都用"恶"来引诱打鱼人，希望自己重回到打鱼人的身体里。当灵魂用"智慧""财富"引诱打鱼人的时候，打鱼人拒绝了这些，他心里只有爱。他说："爱比智慧好""爱比财富好"。但是，当灵魂用"人间女儿的脚"来引诱打鱼人的时候，打鱼人却经不住诱惑，因为人鱼公主没有脚。一旦打鱼人离开海底，灵魂就重新回到他的身体里，从此再也不能将灵魂送走了。打鱼人不能重回海底，不再拥有人鱼公主的爱。然而，打鱼人还深爱着人鱼公主，他在海边又等了3年的时间，直到人鱼公主死了，打鱼人抱着公主的尸体也死了。牧师认为，为了肉体之爱舍弃灵魂是可耻的，所以牧师不为他们祝福，将他们葬到了一块荒地上。但是，他们的爱感动了上帝，伟力施为，墓地上开出了最美的花，于是他们的灵魂也进入了天国。

这就预示着，在爱中，没有灵魂的可以创造一个灵魂；为爱失去灵魂的，一样会得到上帝的宽容，可以重新带着灵魂回归天国。爱，就是使灵魂飞往天国的翅膀。但没有灵魂的爱，恐怕只有肉欲，况且过于靠近太阳的翅膀却很容易熔化……

美人鱼
叶灵凤 / 作

香港人喜欢称女游泳健将为"美人鱼"。香港是以出产美人鱼著名的，曾经发现过两条。熟悉水国沧桑的人，谈起她们的历史，都能够如数家珍。

这种美人鱼，可说是名副其实的美人鱼，因为她们将传说中的东西兑现了。所差者，只是她们是人而鱼，不是鱼而人而已。至于传说中的美人鱼，则除了雌的以外，还有雄的，实在不便一律称为美人鱼，最好还是称她们为人鱼。《新安县志》卷三《物产志》云："人鱼长六七尺，体发牝牡如人，惟背有短鬣微红，雄者名海和尚，人首鳖身，无甲，雌者为海女，能媚人，舶行遇者必袭解之。谚云，毋逢海女，毋见人鱼，比盖鱼而妖者。"

所谓海和尚，大约就是和尚鱼，据《三才图会》说："东洋大海有和尚鱼，状如鳖，其身红赤色，从潮水而至。"

记载这种传说中的人鱼故事，最美丽的是《瓯异记》。据说待制查道，奉使高丽，晚泊一山而止，望见沙中有一妇人，红裳双袒，髻鬟纷乱，时后微有红鬣，查命水工以篙投水中，勿令伤。妇人得水偃仰，复身望查拜手，感恋而没。水工曰，某在海上未曾见，此何物。查曰，此人鱼也。

相传大屿山从前有以渔为生的水居民族，名曰卢亭。屈大均说他们就是人鱼，见《广东新语》：

"有卢亭者，新安大鱼山与南亭竹没老万山

多有之，其长如人，有牝牡，毛发焦黄而短，眼睛亦黄，而黛黑，尾长寸许，见人则惊怖入水，往往随波飘至，人以为怪，竞逐之，有得其牝者，与之媲，不能言语，惟笑而已，久之能著衣食五谷，携之大鱼山，仍没入水，盖人鱼之无害于人者。"

动物论语

◎俄罗斯神话传说中的西林

美人鱼的水面幻象

罗马博物学家普利尼是最早对美人鱼作出详细记录的人。他在公元1世纪所著的《自然史》中就说："人们称作'海中仙女'的美人鱼，决非寓言故事，她们同画家笔下的美人鱼完全相符，只是皮肤格外粗糙，全身上下长满了鳞片，连那极像妇人的上半身也不例外。"美人鱼的传说的确来自欧洲。海妖塞壬长着女人的上半身、鸟的脚或鱼尾，有双翅或无翅。她们用迷人的歌声诱惑航海者。腓力斯人和《圣经》时代的巴比伦人都信奉有鱼尾的神。科林斯人和腓尼基人的硬币上也印有美人鱼。据说，亚历山大大帝曾多次钻进水晶球，潜入海底与美丽的海姑娘聚首。

在欧洲的一些历史文献中，曾提到在希腊及其他地方有半人半鱼的海神，并说在罗马有它的标本。西班牙中世纪文学中也充斥着有关美人鱼的描写。阿隆索·德马德里加尔在其《欧塞维奥述评》中，以18章的篇幅来描述美人鱼。正是由于欧洲的有关传说的影响，所以从哥伦布时代起，美人鱼就成为西班牙人首先想要从事的审美的历险。在美洲，据说哥伦布最先看到跃出海面的3条美人鱼，但大为扫兴的是，它们不像绘画上那样美丽。其子埃尔南多又在几内亚湾多次半真半假地见到了美人鱼。西班牙神父拉斯卡萨斯（1474—1566）曾把有关美人鱼逸闻的地点确定在贝纳迪纳岛的海面上。

到18世纪初，人们对美人鱼的传说产生了越来越多的怀疑，博物学家们开始重新估价自己的见解。埃利克·蓬托皮丹在《挪威自然史》中认为，大多数关于美人鱼的传说纯属无稽之谈。他指责一些人把虚构的故事同历史混为一谈："显然，稍有头脑的人绝不会对这类奇谈怪论感兴趣，甚至会怀疑这种生物存在的可能性。"

事实上，远远看去具备美人鱼元素的动物大概有这样几种：海牛、儒艮及各种海豹等海牛目动物，虽然它们其貌不扬，其下半身与游弋在梦境中的美人鱼却有几分相近。因此，美人鱼的身体要素大致是：皮肤是橄榄色；胸部丰满、性感十足；手指间有橄榄色的蹼；橙色的长发垂到胸前，头发的边缘是蓝色的；她有绿色的鳍以及灰白色的脸。无一例外的是，她们绝对是美得令人血液凝固的尤物。

在文学作品中，美人鱼肩负诸种比喻。乔叟在诗歌里把她比喻成优雅的学者。莎士比亚在《过失的喜剧》在中写道：

啊，可爱的美人鱼，不要用你的音符，
把我淹没在妹妹你的泪水里：
唱吧，仙女，为了你，为了宠宠我自己。

在莎士比亚戏剧《仲夏夜之梦〈之二〉》里，欧巴人梦里的美人鱼不再用作比喻，也不在舞台上出现：

一次我高高地坐着，

◎古绘本《山海经》中的氐人国人鱼

人鱼的传说，中外都有，丹麦的安徒生有一篇著名的童话，就是以传说中的人鱼为题材的，写得极为美丽。这种海上传说中的生物，据现代海洋生物学家的研究，认为可能是从前的航海家见了海中一种海牛误会而起。这种海牛日本人称为"儒艮"，栖在印度洋直至澳洲沿岸，体黑胸白，雌的胸前一对乳房很发达；它们像鲸鱼一样是海中的哺乳动物，雌的能用前鳍抱着幼儿在胸前哺乳，又喜欢抬高半身出水面来游泳，所以远远望来很像是哺乳的妇人。也许就是这种东西被东方的航海家辗转传述，变成美人鱼了。

上编 动物的文学志

听见一个美人鱼在海豚的背上
吐出如此悦耳动听的声息
在她的歌声里，粗鲁的大海也变得彬彬有礼
一些星星急切地从天际射来
为了倾听大海公主的音乐。

约翰在他质疑妇女忠贞的《歌》里，把美人鱼看做神话人物，并试图寻找他认为妇女应有的忠贞。他写道：

神，捉住那坠落的星……
教导我要么倾听美人鱼歌唱，
要么让嫉妒刺痛我的心。

可见，既是尤物，又要是贞妇，这个奢侈的愿望注定了将没有实现的可能。

在西语中翻云覆雨的美人鱼横空出水之际，小心地巡游在汉语里的人鱼兵分两路，一种以美丽清秀（包括男人形态）的面具显形，另一种就是所谓的"鲛人"，其实就是鲨鱼，并不时露出狰狞的面孔，尽管它以泪水的珍珠挽回了很多面子。鲛人泣珠的典故出自《太平御览》。说南海有一种人鱼从水中出玩，住在人家多日，眼见米缸见空，主人将要去卖绡纱，人鱼向主人要一器皿，用哭泣的眼泪变成珠宝装满一盘子赠给主人。从这个故事中，我们发现鲛人在国人的民风吹拂下不但迅速变成了女性，还成为了贤内助和摇钱树。因此我一直相信，这种想象力的产品，功利是其最大的敌人，而且，其美丽程度是依靠力比多的浓度来决定的。

◎隋代·中国人想象中的人鱼

游弋在汉语中的美人鱼

中国古籍里大约是这样描述的："水中有白骥，状类妇人，乳阴具毕，唯尾似鱼。路上行人谓见之者凶。"《新安县志》卷三《物产志》云："人鱼长六七尺，体发牝牡如人，惟背有短鬣微红，雄者名海和尚，人首鳖身，无甲。雌者为海女，能媚人，舶行遇者必裹解之。谚云，毋逢海女，毋见人鱼。比盖鱼而妖者。"所谓海和尚，大约就是和尚鱼，据《三才图会》说："东洋大海有和尚鱼，状如鳖，其身红赤色，从潮水而至。"

日本传说中的美人鱼更具阴翳的色彩。古天皇二九年（公元617年），在滋贺县的蒲川渔夫捕获了美人鱼；江户时代也发生过，尤其是宽政十二年（公元1800年），在大阪西堀附近河川钓起的人鱼，多数人看过后造成轰动。这条人鱼，身高一米多，发出婴儿似的哭声。从这件事来考虑，人鱼也是传说中的幻兽，可算是相当神秘的鱼族，当时称为鲮鱼或发鱼。可见日本人的人鱼和西洋传说中的妖精人鱼的意思稍微有些不同。其姿态，不一定很美，不如说是奇形怪状较多。出现于若狭湾、九州岛、四国近海，只选在狂风暴雨迫近时现形。（日本传说引自相关网络资料）

如果把汉语里人鱼同西语中的美人鱼进行对比，她们除了少量的相同外，汉语中的人鱼长相之古怪大概就类似外星人了。

不管是美人鱼还是人鱼，它们一般是以女性化的面具和肉身出没的。一个重要的虚构细节却惊人的相似，那就是她们都没有脚。脚的隐喻是繁多的，在理性主义的视野里，无脚就意味着一种独立能力的缺席。她必须施展媚惑的伎俩来促使观赏者帮助自己完成交通和情欲的工作，当然都是爱的名目，以便使自己集中精力投身于激情的燃烧当中。

王尔德在那篇童话里，让灵魂穿上舞鞋诱惑了美人鱼，这与水晶鞋血淋淋的故事在某种程度上是一致的。行走就意味着可以游移，可以首鼠两端或者多端，可以在色相和物质之间炫耀和彷徨，使男人们望洋兴叹，徒然积累的火焰以自伤的形式返回肉身的角落。

因此，当小脚文化又成为一种另类文明的余温时，我们就应该明白，美人鱼是小脚文化的某种极致，她们只能游动在男人情欲的水缸里，连一滴水也不得外溢。

现在，恋爱的季节就被时尚地命名为"美人鱼的季节"，表明无论如何也抹

去不了人们对美人鱼存在的追忆和憧憬。或许如安徒生的《海的女儿》所写道的："不知有多少夜晚小人鱼公主站在开着的窗子旁边，透过深蓝色的水朝上面凝望，凝望着鱼儿挥动着它们的尾巴和鱼翅。她还看到月亮和星星——当然，它们射出的光有些发淡，但是透过一层水，它们看起来要比在我们人眼中大得多。假如有一块类似黑云的东西在它们下面浮游过去的话，她便知道这不是一条鲸鱼在她上面游过去，便是一条装载着许多旅客的船在开行。可是这些旅客们再也想象不到，他们下面有一位美丽的小人鱼，在朝着他们船的龙骨伸出她一双洁白的手。"

于是，当你潜到所能到达的最深梦境时，美人鱼就会出现，并使你对尘世产生今是昨非的怅然感，然后蓦地惊醒……

蛇 路

人类的勇敢具有了鹰的羽翼和蛇的聪明。

有知识之树的地方就有天堂,最古代和最现代的蛇都这么说。

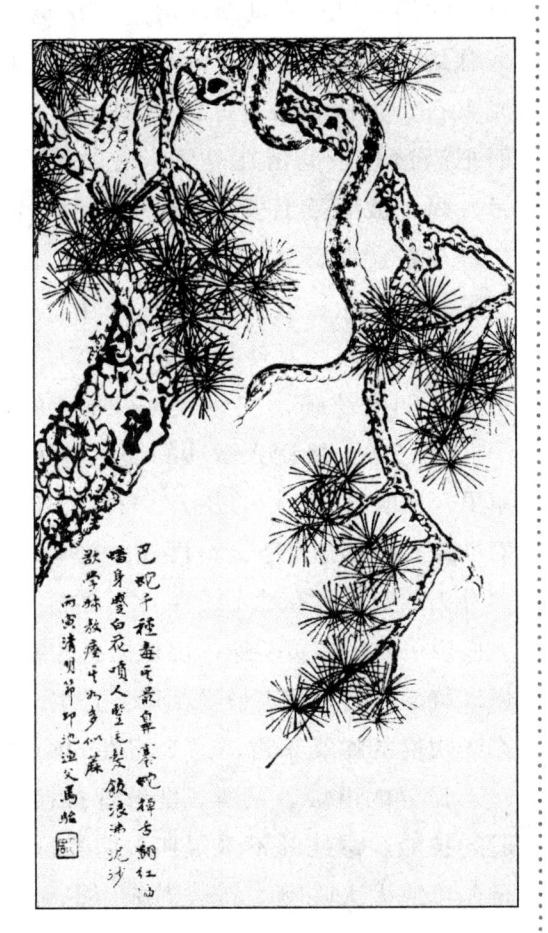

——[德]尼采

为了获得绝对之美,扑出去的身体毅然扔掉了四肢,所有的情致被统一到腰部。蛇匍匐在地,米隆的维纳斯则俏丽地走向空中,为此,她必须保留双足;前进是为了将花

◎清·马骀《蛇》

蛇行之术不愧为少林技艺,来无影去无踪,如鬼如魅。蛇行之术又名"蜈蚣跳""蜈蚣蹦""俯耳蹦"等,为少林武术中之地越功、夜战术的一种上乘功夫,更是使人出乎意料而措手不及的行动功夫。

◎明·蒋应镐《山海经（图绘全像）·巴蛇》

蛇吐出分叉的舌头如同血丝飞舞，会让人感觉不祥，其实这只不过是蛇在嗅知周围环境而已。蛇类的舌头没有味蕾，它们用舌头收集空气中的所有粒子，然后将空气中的气味与味道带进口腔上腭的两个凹槽，叫"雅各布逊的器官"，来感应气味与味道。因此，味道与气味经过处理后变成电信号传到脑部，从而判断周边的物体为何物。

南方有鹳食蛇，每遇巨石，知其下有蛇，即于石前，如道士禹步，其石岿然而转，因得而啖。里人学其法者，伺其养雏，缘树，以篾絤缚其巢，鹳必作法而解之，乃铺沙树底，俾足迹所印而仿学之。
——摘自宋·孙光宪《北梦琐言》

纹游为曲径，并以繁复的曲线引诱缠绕观察者的注意力——这也许就是蛇的形式美学。有一个著名的难题，是诗人米沃什提出的：蛇的腰有多长？而据说，回答米沃什难题的最简单方法是拒不承认蛇有腰。欧阳江河在诗歌《咖啡馆》也借一个小男孩的口问这个谜语，但欧阳江河回答蛇的腰是去掉头尾之后剩下的中间部分："起伏的蛇腰穿过两端，其长度可以任意延长，只要事物的短暂性还在起作用。"显然，这是在美化中年经验以及中年写作。可惜蛇并不答理这个回答，它继续它的风摆柳运动。情欲就是蛇腰，这就是文化对蛇的全部提纯。

记得幼年时，并不特别害怕蛇，经常在旷野里玩耍时，见到它们金风一般从草丛滑过。草丛被刀刃高速切开，但视线总是来不及追寻到蛇的行踪。偶尔见到那著名的长尾，电光火石，很快就被复原的草茎收回，就像演员钻进了幕布，而把激情和余韵留在外围。在物质主义尚未开花结果的年月，尚未被混凝土板结的土地似乎总是盛产蛇。我亲手打死过好几条，反反复复地观察，直看得眼冒火花，出现飞舞的阴翳。那种无法形容的流线感，散发一种奇怪的腥味，电流一般让我心悸，又使我兴奋。后来，我勇敢地把一条蛇放在手臂上四处炫耀，突然又觉得垂死的蛇是最丑的东西。

记忆中，最让人激动的场面自然是捉蛇。在乱坟岗的蒿草里，采取打草惊蛇的办法，总能使蛇显身。我们削制了木叉，对准蛇的颈部猛叉下去，再捏住蛇尾一阵猛抖，一米多长的蛇便骨头散架，瘫在地上。腰身不再摇曳，美丽也就僵直了。大人们说可以用雄黄避蛇，但根据我的经验，发现蛇并不怎么畏惧雄黄，它们反而害怕雪花膏、香水、万精油一类的东西。对充满阴性的蛇类来讲，这个习性的确是一大悖论。

诡异的事情，之所以能够保持自己，似乎总具有某种规避的技能。毒蛇并不希望在人们的日常生活里频繁出没，倒是无毒蛇大大咧咧、狐假虎威，举起一个大脑壳抗击着木棒和砖头的招呼。每当它们一死，我觉得那火焰一般的花纹也就死了，或者立即匿到了地下。火无法通过脊椎传递，花纹的曲线不过徒有其表。学数学的人说，蛇在爬行时走的是一个数学的正弦函数图形。它的脊椎像火车一样，是一节一节连接起来的，节与节之间有较大的活动余地。如果把每一节的平面坐标固定下来，并以开始点为坐标原点，结果发现蛇是按照30度、60度和90度的正弦函数的曲线规律运动的。但这么精确的研究，仍然无法回答我的问题：花纹中的火焰断裂之处，为什么立即就变丑了？

　　问题伴随着成长，直到读高中时，我住宿在一间老平房里，某个深夜我莫名其妙地醒来，就看到一条黄金底色的斑斓小蛇缠绕在床头。它是否来自梦中，尚未及返回？《诗经·斯干》曰："维熊维罴，男子之祥，维虺维蛇，女子之祥。"熊罴收回了翅膀拒绝光顾，花蛇倒是从苹果树上款款而缠绵。幸好隔着蚊帐，我尽情打量它的意图。它盘曲如手镯，围绕床头的木栅栏盘旋，身体如同熔蜡一般得通亮。这些诡异的花纹其实是淳朴的，但一经滑动，彩陶一样不可方物。我起身去拿刀，狠狠一剁，床头和蛇均被砍断。事后，我觉得有点不大对劲，蛇又没有危害什么，其实大可不必煞有介事。

　　放学回来，就发现断蛇不见了。血在地上画出了一些蜿蜒的虚线，但蛇怎么可以不翼而飞？这个问题我至今也没有想明白。

　　对于我的前一个问题，17世纪的英国著名画家威廉·荷加斯(1697—1764)的研究早就做出了回答，他指出："通过动作，一个人可以充分地表现自己。从这种意义上说，形成美或丑的全部规则都与动作有关。"荷加斯其实仔细研究过蛇，他从亚里士多德关于美在事物的感性形式的基础上，回到了最具现实演绎性质的蛇体上来。他开始研究构成美的事物的具体形式法则，如"适应、多样、统一、单纯、复杂和尺寸"等（《美的分析》人民美术出版社1984年版，22页），这些形式法则互相补充、互相制约，就产生了美感。荷加斯精细地指出："一切直线只是在长度上有所不同，因而最少装饰性。曲线，由于互相之间弯曲程度和长度都不相同，因此具有装饰性。直线和曲线结合起来，形成复杂的线条，这就使单纯的曲线更加多样化，因此有更大的装饰性。波折线，作为一种美的线条，变化更多，由两种弯曲的、相对照的线条组成，因此更加美，更加吸引人。最后，蛇行线是一种弯曲的并朝着不同的方向盘绕的线条，引导眼睛去追逐其无限多样的变化，能使眼睛得到满足……（我们可以）称之为富于魔力的线条，并把它设想为一根随着圆锥形的富于变化的优美形体而盘绕着的美丽的金属线。"

这种"引导眼睛去追逐其无限多样的变化，能使眼睛得到满足"的蛇行线，与我说的蛇体自身的花纹是有区别的。很显然，荷加斯指的是蛇行走的曲线之美，但我却迷惑于蛇的花纹在游走中所产生的滑翔愉悦。那条舞蹈的腰肢，本就是欲望的发源地，柔滑无骨的缱绻，就犹如女人直泻而下的长发，到达腰线时来了个富有弹性的回转，将一些卷曲的韵致抛在腰肢周围。

这就好比有人问维纳斯的"黄金之点"在哪里一样，维纳斯是由全身一直不停起伏的曲线展示的。女性身体的柔美无不是曲线勾勒的"巢穴"所致。难怪威廉·荷加斯说："组成维纳斯的线条，比组成阿波罗的轮廓线更美更流畅。"过了半个世纪，德国美学家席勒也曾谈到线条美，在将波折线和蛇行线的视觉效应作了对比研究后，他明确指出后者有自由的力量和美感——"因此，下边这条线（蛇行线）以其自身的自由，区别于上边那条波折线。"

而蛇在勾勒蛇行线时，它自身在运动中不断抛出来的花朵，却是螺旋形的，仿佛要把它勇往直前的头颅，投入到你的怀抱。这种永不停息的流淌和缠绕，犹如一只刚刚出水的鹦鹉螺，用它的黄金曲线，诉说着大海在塑造它时，那不倦的性力与爱情。旋动的线条的曼妙魔力，不止体现在连绵蜿蜒也闪耀在它粗细虚实之中，一旦赋之于女性的胴体，一切的美丽或丑陋的结果都将在曲线的旋转中被颠覆，被改写。联想到一些柔术、舞蹈的媚惑，是将人的头颅端往腰间，两脚近乎蹈虚，仿佛置身于巨大的气场之中再借力飘浮。这样的女性，一旦出现在具体生活里，就犹如蛇在公路上散步，可想不可及也。谈到螺旋，就不妨听听哈维尔的观点："在这个过程中，任何一个阶段都是无法跳过的。很显然，这个螺旋是不可能绕过、跨越或者干脆避免的。"

高考那年，一个农村同学告诉我，蛇

◎明·蒋应镐《山海经（图绘全像）·长蛇》

总是走老路，它从什么地方爬过，它寻着味道就会从原路返回。因为农村的职业捕蛇者坚信"蛇有蛇路，鼠有鼠道"，他们俯身细辨，能从地面找到蛇路，循踪而去，往往能够有所斩获。为了证明这个说法的准确，我们进行了奇怪的证明。找了半天，终于在一块干土上发现了蛇迹。我把半截刀片埋在蛇腹擦出的凹槽，直露出绿豆大的刀锋。这样等了一天，眼看就要失败，我就回去了。过了两天，同学来上学，激动得不得了：哎呀，你真神！那刀片把蛇剖开了……我想，那也许是碰巧了吧。

后来偶然读到相关学者的文章，指出"蛇有蛇路，因为蛇经常沿一条路从洞穴中进出爬行，导致草木枯萎，无法生长。这种说法不无道理"。（见周艳明《"永州异蛇"研究》，《衡阳师专学报》〈自然科学〉1998年6月号）方始信然。

这些往事，一段段浮现在眼前，恍若隔世。我出生于1965年，属蛇，一个属蛇的人早年杀蛇多了，是否早就自我勾销了一切前程？不知道有没有"蛇谶"一类的说法，但既已触犯，就听天由命吧。但陀思妥耶夫斯基在名著《卡拉马佐夫兄弟》里说过"让一条蛇咬死另一条蛇……"这些况味不需要说破。偶尔，想起冯至的诗《我的寂寞是一条蛇》：

> 它月光一般轻轻地，
> 从你那儿潜潜走过；
> 为我把你的梦境衔下来，
> 像一只绯红的花朵！

心里就奇怪的冷下来。鸟有鸟道，蛇有蛇路，但被剁成两半的蛇可以不翼而飞，我却只好在刀锋下舔活路。

◎清·毕沅《山海经（图注原本）·化蛇》

动物论语

树上的男爵

某天，一只被老鹰追赶的麻雀投入了希腊哲学家色诺克拉底（希腊学园哲学家，柏拉图的弟子）的怀抱。他把麻雀藏匿起来，救了麻雀一命。他说，不能出卖哀求者。

——克里斯蒂安·罗什等著《哲学家的动物园》

辰年，十二月，十七日，申时，邵康节先生赏梅，偶见两只麻雀为抢占枝头而坠落在地。邵康节先生就说："不发生变动不占卦，没有事情不占卦。现在，两只麻雀为抢占枝头而掉到地上，真是怪事啊。"因而占之：辰年的数是五，十二月的数是十二，十七日的数是十七，三数相加共三十四。三十四除以八，余数是二，二属兑卦。以兑卦作为上卦。加上申时的数九，共有四十三，被八除，得余数三，三为离卦。以离卦作为下卦，这样就得到了革卦。

再将上下两卦的总数（其实是下卦的总数）四十三用六去除，余数为一，表示初爻动。革卦初爻动变为

◎红交嘴雀

咸卦。其中革卦中间的四个爻互卦是乾卦与巽卦。

因此，邵康节先生占断说：细推这一卦，明天晚上应当有女孩子来折花，园丁误以为她在搞破坏，于是追赶她，她受惊而坠落到地上，摔伤了大腿。因为在所占得的革卦中，上卦为体，兑是金，下卦离为火，为用；兑金为离火所克，互卦中巽木又生起离火，火热很盛，克体的卦气旺极了。兑为少女，因此推知有女孩子被伤，互卦中的巽木，又遇上乾金、兑金克它。于是知道巽木被折，而巽木在人体表示大腿，因此有女孩子摔伤大腿的应验。幸亏初爻动离变成艮，兑金得到艮土的滋生，可以推知女孩子只是被摔伤，而不至于有凶险。

这是著名的《梅花易数》中的"观梅占"。两只麻雀成为了显露玄机的主角。按理说，显露玄机容易遭到天谴，但"雀"的文字通幽至"爵"，这是仓颉保佑了它们。雀字是小加佳，是在"小"字中央画了一根拟似的木棒，形容欲将木棒削圆，不断地向左右挥落削下的飞屑，就像麻雀出乎预料的横斜与反插。后来，模仿雀形的酒器大量生产出来，酒爵应该是比较庄严的一种，"爵"字逐渐成为功名高下的表征。这也可以说，麻雀是表示吉祥的鸟类，凡是与官场沾边，自然就可以避谶，这几乎是中国古文化的秘密。麻雀跳跃在枝头，就像乱开的一树繁花，刹那间怒放，又刹那间熄灭。近日读卡尔维诺的著名小说《树上的男爵》，尽管与麻雀无关，但我觉得这个标题倒是暗合了麻雀的鸟性。

麻雀性大热，历来被视作壮阳之物。很多医书均指出："其目夜盲，其性最淫"，如是孕妇吃了，且喝了酒，生出的

◎清·马骀《雀》

"所有的人都出动，占据房顶、树顶等所有制高点，并同时敲锣打鼓，没有锣鼓的敲洗脸盆再同时大喊大叫，让麻雀只能飞而不能落脚，实在飞不了栽到地上便死了。"这是作家徐刚《麻雀往事》中的描述。大跃进时代，欢呼雀跃的后果是：仅仅是上海市，第一次灭雀大战进行3天，灭雀88 171只，获卵265 968枚；第二次灭雀2天，成绩是598 001只。1959年11月，中科院党组书记、副院长张劲夫写了份《关于麻雀问题向主席的报告》，次年3月，毛泽东指示将麻雀从四害中撤下，换上臭虫。

比较有意思的是，中央的正式提法是除四害，而到了下面就又加上了几害，如四川省说是"七害"，云阳县又说是"八害"，还有的地方说是"九害"。这可能就像"放卫星"一样，是地方向上级表明工作积极性、主动性的一种方式。但提法归提法，在实际的除害运动中几乎又都是以打麻雀和打老鼠（尤其是以打麻雀）为中心的。这可能是因为其他几害的主要罪恶是传播疾病，而麻雀却是因为与人争抢粮食而招嫌的（老鼠则兼而有之）。当时是这样来算账的：1对麻雀1年能孵出10~40只小麻雀，而1只麻雀1年就要消耗4斤粮食，如果按1人4只麻雀的比例计算，云阳县就有320万只麻雀，每年就要消耗1 280万斤，如果1人1年平均吃400斤粮食，麻雀消耗的粮食可供3.2万人吃1年。

——摘自《五十年代灭麻雀全记录》

1955年，毛泽东在组织起草农业发展纲要草案，即《农业十七条》时，决定将麻雀与老鼠、苍蝇、蚊子一起列为必除的"四害"。在这个草案的酝酿过程中，鸟类学家郑作新等科学家提出麻雀实际吃谷有限，而吃害虫很多，因此是益鸟，不应消灭，但这些生物学家的意见并未被接受。1956年元月经中共中央政治局讨论，最高国务会议正式通过的《纲要草案》第27条规定从1956年起分别在五年、七年或十二年内基本上消灭包括麻雀在内的"四害"。于是，消灭麻雀的运动正式兴起。在这种形势下，许多科学家

孩子日后必然好淫。这显然是无稽之谈。但李时珍的观察细微到了令人惊异的程度，他说：雄雀屎与雌雀屎也是有区别的，雄者"其屎头尖挺直"，这是说，即使分泌物也显示了其阳气的高扬。我想，古人赋予了麻雀如此之大的热量，也许是从字义上附会到了爵位之"爵"的文化热能，并从麻雀永不停息的聒噪和跳跃中，感受到一种永动机的功能，因此，指望麻雀能够将此功力输入人体，尤其是交媾一道，难道不是一个清晰的目标吗？可惜的是，事情往往并不如愿。

麻雀常栖宿屋檐之间，逐渐熟悉了，就爱在台阶窗沿出没，如宾客，因此也叫瓦雀、宾雀，也称为嘉宾。民间一般指老而有斑者为麻雀，小而黄口者为黄雀。所谓黄口小儿，该是由此生发的。《逸周书》说："季秋雀入大水为蛤。雀不入水，国多淫逸。"《本草纲目》还转引《临海异物志》里的记载："南海有黄雀鱼。常以六月化为黄雀，十月入海为鱼。则所谓雀化蛤者盖此类。若家雀则为常变化也。又有白雀，纬书以为瑞应所感。"

小小麻雀与蛤蚧如何通感？天空与大海的阻隔其实还是靠它们的壮阳性质而勾连的，一力压十会，一阳通天而通吃，这已经成为了进化之论。但不仅如此，麻雀还身负瑞祥文化的使命，在它无法像变色龙一样讨得宦人的喝彩时，文化就强行把它涂画上一种符咒般的颜色。

在金色一统的宫阙高墙世界，白色却如流云一般，以丝绦的质地擦亮了帝王们的梦境。于是，白鹤、白兽的出没，均成为衡量政绩的镜像而左右朝野，白鸟频繁地飞临宫阙，发出阵阵怪叫，让帝国的梦境守护者们欣喜若狂。萧子显在《南齐书》中记载道："世祖（高祖）年十三，梦举体生毛，发生至足。又梦人指上所践地曰：'周文王之田'。又梦虚空中飞。又梦著孔雀羽衣。庾温云：'雀，爵位也。'又梦凤皇从天飞下青溪宅斋前，两翅相去十余丈，翼下有紫云气。及在襄阳，梦著桑屐行度太极殿阶。"到了升明二年，驺虞见安东县五界山，狮头，虎身，龙脚。《诗传》云："驺虞，义

兽，白虎黑文，不食生物，至德则出。"就是说，在高祖萧道成执政的 4 年时间内，白色谱系的飞禽走兽均为其歌功颂德。后来在齐武帝萧赜执政的 11 年间，各地连续出现了罕见的白鸟，白麻雀以空前的热情讴歌在女墙和飞檐上，各地不断有捕获白雀的报道，并敬献上来，让皇帝喜不自胜。但历史是不可逆的，白雀并没能扭转颓势，萧氏王朝不过维持了二十几年就土崩瓦解了。

麻雀依然是模糊的麻色，它们从破败的城垣掠过，用峻急的叫嚷填补着墙壁的缝隙，待一切安全后，它们开始在前朝的遗物中寻觅充饥的东西。麻雀是无法行走的，只能跳跃而行，这种蜻蜓点水般的技能是富有韵律的，这就是说它们比蜻蜓更沉着，往往如一张瓦片贴着水面飞过，以一连串的涟漪来显示过往的运动生涯。最具有视角性美感的场景应该是在冬季雪野，麻雀因为白雪的衬印，变得黝黑，如同急于突破白纸束缚的音符，在对纸张正面或反面的事物刨根问底。如果受到骚扰，它们立即起飞，像一摊激动的墨水逃离纸张，并不如俗话所言那样"鸟过留声人过留名"；它们尽兴而返，黑字被收回，使得一切捕捉和阳谋无计可施。像庄子写的那只麻雀一样，它鄙夷鲲鹏展翅，起飞太过隆重麻烦。如果我们看到麻雀的起飞技术，就感到鲲鹏升空是太麻烦了。而麻雀在空中的飞掠，也给穷人的视觉带来悦意，清贫的天空毕竟还有飞翔的生物，怎么不感谢麻雀？

正因为这种低姿态的生活方式，麻雀开始为伦理所不屑，它代表了卑微的、不思上进的、满足于现状的享乐主义，成为抵达另一伦理极点——凤凰的对立物。泰戈尔在《飞鸟集》里就讽刺道："麻雀看见孔雀负担着它的翎尾，替它担忧。"尽管在西语中，麻雀具有华丽的谱系，是阿芙洛狄忒的象征，为阿芙洛狄忒驾车的不是马，而是一群麻雀。这一象征向我们透露了阿芙洛狄忒的远古原型也是植物神、谷物神及丰收神的秘密。但是麻雀的渺小似乎难以胜任这一盛大的仪式。人们说，它们在阿芙洛狄忒之前，除了炫耀，就是

仍顶住巨大的压力，坦陈麻雀不是害虫，不应消灭，中科院实验生物研究所的研究员、副所长朱洗先生以历史为例，说明消灭麻雀的危害。普鲁士国王腓特烈大帝非常讨厌麻雀，在 1744 年下令悬赏消灭麻雀，一时间普鲁士的麻雀几乎绝迹，但不久就发生大规模虫害，腓特烈大帝不得不收回成命，并从外国运来麻雀。生物学家郑作新、薛德育、张孟闻、辛树帜、丁汉波、张作人等都以自己的研究为坚实的基础，公开反对消灭麻雀。他们退一步说，要定麻雀为害鸟起码是证据不足，建议在没有得到科学结论之前要暂缓杀麻雀。

但是，这些生物学家的反对意见毫无作用。1958 年，在"大跃进"的高潮中消灭麻雀的"群众运动"也在全国进入高潮。当时还是中学生、家住北大的杨炳章回忆道："有天下午我放学回来，正在'红湖'附近玩耍。北大学生则在打麻雀，所有的高处、山顶上、亭子顶上，都站着人。五彩缤纷的旗帜，锣鼓声和呐喊声，搞得非常热闹。据说北大占地辽阔，外面许多麻雀都跑北大后湖来了，于是在后湖'追穷寇'，其战略思想就是说麻雀总是要飞的，不要让它有任何落足之地，就会给它活活累死。"（杨炳章《从北大到哈佛》，作家出版社 1998 年版，第 46 页）
——摘自雷颐《麻雀与曹操》

聒噪。不过，把麻雀与女人联系起来的西谚就不全面，比如"两个女人在一起就抵得上一千只麻雀"，其实，它们只是荷尔蒙太多，当成男人在女人耳边大灌迷魂汤就可以了。

在麻雀居住集中的地方，当有入侵鸟类时它们会表现得非常团结，直至将入侵者赶走为止。麻雀在育雏时往往会表现得非常勇敢，俄国作家屠格涅夫曾在他的短篇小说《麻雀》中，记载过一只亲鸟为保护不慎坠地的幼鸟，以其弱小的身体面对一只大狗而不退缩的场面。作家正在遛狗，狗发现了什么，放慢脚步蹑足潜行。前边有一只羽毛稀疏、嘴带黄边的小麻雀，刚从巢中跌落，眼看就要被狗打了牙祭。这时，一只大麻雀飞身扑到狗的面前，浑身战栗，羽毛竖立，叫声凄厉，尽管麻雀在狗之前显得极其孱弱渺小，力量对比悬殊，可母鸟此时表现出的一种比理智更强烈的力量，使狗先是一怔，继而惊惶而退。作家赶紧唤回了狗，怀着对麻雀的敬佩之情走开了。屠格涅夫感慨地写道：我尊敬那只小小的、勇敢的鸟儿，我佩服她那爱的冲动和力量，爱，我想，比死和死的恐惧更强大。"作家从麻雀的勇敢里领悟到的不仅仅是以卵击石，而是敢于以卵击石的决绝。这也算是一曲对麻雀的低沉颂歌。但在《格林童话》当中，《狗和麻雀》一文却具有罕见的立意。麻雀是作为毫不留情的惩罚天使的面目出现的，它们具有古代侠士的铁血品性，嗜血而冷静，对冒犯者"一个也不宽恕"，直至斩尽杀绝。作为童话，为什么采取如此血腥的描绘？这似乎还没有引起道德家们的注意。

记得早年，我曾随猎雀者去围网捕雀。入夜，几个人向麻雀聚居地进发。两位猎者在竹林下风处打开一张足有银幕大的网，其实就是四川特有的打鱼用的"拗子"，网眼正好能卡住麻雀颈脖，两旁用竹竿撑着竖在地上。网后站着另外的捕雀者，手中拿着电筒，然后拼命抖动竹林，大声吆喝。下风处强烈的手电亮了起来，光在尼龙网丝上打滑，就像是冰柱在丝绸上融化。睡梦中惊醒的麻雀，开始拼命向亮光处乱飞，竹林中到处是混乱的麻雀的扑翅声及叽叽声。仅两分钟，我奔到围网处，只见网已被卷起，里面全是被网眼卡住的麻雀，估计有上百只，大家拿到密封的屋中开网摘取麻雀。捕雀者还向我介绍说，还有一种用竹片圈起的环笼网，开口处有2米直径，逐渐缩小成漏斗状，有5米长，专门用来捕在打谷场栖息的麻雀，最多一网有上千只。这种捕捉是困难年代改善生活的一种方式，现在想起来，我们是在造孽啊，应验了一句民谚：一盘麻雀肉，两眼青山泪。

人们知道，弗里德里希大帝是普鲁士国王中少有的多才多艺的人物，一向被称为"无忧宫中的哲学家"，他是一个相当不错的历史学家，还吹得一口很好的长笛。这位国王与当时法国著名学者伏尔泰毕生的交往是欧洲文化史上的一段佳话。但他在1774年却干了件愚蠢至极的事情。因为麻雀啄食了他喜爱的樱桃，他勃然大怒，下令全国捕杀麻雀，凡捕到麻雀的人都能领到奖赏。不到两年，麻雀和与它相似的小鸟几乎被赶尽杀绝。不久，普鲁士境内的树木到处布满了毛毛虫，农业全面歉收，他的无知造成了一场生态灾难，后来不得不命令停止。

"除四害"的要求首先出现在新中国成立后不久的1956年公布的"全国农业发展纲要草案"中。1957年党的八届三中全会正式提出了要开展"除四害、讲卫生"的爱国卫生运动，麻雀的空前厄运降临。当时提的口号是："不让麻雀吃食、休息，使它无藏身之处，无立足之地，饿死它，累死它。"10岁以上的少年和成人都一齐动员，用疲劳战术全面围剿麻雀。农民们回忆说，当时宣传大家一起去吆喝，用竹竿去捅树枝，用锣鼓、脸盆去敲打，不让麻雀在树上歇脚。麻雀在天上飞累了，自然就会掉下来，大家就能活捉它们。实际上，连续搞了三天，根本就没有一个麻雀掉下来。

但灭雀的效果是明显的，北京市和上海市3天内就分别捕杀麻雀40万只和50万只。到11月上旬，全国各地不完全的统计共捕杀麻雀19.6亿只。1958年4月21日《北京晚报》发表了一首诗，是时任中国文联主席、中国科学院院长的郭沫若的紧跟形势之作《咒麻雀》。诗云：

麻雀麻雀气太官，天塌下来你不管。
麻雀麻雀气太阔，吃起米来如风刮。
麻雀麻雀气太暮，光是偷懒没事做。
麻雀麻雀气太傲，既怕红来又怕闹。
麻雀麻雀气太骄，虽有翅膀飞不高。
你真是个混蛋鸟，五气俱全到处跳。
犯下罪恶几千年，今天和你总清算。
毒打轰捣齐进攻，最后方使烈火烘。
连同武器齐烧空，四害俱无天下同。

不过，惩罚自然之后，必然要受自然的疯狂报复。1959年春天，上海等一些大城市的树木发生严重虫灾，有些地方的树叶几乎全被害虫吃光。在这种情况下，生物学家更强烈要求为麻雀恢复名誉。时间为历史留下的镜像是真实的，郭沫若这种巫术似的叫魂之作比麻雀的聒噪更难听，却极具威胁。它成为了这场闹剧的高音部，压倒了射击的火药枪和人们的狂叫，"耶利哥喇叭"一般叫嚣在权力的高空。

我抬起头来，看见窗外的树上，麻雀像男爵一样端坐在枝头。不禁想起知堂老人在《鸟声》里的感叹："麻雀和啄木鸟虽然唱不出好的歌来，在那琐碎和干枯之中到底还含一些春气：唉唉，听那不讨人欢喜的乌老鸦叫也已够了，且让我们欢迎这些鸣春的小鸟，倾听他们的谈笑罢。"于是，我也只能在这样的语境里与知堂一道聆听——

"啾晰，啾晰！"

"嘎嘎！"

夜鹰的策略

北美夜鹰的歌停息,深度攫取万物。

——[美]加尔威·金奈尔

从字面上说,夜鹰并非在"夜间活动的老鹰",它们不是鹰的麾下猛将。从分类学上讲,它属攀禽,也是猫头鹰的近亲。它体型似鸽,全身遍布黑褐色和白色混杂的粗糙斑点。伏在地上时,羽衣颜色与地

◎清·马骀《蚊母鸟》

显然,马骀认为夜鹰与蚊母鸟是不同的两种鸟类,但这次却是画家弄错了。

夜鹰
安徒生／作

世界各国的观光客都喜欢到中国皇帝的宫廷来游览。不论是富丽堂皇的宫殿或种满奇花异草的庭园,都让他们赞不绝口,不过,其中最令人赞叹的,是森林里一只会唱歌的夜鹰,每个人都说:"夜鹰的歌声真美,简直胜过皇帝所有的财富。"

皇帝觉得很好奇,为

上编 动物的文学志

什么他自己从来没有听过夜鹰唱歌呢？就这样，夜鹰被人带到皇宫里来，每当皇帝一听到它美妙的歌声，就感动得掉泪。夜鹰也觉得，这就是对它最好的鼓励。

从此，夜鹰就留在皇宫中，它有属于自己的鸟笼，还有12个仆人照顾它。可是，双脚被丝线绑住的夜鹰却一点也不快乐。

后来，有人送给皇帝一只人造夜鹰，任何一首歌，它都可以唱上33遍，一点也不会厌倦，这时，真正的夜鹰早已经偷偷从敞开的窗户，飞回森林里去了。

有一天，皇帝生病了，人造夜鹰因为没有人替它上发条，不能出声。

这时，真正的夜鹰从老远飞回来，为奄奄一息的皇帝唱歌，皇帝的脸色渐渐红润起来，并且恢复了活力。他想报答夜鹰的恩情，夜鹰却告诉他："您已经报答过了，就在我第一次为您唱歌时，得到了您的眼泪，这就是最好的报答。"夜鹰说完，就头也不回地飞走了。

◎清·马驺《夜鹰》

世界上约有90种夜鹰，广泛分布，带有世界性。我国有8种，云南有5种。毛腿夜鹰和黑顶蛙嘴夜鹰在我国仅分布于云南。有一种林夜鹰，除云南外，还见于台湾省和海南岛。另有一种普通夜鹰，则广泛分布在我国南北地区，特别是长江以南为最多。

面的枯枝败叶极为相近，犹如一片不经意的树叶，在白昼与夜晚之间半推半就，使时间在其外表上呈现出了某种暧昧的杂色，因而，人们又把它们叫做"贴树皮"。

需要区别的是，夜鹰不是夜莺。尽管有人认为"夜莺"应为"夜鹰"（我国著名的鸟类学家郑作新先生持这种观点），只因后者的歌声动听如莺，又在夜间鸣叫，故称它为夜莺。综合大多数观点，其实它们是不同的。

夜鹰还有很多复杂的称谓，古时还称其为夜燕（这一称呼也指蝙蝠）、蚊母鸟、石矶鸟等，但散文家叶灵凤在《鬼

鸟——蚊母鸟》一文里说，夜鹰也叫鬼鸟，不知道是出自何处，显得有些牵强。大凡因为黑暗才兴奋并激烈起来的鸟性，其通灵的性质是明显的，但鬼鸟多指具有危害意图的飞禽，比如传说中的鬼车（九头鸟）、女鸟、鸱等等。连猫头鹰也被伦理的视野纳入鬼鸟的阴鸷范畴，则多半是其金属的叫声和嚣张的眼光所致，而与其性情无涉。夜鹰尽管有着发亮的双眸和特异的叫声，但它维持和平的低姿态，使它无力高飞和俯冲。日本作家宫泽贤治曾写有《夜鹰之星》的著名童话，其实也是梳理夜鹰柔和的羽翼，并使之从鬼怪的巢穴突围而出，"它的脸像被抹上了豆酱，有一块块斑点，嘴巴扁扁的，一直裂到耳根下。走起路来摇摇晃晃，连两公尺远都走不到"。于是，在这样的文化浸淫下，夜鹰艰难但平和地活着。

记得前不久，我在郊外就看到一只夜鹰，急切的内力从翅尖漫溢出来，高频率的扇动似乎放大了它的躯体，光变得软了，像水在侧旋，又似乎是想检验翅膀所拥有的一切异能。它展示了飞的细部和轮廓，如一条缎带，从黄昏的腹地滑过。这是我所看见过的最诡谲的飞翔。除了空气和黑光之外，它似乎也不需要伴侣。停顿的时候，夜鹰便栖在地上、石头上，有时在原地转动，遇到飞过的昆虫，也会毫不费力地张嘴觅食，实现守株待兔的劳逸结合。

夜鹰的羽毛松软，飞行时无声无息，与那些风声大作的大鸟们比较起来，夜鹰几乎就是黑夜中的一个逗号，甩在水面而不会有任何回应。这种谦逊的展示方式总使我联想到高手的出刀姿势，没有破风声和反光，但刀已经切进了对手的血脉。但夜鹰并不附和这种推论，它从凶险的场景一掠而过，连头也没有回一下，就融化在宽大的夜水中……

有人观察发现，夜鹰是蝴蝶的可怕的天敌，蝴蝶则是夜鹰的很理想的食物。白天，夜鹰在树冠里休息，夜晚则是它林内林外觅食的时间。这时近乎黄昏，尚暗未暗，白日余影的时候，夜鹰整装待发，只见蝴蝶停在它的面前几米外的树枝上，夜鹰猛扑上去，软弱的蝴蝶几乎从无逃脱的可能。人们看见这种捕食方式，对夜鹰自然不会有什么好感。

从亚里士多德时代起，人们就经常看到夜鹰在夜晚出没于牛棚羊栏中。人们都认为夜鹰是去偷吮牛羊奶汁。因此，在西语当中夜鹰一直被称做"goatsucker"，意思是"吮羊奶者"。后来，人们发现夜鹰飞进牛棚、羊栏并非去偷吮奶喝，而是去捕食昆虫，理由不难明白，是牲畜周围的蚊子一般较多的缘故。夜鹰的嘴极宽阔，大到与它的身体不成比例，在口的两侧还长有成排的长须。在捕食昆虫时，夜鹰一直在空中辛勤地折返。它大张着嘴，从昆虫群飞过，就像一个贪心的网兜一样，顺便也把黑色的时间吞入口中，直到天幕裂出黎明的一丝缝隙。夜鹰就像一个泥塑手榴弹似的，立即隐匿于败叶堆，开始反刍时间，以及黑梦的纯光。

这就是说，中国古人称其为蚊母鸟，显然是非常具有想象力的。唐代李肇《唐国史补》卷下就记载道："古江东有蚊母鸟，亦谓之吐蚊鸟，夏则夜鸣，吐蚊于丛苇间，湖州尤甚。余在湖州，蚊则多矣，不闻有鸟吐蚊也。南中又有蚊子木，实如枇杷，熟则裂，而蚊出焉。塞北又有蚊母草，亦生蚊者。鸟之吐蚊，如蝇之粪，虫不足异也。草木生蚊，斯足异矣。"而在《太平广记》（卷第四百六十三·禽鸟四）当中的记载则富有传奇性质，说蚊母鸟形状像鹢（一种像鹭鸶的小鸟），嘴大而且长，从鱼塘中捕鱼吃。每叫一声，就有蚊、蚋从口中飞出来。人们传说，用它的翎毛做扇子，能避蚊子，也叫它吐蚊鸟。

这仿佛是说，夜鹰的叫声具有麇集蚊、蚋的异能，但这种清脆的"啾、啾、啾、啾"的发声术，像是机关枪的连射，刚硬而毫不通融，与夜鹰的形体好像并不和谐。对此，人们在不同的地域记录了他们的感官。

在安徒生童话《夜鹰》里，讨论了自然语文明。小夜鹰的歌声是大自然的礼物，她能读懂人心但却无法时时给予，况且皇宫里虽然豪华舒适，但牢笼的束缚却使她再也无法开心地欢唱，而就在国王强烈的需求之下，机器夜鹰将其取而代之，小夜鹰受到了冷落。这种单调的叫声，真的可以让皇帝食不甘味吗？

英国作家哈代的《还乡》第七章"两个至亲人邂逅生死中"里，恰好描绘了夜鹰的叫声：

傍晚的时候，克林起身上了路。那时的夏天虽然仍旧还很热，但是白天却已经短了许多，所以他走了还不到一英里地，所有荒原上那些紫、棕和青绿，就都混成颜色一律的服饰，看不出有远近浓淡或者轻渲重染来了，仅仅有一小堆一小堆洁净的石英沙子，表示兔子洞口所在的地方，或者小径上面的白色棱石，像线一般地穿过山坡的地方，才显得有点儿白色，把荒原那种服色一律的情况点破。那些孤零、矮小的棘树，都长得东一棵西一棵的，差不多每一棵上面都有一个蚊母鸟，好像磨石击撞的声音一般地叫，有多大的气力，就叫多大的工夫，叫完了，就扑打着翅膀，在丛灌上面飞翔一周，再落下来，静静地听一会儿，又开口叫起来。克林的脚每次一摩擦，都有白色的粉翅蛾子飞到空中，飞的高低，恰好能叫西方温柔的亮光射到它们尘粉浓厚的翅膀上；那时西方的亮光，只在低洼和平坦的地上平着掠过，却没有落到那上面把它们照亮。

这段类似中国工笔画的描绘，显示了小说家异常敏锐的感觉和语言的高度还原能力。晚归的鸟儿困倦地吱吱喳喳地叫着，夜鹰像喝醉了似的飞来飞去，时不时消失在黑暗里，然后以比夜晚更为纯正的黑影而显形。芬兰等地区的农人则讨厌夜鹰，也许正是因为这种不祥的鸟儿使夜晚突然显得诡秘而不安。在周作人的散文名篇《鸟声》当中，他试图从鸟的不同叫声里感知天籁的温度与造型。

英国诗人那许（Nash）有一首诗，被录在所谓《名诗选》（GoldenTreasury）的卷首。他说，春天来了，百花开放，姑娘们跳着舞，天气温和，好鸟都歌唱起来。他列举四样鸟声：Cuckco, Jug－Jug, pee－wee, to－witta－woo!

这九行的诗实在有趣，我却总不敢译，出为怕一则译不好，二则要译错。现在只抄出一行来，看那四样是什么鸟。第一种勃姑，书名鸭鸠，他是自呼其名的，可以无疑了。第二种是夜莺，就是那林间的"发痴的鸟"，古希腊女诗人称之曰"春之使者，美音的夜莺"，他的名贵可想而知，只是我不知道他到底是什么东西。我们乡间的黄莺也会"翻叫"，被捕后常因想念妻子而急死，与他西方的表

◎蚊母树

这种植物的叶片上常常因为昆虫幼虫的寄生，而产生圆形膨胀的虫瘿，当昆虫化蛹羽化后，会在虫瘿上开个小洞飞出。古时候的人看到了，以为这种树会"生"蚊子，所以就把它叫做蚊母树。

兄弟相同，但他要吃小鸟，而且又不发痴地唱上一夜以至于呕血。第四种虽似异怪乃是猫头鹰。第三种则不大明了，有人说是蚊母鸟，或云是田凫，但据斯密士的《鸟的生活与故事》第一章所说系小猫头鹰。

其实，从这鸟的发音来看，应该说，诗人指的是夜鹰。与很多诗人一样，14世纪的波斯诗歌大师哈菲兹在美妇耳畔歌颂春花、秋月、美酒、爱情之余，对夜鹰从黑暗的所在突如其来的叫喊也是颇为留意的，并视为一种神示。但是，夜鹰却悄悄从他们华丽的咏叹里出走了，在诗歌无法触及的地域，张开眼睛，回眸着这个有些神经质的世界。这让我想到了美国当代诗人加尔威·金奈尔《莫纳德诺克山上的花丛》中的诗句——

> 我再也不能忍受它，
> 可怜地嘲笑着自己。
> 因为我要求遭受过的一切，
> 我起身。该死的噩梦者！
>
> 这外面是新罕布什尔，
> 这几乎是黎明。
> 北美夜鹰的歌停息，
> 深度攫取万物。

诗句足以把夜鹰提升到神性的高度。在"灰普—扑厄—威耳"叫声里，我们的确会想到一些罕见的事情。

据说夜鹰的巢很原始，多在河床边缘。河床地带布满大大小小的鹅卵石及泥沙，植被以甜根仔草、红毛草、田菁、含羞草及黄野百合为主，因甜根仔草是河床地区最具优势的植物，又是一望无际的丛生，所以和夜鹰栖息最为相关。一般鸟类在冬天是不休眠的，据生物学家研究，夜鹰是极少数几种已知休眠鸟之一。他们发现：夜鹰在食物缺乏的寒冷季节里，会自动进入休眠状态，呼吸变得非常微弱。所以想一想就释然了：自然中不仅仅有"龟息"的理念，也还有"鸟藏"的天道呢。

望帝春心托杜鹃

> 周围树上的金翅鸟、鹑鸟、夜莺和杜鹃是和我们一块儿作曲的。
>
> ——贝多芬在谈到《田园交响乐》时对他的朋友兴德勒说

北宋治平年间，某天易学大师邵雍与客人散步到洛阳的天津桥上，突闻杜鹃声，邵雍立刻面现惨然之色。客问其故，邵雍曰："洛阳旧无杜鹃，今始有之，不二年，上用南士为相，多引南人，专务变更，天下自此多事矣。"客人感到十分奇怪，邵雍说："天下将治，地气自北而南。将乱，自南而北。今南方地气至矣，禽鸟飞类，得气之先者也。《春秋》书'六鹢退飞'、'鸲鹆来巢'，气使之也。自此南方草木皆可移，瘴疟之病，北人皆苦之矣。"这就是邵雍利用"梅花占"预言王安石变法的著名案例。也许有附会的成分，但杜鹃与季候的密切关系，显然引起了大师的注意。

杜鹃有个奇怪的名字叫谢豹，这是古代吴地对子规鸟的别称。但这到底蕴涵着什么玄机？

◎日本·冈元凤《毛诗品物图考·鸠》

唯鸠居之，出自《召南·鹊巢》。鸠，鸤鸠，即布谷。传说鸤鸠不善筑巢，常侵占鹊巢。冈元凤以为"鸠"就是日本古代称为"也埋法秃"的鸟。

动物论语

◎杜鹃

借杜鹃抒怀，能够惊天地泣鬼神的当属那个命交华盖的南宋最末一个丞相文天祥了。公元1279年3月，文天祥兵败被俘，被解往燕京，途中题诗《金陵驿》："草合离宫转夕晖，孤云漂泊复何依？山河风景原无异，城郭人民半已非。满地芦花和我老，旧家燕子傍谁飞！从此别却江南路，化做啼鹃带血归。"

《太平广记》转引《酉阳杂俎》里的记载，作了这样的解释：说是虢州有种虫名叫谢豹，常住在深深的土中。司马裴沈的儿子曾挖洞得到了它，小得像蛤蟆，而且像球一样圆。见了人，就用两只前爪交叉盖着脑袋，像害羞的样子。它能像鼢鼠那样在地中打洞，不一会儿就能掘好几尺深。有时爬到地面上，如果听到杜鹃鸟的叫声，就会脑袋裂开死去，人们因此给杜鹃鸟命名为谢豹。这显然是一个充满了诗意和危险的命名，使杜鹃叫春的威力，得到了"狮子吼"一般的放大。有意思的是，连杜鹃花有时也被称作谢豹了。因此，在鸟与花之间，是否存在着一种魂魄一体、花鸟为相的变异呢？当然了，这只是我的臆想。

在中国的南方，常见的杜鹃有两种，大杜鹃是"布谷—布谷"的发言者，而四声杜鹃则是以"割谷割谷—割谷割谷"的叫嚷来显示话语权力的。体型类似鸽子，体羽以灰色为主，腹羽白色，上面布满黑褐色的横纹。大杜鹃翅膀长而尖，飞行迅捷。这种体色和体型使它们很像小型鹰类。杜鹃的足趾两趾朝前，两趾朝后，适应于在树林里栖息和攀缘，所以也可称之为攀禽。

人与飞禽走兽的亲缘关系，在农业文明时期一直是体现经验的主语，动物的一招一式引导着人们的思想走向，希望从中探知形而上的秘密。现在从郭店竹简及马王堆帛书《五行》中，都可以看到引用《曹风·鸤鸠》"鸤鸠在桑，其子七兮。淑人君人，其仪一兮"的诗句。鸤鸠，即杜鹃，又称桑鸠、布谷、杜宇，性情以"独"著称。杜鹃的后代由麻雀、灰喜鹊等寄主孵化出来并喂养长大，也不可能改变它们的本性！或曰"鸤鸠有均一之德，饲其子旦从上而下，暮从上而下，平均如一"。（陆玑：《毛诗草木鸟兽鱼虫疏》卷下）显然，"均一"与"专一"有重大区别，甚至是根本对立的。因此，

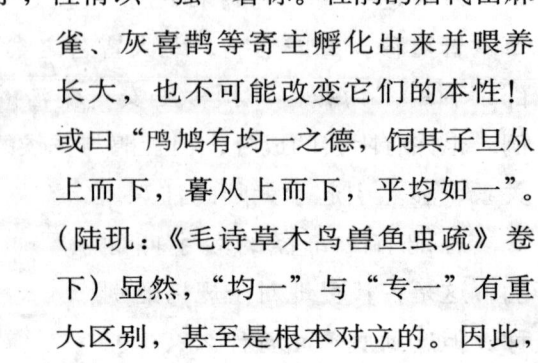

杜鹃的"独",既有顽固的本性,也昭示了另一种决绝的"狠毒"之力。

望帝称王于蜀,相思于大臣鳖灵的妻子,望帝以其功高,禅位于鳖灵。在这之后,望帝修道,处西山而隐,化为杜鹃鸟,至春则啼,滴血则为杜鹃花。这声声啼叫是杜宇对那个媚惑面具的呼唤。这个故事除蕴涵了人类率真淳朴的情感欲望之外,还存在着森严的人伦道德,连帝王也无法突破。爱情只能化作悲剧中的一只鸟,在泪水编制的两季里飞来飞去。于是,美女缺席于相思,呼唤只好以血的形式归于歌与诗。红颜没有化为白骨,红颜以恒定的娇艳使得正人君子们的古井乱波。看来,所谓的修道,也是可以专修相思一途的。这种怨鸟所展示的相思之毒,在汉诗里风雨飘摇,谱写了凄美的发声史。由此,蜀人的祖先,从"教民养蚕"的蚕丛到"教民捕鱼"的鱼凫,到"教民务农"的杜宇,都和农业生产有关。农业发达,妇女地位较高,男女之事也就颇多,于是"蜀王好色",蜀王杜宇背上好色的声誉就不奇怪了。

杜鹃作为爱欲的使者,更露骨地出现在宙斯的欲望史当中。赫拉的孪生兄弟宙斯在驱逐了父亲克洛诺斯以后,到达克里特的诺塞斯山(一说是阿尔戈利斯的索那克斯山,现称杜鹃山。只是,这个杜鹃山与样板戏的《杜鹃山》可以产生某种暧昧的附会。)找到了她,并向她求爱。宙斯变身为一只羽毛披乱的杜鹃鸟,赫拉这才可怜他,温柔疼护地把他放在怀里取暖。宙斯立刻现出原形并占有了她。她在羞惭无奈之下才嫁给了他。由于杜鹃具有这一层欲火面具,在行使"雀巢鹃占"的过程中,它被用以喻奸夫,但其后cuckold(指有不贞妻子的男人)显然是由cuckoo化出,却用作奸妇的原配的代名词。杜鹃的鸣声即为cuckoo,不啻骂人为"乌龟",这种借喻在莎士比亚的戏剧里已经频频出现。

杜鹃具有的复杂鸟性,足可以成为阴暗、凶险、欲望炽烈的人性的飞行具象,它在时间的高处打开翅膀后,受到多

> 杜鹃的本能——某些博物学者假定,杜鹃的这种本能的比较直接的原因,是她并不每日下蛋,而间隔二日或三日下蛋一次。所以,她如果自己造巢,自己孵蛋,则最先下的蛋便须经过一些时间后才能得到孵抱,或者在同一个巢里就会有不同龄期的蛋和小鸟了。
> ……
> 澳洲杜鹃是在别种鸟的巢里下蛋的。可以提起的要点有三个:第一,普通杜鹃,除了很少例外,只在一个巢里下一个蛋,以便使大形而贪吃的幼鸟能够得到丰富的食物。第二,蛋是显著的小,不大于云雀(sky-lark)的蛋,而云雀只有杜鹃四分之一那么大。我们从美洲非寄生性杜鹃所下的十分大的蛋可以推知,蛋小是一种真正的适应情形。第三,小杜鹃孵出后不久便有把义兄弟排出巢外的本能,力气,以及一种适当形状的背部,被排出的小鸟于是冻饿而死。这曾经被大胆地称为仁慈的安排,因为这样可使小杜鹃得到充足的食物,并且可使义兄弟在没有获得感觉以前就死去!
> ——摘自达尔文《物种起源》

○杜鹃

动物论语

> 日本俳圣松尾芭蕉有"让忧郁的我寂寞吧，子规鸟！"的句子；诗仙李白有"谁忍子规鸟，连声向我啼"的名句。二人心中充满抑郁之情，又不甘于寂寞，于是便寄意于物，使子规鸟成了精神世界的外化。所以，如果剔除黏附在杜鹃身上的文化隐喻，它不过就是寄托了人们各种情愫的一种鸟儿。只是寄托别太多，因为它们未必能够在文化的天空自如飞翔。
> ——摘自笔者笔记《词锋断片》

> 成都郫县城南望从村有望、丛二帝陵以及望丛祠。关于望、丛二帝的历史传说相当丰富，见诸于多种史籍的资料甚多。《蜀王本纪》、李膺《蜀志》记：鱼凫王国之后，有一名叫杜宇的男子从天而降，落在朱提郡之地（大约指现在云南省昭通一带）。后来杜宇来到蜀中，娶一位从江源（今崇州一带）井中出生的名叫"利"的女子为妻。于是杜宇自立为蜀王，建都于汶山（岷山）脚下的郫县。由于他教民打猎、种庄稼得法，被人们所拥戴，称之"杜主"，号望帝。楚国有个叫鳖灵的人，死后其尸溯江漂到郫县一地复活，望帝见之，为其奇特的经历和超人的智慧所感动，任命他为相。不久，岷江突发洪水，整个成都平原几成泽国，人们纷纷弃家

方面的仰视，是毫不奇怪的。但奇怪的是，杜鹃在西语里除了在希腊神话中物尽其用以外，长时间来一直是隐蔽的。尽管亚里士多德在《动物志》中就对杜鹃的寄巢习性作过描述，但这并没有引起后人重视。亚氏说，相传杜鹃为一种鹰所变，产卵而不筑巢，把卵产在别的较小的鸟的巢中，把巢中原有的卵吃掉，让那鸟为其孵卵，并为之哺育长大。还说，杜鹃喜欢把卵下到苇莺的巢中。苇莺我见过，比麻雀还小，常筑巢于树梢或苇梢，以便让巢在风中荡来荡去。真想象不出，喜鹊般大小的杜鹃如何把自己的卵产到这样小巧的巢内的。《动物志》中有一段读来颇令人解气的文字："杜鹃在群鸟中是以卑怯著名的，小鸟们聚起来啄它时，它就逃去。"杜鹃之所以逃去，自然是明白自己的所作所为跟不义有关。

但人们把这一记述当做亚氏的想当然。直到19世纪初，英国发明种牛痘法的天才琴纳证实了杜鹃的这一特性。琴纳是在故乡高洛士打州的乡村里，偶然对杜鹃的生活状况发生兴趣，一直到1787年发表震动学术界的《关于杜鹃的报告》。他发现，杜鹃把自己的卵偷偷地生在雀类的巢穴里，甚至可以适应各种不同的雀类，而使它的卵色变化。到小杜鹃由它义母孵成之后，它又添生了一对特别有力的翅膀，孵化后一二天，眼睛还没有睁开，它就会把雀雏背在自己翼上，把它的义姊妹们摔死在巢外！当义母回来看见巢中只剩下唯一的幼雏，还会把这个凶手当宠儿来疼爱，更加精心地哺育小杜鹃。这种颠覆生命的能力是如此强悍，对于此种特殊残忍性格的揭发，在当时英国学术界引起了各种嗤笑。因为英国人特别留意这种聒噪的鸟儿，"每个人都要留心倾听杜鹃的第

一声啼鸣"。它作为春天的信使一直在英国人心目中占有特殊的地位。

英国诗人华兹华斯（1770—1850）却并不因为杜鹃不佳的名声而厌恶它，他发自心底喜欢这种鸟儿。名作《致杜鹃》就写道：

> 这快活的鸟呀！
> 你初来乍到，
> 听到你唱我就高兴。
> 杜鹃呐！我该把你叫做鸟
> 或只叫飘荡的歌声
> ……
>
> 为了寻找你，我常游荡在
> 树林中或者草原上；
> 而你呀却是希望、却是爱——
> 看不见，但被人渴望。
>
> 现在我又把你的歌细听；
> 又仰卧在这平原上
> 听着你在唱，直到我的心
> 回到黄金般的时光。

很显然，杜鹃俨然已经成为诗人心目中集爱与美为一身的精灵，并逐步脱离了事物的本相，这也体现了诗人"扭曲"事物面貌的职业化技能。我想，面对春之骄子的激烈叫喊，人们难免会启动各自的心事。

在西语赋予杜鹃"不信任"的文化含义以外，杜鹃不以为意，继续张扬其颠覆本性。根据生物学家调查，杜鹃所产的卵跟母鸟体重相比，小得不相称，这正好适于在小型鸟类的巢内鱼目混珠。杜鹃不像一般的鸟那样在清晨产卵，而是在下午，趁巢主外出觅食的时候，雌杜鹃能在15秒内用自

搬至高地。善于教民务农而不善治水的望帝，便让鳖灵主持治水。鳖灵开玉垒山，引岷江水东入沱江，又凿金堂峡使沱江畅通，终使成都平原消除了水害。望帝自愧对蜀人的功德不如鳖灵，学尧禅让舜之法，将王位让给鳖灵。鳖灵称丛帝，号开明氏。望帝携妻退位后，仍不忘教民务农，故夫妻双双化作杜鹃鸟，每年春季，他们领着繁衍出的后代，成群飞抵蜀地上空，"布谷—布谷"啼叫不止，口中滴血也不休。这个美丽的传说，千百年来，感动了蜀中的百姓，也触动了来蜀地的中原人士。唐代诗人杜甫晚年到蜀地写下了《杜鹃行》《杜鹃》二首诗，真挚表达了他对这位古蜀王的崇敬之情："杜鹃暮春至，哀哀叫其间。我见常再拜，重是古帝魂。"

——摘自《望丛二帝治蜀功——望帝、丛帝陵》

在围绕三星堆的一系列历史谜团中，杜鹃鸟是其中之一。古史中说：蜀王杜宇是"从天堕"，即指从天而降，是否意味着三星堆青铜文化的创造者是天外来客？蜀地广泛流传杜宇教民务农最后滴血化为杜鹃的故事，杜甫的《杜鹃行》有"君不见昔日蜀天子，化为杜鹃是老鸟"之句，究竟杜宇是人或是杜鹃或是天外来客？三星堆的青铜人面究竟是面具还是用于天人相通的器物？也许这些都是千古无法破解之谜了。

己的蛋换走其他鸟儿的蛋，或者用嘴把蛋叼进巢穴，这就进一步展示了杜鹃的危险智慧。因为它还可能具备偷走人们首饰的繁复技术。不仅如此，人文视野里的杜鹃简直就是盗魂的高手。

杜鹃在空中陡转身体，把它背光的一面向语言展开时，那些被它们干燥而执著的叫声所触及的秘密，也开始为之苏醒。每年秋天，亚欧两洲高纬度地区的杜鹃，都要南迁到非洲或澳洲越冬，旅途长达千里。每到这时，小杜鹃便断然脱离义亲，独身长途跋涉，漂洋过海，到它生身父母越冬的地方去。因此我们似乎可以推测，那只杜鹃与易学大师邵雍在洛阳桥头上空的偶然相遇，就像他被神谶命中一般，未来被叫声提前铺开，在空中写出字，但说出即失，说出皆错，看来天命真是不可泄露啊。

据说，四川是杜鹃最多的地方和杜鹃传说的发源地，只是到21世纪的如今，则是难以耳闻了。我偶尔在成都平原外沿的山林边缘，在那些"农家乐"的周围，听到过杜鹃叫春的刺激声。叫得那般激烈，简直比杜鹃还要杜鹃，像是苦闷者的口技功夫。记得《本草纲目》里说过："杜鹃初鸣，先闻者主离别。学其声令人吐血。"但在没有忌讳的年代，人们以鸟语尽兴打开情与色，不一定是叫人归去，怕是在自己收割爱情吧。还是听听杜甫怎么说的吧："西川有杜鹃，东川无杜鹃。涪万无杜鹃，云安有杜鹃。我昔游锦城，结庐锦水边……君看禽鸟情，犹解事杜鹃。今忽暮春至，值我病经年。身病不能拜，泪下如迸泉。"诗人就是诗人，他与思念的精魂猝然相遇，他只用泪水来抒写自己的感动，并不说出秘密的一个字。

鸩 毒

  明教曰：凡人所为之恶，有有形者，有无形者。无形之恶，害人者也。有形之恶，杀人者也。杀人之恶小，害人之恶大。所以游宴中有鸩毒，谈笑中有戈矛，堂奥中有虎豹，邻巷中有戎狄。自非圣贤，绝之于未萌，防之以礼法，则其为害也。不亦甚乎！

——转引自南怀瑾《禅宗与道家》

  也许是出于象形文字的附会，很多人往往把鸩鸟与鸠鸟混为一谈。后者是鸠鸽科的鸟的泛称。古时说有五种鸠：祝鸠、鸤鸠、爽鸠、雎鸠、鹘鸠。从分类上看，祝鸠和鹘鸠是鸠类，鸤鸠是攀禽类的布谷，爽鸠是鹰类，雎鸠是鹗类。这个混杂的种属很容易孕生一些险恶的词汇，例如：鸠鸩（喻指专门诬陷好人的人）、鸠夺鹊巢（鸠性拙，不善筑巢）等等。在这样的不良暗示下，把两者混为一属，似乎又情有可原。

  由于屈原作品里出现了鸩鸟，有人认为《离骚》中"吾令鸩为媒兮，鸩告余以不好；雄鸠之鸣逝兮，余犹恶其佻巧"，是说屈原看见女戎国的美女，便托鸩鸟为媒，鸩鸟

  鸩与蛇相遇，鸩前而啄之。蛇谓曰："世人皆毒子矣，毒者，恶名也。子所以有恶名者，以食我也；子不食我则无毒，不毒则恶名亡矣。"鸩笑曰："汝岂不毒于世人哉？指我为毒，是欺也。夫汝毒于世人者，有心啮人也。吾怨汝之啮人，所以食汝以示刑。世人审吾之能刑汝，故畜吾以防汝。吾之毒，汝之毒也。世人所以畜吾而不畜汝又明矣。吾无心毒人，而疾得恶名，为人所用，吾所为全其身也。全其身而甘恶名，非恶名也。汝以有心之毒，盱睢于草莽之间，何人以自快。今遇我，天也，而欲诡辩苟免耶？"蛇不能答。鸩食之。夫昆虫不可以有心，况人乎？

——不著撰人《无能子·卷下·鸩说第五》

◎明·蒋应镐《山海经（图绘全像）·鸩》

《酷刑之详细内容》一文说，洪武年间，锦衣卫有个名叫王宗的厨师，犯了罪害怕杀头，让家里人向医生王允坚买了一包毒药准备自杀。朱元璋得知此事，下令逮捕王允坚，让他把卖出的这包毒药当场吞下。王允坚手拿毒药，大惊失色，武士在旁催逼，王允坚不得已把毒药吃下。朱元璋细细问他这毒药是怎么配制的，吃下去之后多长时间会死，如果中毒而死还有什么留恋等问题，王允坚一一作了回答。朱元璋又问这毒药有没有解药，王允坚说，用凉水、生豆汁、熟豆清掺合在一起让服毒者饮下，可以解毒；若用"粪清掺凉水"解毒更快。于是，朱元璋叫人取来凉水半碗，粪清少许，在旁边等待。不一会，王允坚出现中毒症状，眼神四顾，烦躁不安，两手不住往身上搔来搔去。朱元璋又喋喋不休地问他中毒后的感觉以及多长时间内可解、过了多长时间就不可解等问题，直到看到王允坚痛苦难耐、生命垂危的时候，才叫人给他灌下解毒的粪清和凉水。王允坚受尽折磨，奄奄一息，侥幸没有死。但是到了第二天，朱元璋又下令把王允坚处斩，并枭首示众。

不肯并且远离了他。接着他又想托雄鸩为媒，但却"心犹豫狐疑"。其实这个解释有些一相情愿。鸩鸟并不能成为媒鸟，李商隐诗"青雀如何鸩鸟媒"显然是继承了屈原的用意，不过想想也对，连鸩鸟也可以托之为媒，就可以推测相思之毒已是深入骨髓了。有学者研究考证，"余令鸩为媒兮"除了表达屈原的思想外，还反映了古代捕鸟的一种方法，即以鸟引鸟捕之。《六臣注文选》晋·潘安仁《射雉赋》注云："媒者，少养雉子，长而狎人，能招引野雉。"至今在长江三峡地区，仍有人沿用养活鸟以为媒招引野鸟来捕之的古老捕鸟方法。

可以肯定，古时确有鸩鸟出没于人的意识或视野，它的身世和功用我倾向于这样一种判断：此鸟主要是来自于险恶宫阙的渊薮，并推进阴谋理论的执行。它飞行的身影总是晃动在宫廷的天幕上，它是既行使着"天罚权力"的地下判官，又是被黑暗权力宠幸的鸟儿。因而，它出没于平民的注意力之外是毫不奇怪的。鸩鸟肯定不是生活在神话的古风中，它偶尔也从文化的腐质物里发出古怪、凄厉的鸣叫。由于它出没于人口稠密、风化奢靡的江南一带，当地人也称它为同力鸟。雄鸟叫运日，雌鸟叫阴谐，双飞双宿，俨然是连环杀手。作为顶级的剧毒鸟，黑身赤目，羽毛紫绿色，它的身躯像一块黑炭在空中飞舞，尖而长的嘴喙犹如火蜈蚣一般在空气里燃烧，连留下的气息也令人窒息。

如果近距离观察，鸩鸟前半身

像鹰后半身像孔雀，足有三趾，嘴啄时会发出"梆梆"的执拗声音，声音阴鸷而幽深，如年迈的守夜人敲着羊皮鼓，它震落的露水偶尔滴落在皮面上，让声音蒙羞。这种鸟深居简出，如若外出必有怪事发生。雌鸩阴谐一叫，肯定是几天的连绵淫雨；而运日长鸣的话，往往是连续的大旱，均预示了死亡帷幕的开启。鸩鸟并不是饕餮之徒，所以它也不会随意攻击蛇类。它捕食的时候有一种巨大的威仪，类似于"虎行似病，鹰立如睡"的姿势，好像是不期然地从毒蛇的巢穴前经过，它以一种神秘的舞蹈步伐来显示自己的君临。这种步伐叫"禹步"，富有弹性，充满忧郁和感应，好像是按照冥念中的指示在亦步亦趋。人们极其忌讳见到这种罕见的鸟步，《尔雅翼》卷十六记载说："……昔有人入山、见其步法，归向其妻索之，妇正织而机翻。"可见此鸟毒恶之甚。禹步到底是怎样迈步的？葛洪《抱朴子》卷十六《登涉》篇中就说："禹步法，正立，右足在前，左足在后，次复前右足，以左足从右足并，是一步也。次复前右足，次前左足，以右足从左足并，是二步也。次复前右足，以左足从右足并，是三步也。如此，禹步之道毕矣。"此处本是说往山林中，折草禹步持咒，使人鬼不能见，述禹步法讫，又申明之曰："凡作天下百术，皆宜知禹步，不独此事也。"准此，可知禹步威力之大。鸩鸟宛如硫酸的祖先，所到之处，树木枯死，石头崩裂，毒蛇立即瘫软，鸩鸟这才上前从容进食。

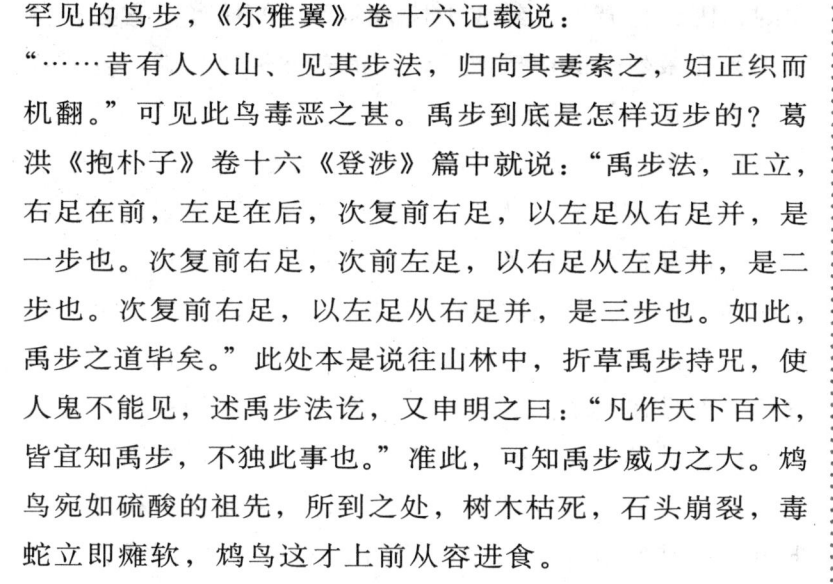

禹步另有一种说法，见于《抱朴子内篇·仙药》和《洞神八帝元变经》等古籍，大意是说，大禹治水时，在南海之滨见到一种大鸟（即鸩鸟）会禁咒术，走着一种奇怪的步子，能使大石翻动，于是大禹模拟其步伐，使成为法术，

◎险毒非常的鸩鸟

答王××先生
蒋 蓝

本人在2003年1月5日的《成都晚报》上发表的《鸩之毒》一文，王先生予以了多方面质疑，应是一件正常的涉及知识与文化关系的讨论。本人愿意就此回答一二。

你在引用我的原文时，应该引用一个完整的句子似乎才是不伤原意的，我的原文是："古时确有鸩鸟存在，它的身世和功用我倾向于这样一种判断：此鸟主要是来自于险恶宫阙的渊薮，并推进阴谋理论的执行。"应该仔细阅读一下这个句子才能下判断。但王先生认为我的整篇文章就是为了证明鸩鸟在物质世界当中的存在，并被古代记载所"诳"，甚至有弘扬封建迷信之嫌。很显然，王先生存在阅读障碍造成的误会，而且显示出了毫无必要的自负。

鸩鸟的存在我认为是在两个向度上：一个是在文化视野内。我想，我着笔写这篇随笔的本意也是展示其文化意象的；而鸩鸟另一个存在的向度则是生物学意义的。以生物学理上的缺席来反对文化上的存在，我想，这正是王先生的立脚点。但是这一点也缺乏逻辑的严密性和自恰性。因为，古文化当中的鸩鸟就是因动物学当中的蛇雕所附会出来的。或者说，鸩鸟就是被古文化所妖魔化了的蛇雕。蛇雕吃毒蛇但自身无法制造毒素，它的别名为大冠鹫、白腹蛇雕，学名 Spilornischeela，英文名 Crestedserpenteagle，属鹰科 Accipitridae，主要分布在辽宁、华东、中南、西南等地，是国家二级保护动物。关于这一点，很多动物词典和科普作品已经很清晰地指出了。我可以提供比较容易检索的两条资料，一是由包振远、马季凡编著的《中国历代酷刑实录》（中国社会出版社1998年4月版）当中，有大约1万字的涉及鸩鸟的文化功能描绘章节；另一条，是由学者李湘涛撰写的《蛇类的天敌——蛇雕》一文（原文大约5000字），提供了鸩鸟与蛇雕的渊源关系，此文发表在北京科普协会主办的《北京科普之窗》网站上，现在都可以查阅得到。

这就是说，文化的鸩鸟与生物的蛇雕在各自

十分灵验，因为是禹制作的，故称为禹步。从这些说法中大致可以看出禹步形成甚早，与古代的禁咒术有关。禹步的基本步伐是三步九迹，后来扩大为十二迹、三五迹等不同的禹步。后发展成为了道家著名的罡步。（可参见周作人散文《禹迹寺》）

鸩鸟在水中洗浴，其水即有毒，人若误饮，将中毒而死。自有此传说后，人们因惧怕中毒而不敢轻易饮用山林之水。《朝野佥载》也记载说，"冶葛食之立死。有冶葛处，即有白藤花，能解冶葛毒。鸩鸟食水之处，即有犀牛，犀牛不灌角其水，物食之必死。为鸩食蛇之故。"翻译过来的意思是，野葛吃了就得死。生长野葛的地方，就长有白藤花，它能解野葛的毒。鸩鸟饮水的地方，就有犀牛，犀牛不洗角的地方，生物喝了这水一定得死，因为鸩鸟吃蛇的缘故。而李时珍在《本草纲目》里基本沿袭了这个说法，强调了一物克一物的仁义思想。但总体上说，鸩鸟是克不住的，因为它俨然已经成为权力和复仇的使者。它必须持续飞舞在激烈的欲望风浪里，使命一旦传达，就不可能停止，逢人杀人，逢鬼杀鬼。

鸩鸟最可怕的地方自然是它的羽毛。鸩酒，也叫酖酒，早在《左传》中就已提到。用鸩鸟的羽毛划过酒，酒即含有剧毒，就是鸩酒，饮之令人立即毙命。鸩毒毫无颜色和异味，毒性却能够尽数溶解于酒。当然这只是个被夸大了的传说，事实上有许多毒酒并不是仅仅用鸩的羽毛划过的，而是在酒中同时掺入了某种毒物（例如乌头、毒箭木、毒芹汁等等），不过人们习惯上也都叫它鸩酒。

但是鸩酒不是可以随意配制的，这需要技术精湛的医士出面，从而分化为一个阴鸷的职业，叫"鸩者"。这些制造毒药的天才在犀牛角、兽皮的保护下，也是颤颤巍巍地接近尤物，稍有不慎，即会引火烧身。古籍上有很多关于以鸩酒赐死和饮鸩酒自杀的记载，"惧鸩忍渴"、"饮鸩止渴"就源于此。在酒中掺入某些有毒的物质制成的毒酒，历来被人们作为杀人的利器，古代的一些史籍如《史记》《汉书》中，都有这方面的记载。《南唐书·申渐高传》中说：南唐皇帝李昪顾虑大臣周本威望太高，难以控制，想诛杀之。有一次，李昪倒了一杯"鸩酒"赐给周本。周本察觉了皇上的意图，用御杯分出一半酒说：奉给皇上，以表明君臣一心。李昪当即色变，不知如何是好。这时，为帝王演戏奏乐的优人申渐高见此情景，一边跳舞一边走了上来，接过周本的酒说：请皇上把它赐给我吧。说毕，一饮而尽，将杯揣在怀中走了。李昪立即暗遣人带着解药去给申渐高，未等药到，申渐高已经"脑裂"而死。原文虽未说明脑裂的详情，但听起来足以令人毛骨悚然了。黑鸩为鸩鸟中最为稀少的一种，其毒性强而难发，这种引而不发的性质就像它所具备的深厚功力，待当事人的想象力和恐惧感挥发得差不多了的时候，一发则动全身，发则无药可救。无怪此物一旦侵入头皮之后，非数月甚至一年之久毒性才始行发作。

普通鸩毒人一旦饮下就行将发作，其性急而有治，且易辨别；黑鸩毒性缓而难察，直至慢慢地将人血化尽，其毒一旦侵入头皮，即可寄生在发根之内，使这黑丝维持原毒不绝，而且使当事人觉察不出。

由于鸩毒的残酷性实在太过彰显，仁者一直反对使用这种奇毒。战国时，楚国的使者驸马共前往巴国，途中见到一人挑着一担下了鸩毒的酒正欲谋财害命。驸马共请求买下毒酒，但所带的钱不够，驸马最后把自己的马车也一并给了对方。东西到手，他立即把鸩酒倒入江里。这个故事，被作为宣传仁慈的例子广为流传。在晋代，朝廷曾下令严禁鸩毒，并不准鸩鸟过江。当时石崇任南中郎将、荆

◎明·蒋应镐《山海经（图绘全像）·鸩》

的语境都是存在的，它们只有极少的交叉。你不能用生物的鸩鸟来反证文化的鸩鸟的不存在；你只能在生物或者文化的各自向度上来梳理问题。这就仿佛是说，谁也不能因为中国龙的虚玄，"坐实"去勾销中国龙文化的存在权利一样。而一个不能证伪的命题就是伪命题。在这个问题上，王先生似乎犯了生物立论和文化逻辑的双重错误。

以上的说明，不知王先生是否以为然否？就我的立场来讲，撰写一篇动物随笔，肯定是着眼于其文化价值的，其文化背后深厚的生物学常识，本不足以一篇区区千字随笔来详细罗列，既然王先生有决绝的疑问和激烈的情绪，那就在此略加说明，但不管怎么说，还是谢谢王先生的仔细以及对社会负责的责任心。

州刺史时，曾经捕获了一只鸩鸟雏，交给后军将军王恺养护。司隶校尉傅祗立即向朝廷告发了此事，朝廷下诏宽宥了石崇，但命令立即把鸩鸟当众烧死。东晋升平二年（358年），王饶竟然向朝廷进献鸩鸟，晋穆帝司马聃大怒，下令把王饶鞭打二百，并把那只鸩鸟当众烧死在京城的十字路口。一方面，在这些仁义皇帝的围攻之下，鸩鸟自然是越杀越少；另一方面，心如蛇蝎的统治者一直大力弘扬毒文化，鸩鸟面临绝境，直至湮没在飞禽的最高空。

宋代之后，鸩毒的使用并没有被抛弃，直到明清两代仍然有人使用，并取得了立竿见影的鸩杀之功。在这以后，鸩鸟就像镶嵌了金边的乌云，被暴力彻底地从历史的天空抹去了。现在，我们只能使用过往文字来复原它凌厉的形象，推测矗立在宫阙楠木梁柱上那一串"梆梆"的怪响。其实，中国是构思杀人方式最多的国家，一块砖头就可以置人死命，好像并不需要曲径通幽的鸩毒来实现宗旨。也就是说，鸩鸟之毒，多半是被权力妖魔化了的结果。

鸨乱

"貒鸨上下啄咬狱"——貒，野豕也，甚毒。鸨，鸟属，一名独豹。能激粪射鸷鸟，其毒无比。鬼卒专以此二物啄咬犯人，甚为难受。

——《洞冥宝记》

◎日本·冈元凤《毛诗品物图考·鸨》

鸨鸟一般不鸣叫，平时食物以嫩绿的野草为主，但繁殖时也吃昆虫，特别嗜吃蝗虫，是我国最大的鸟，也是世界上最大的飞行鸟类之一。一般体高60厘米，两翅展开达2米，体重10~15千克。过去由于人们未见到过雄鸨与雌鸨交配，故把鸨错误地说成"百鸟之妻"。清代《古今图书集成》中云："……鸨鸟为众鸟所淫，相传老娼呼鸨出于此。"意思是说，鸨没有舌，无雄鸟，雌鸨与其他任何一种雄鸟都可以交配而繁殖后代。后人据此把旧社会开妓院的老板娘唤作老鸨。其实鸨鸟是有舌头的，只不过小一点而已，它有雌有雄，与任何鸟类一样可以交配繁衍后代。

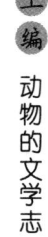

地鵏　大如鵝，頭頸為白羊毛，毛文代黃褐，色背色黃褐，有黑斑為虎皮，腰與翅白色而翅有黑紋，嘴爪雛喙足似鴕鳥，色黃而毛後趾　企周

◎清·马骀《地鵏》

游修龄指出，鸨的左半从"匕"加"十"，有所指的，即与喜淫有联系。《说文》对此没有说明，在《六书正伪》中说左上半的"匕是比之省也。从十，十，相比"。这是一种躲躲闪闪的解释。匕是雌性生殖器的符号，十是雄性的符号，"匕"加"十"也就是交配的意思。古代草原上栖息的雉、雁和鸨很多，它们到发情时都有交配行为，但因为只有鸨的身躯肥大，最不善飞，故人们容易观察到鸨的交配情况，留下鸨喜欢交配的印象，故创造了这个字。

在比较的视界中，很容易形成云泥立判的价值观。俗话说"上有天鹅，下有地鵏"，指两种人们心目中最为名贵和稀罕的鸟儿，它们的数量不多，要想目睹也确非易事。

按现代动物分类学，属于鸟纲鸱鸮科各种类的鸟，在潮湿、溽热的江南地界，它们大多被视为恶鸟、凶鸟和喜淫之鸟、不孝之鸟。夏朝后期世风主要为女风左右，"好方鬼神，事淫乱"，殷商时流行"巫风""淫风""乱风"，均有与统治阶级相联系的淫乱活动。但大凡在混乱的事端里，往往都蕴涵着一种诱惑的魅力，人们向往飘摇的"审美历险"，并逐步把鸮鸟投射在江南水面上的飞影视为一种凛异品性对人类的启发。怪鸟多次出没在《楚辞》的天空，而鸱鸮的妖冶、狰狞形象也出现在《诗经》的咏叹里："鸱鸮鸱鸮，既取我子，无毁我室……"

鸱鸮属何种鸟？古代注家所释不一。王逸曰："鸱……一名鸢也。"陆玑《毛诗草木鸟兽虫鱼疏》曰："鸱鸮，似黄雀而小，其喙尖如椎，取茅莠为巢……悬著树枝。"但大多数学者以为是猫头鹰之类的鸟，与现代动物学的科学分类相近似。鸱鹊不仅在古代文学作品中成为凤凰、黄鹄的对立之恶鸟，而且在民间传说里亦是不孝之鸟、不祥之鸟。宋代洪兴祖注曰："鸱鸮，怪鸟。枭，不孝鸟。"

地鵏是鸮鸟中较寻常的种类，又称大鸨、独豹或野雁，而"独豹"是一个绝对漂亮的称谓，可以同"铁鸦"媲美。《本草纲目》上说："鸨有豹文，故名独豹，而讹为鸨也。"鸨鸟的天敌是鸳鸟，遇到侵犯，鸨鸟的反击招数十分骇异，屁股朝敌，向鸳鸟激喷大粪，鸳鸟立即被恶毒的粪水腐蚀掉很多羽毛。鸨鸟雌雄羽色非常近似，雄鸟喉部近白色，并生有类似胡须的纤羽，繁殖期时，喉部转为嚣张的橙栗色。上体深棕并杂有黑斑，两翅灰白，但在飞羽的尖部却逐步黯淡，犹如一截喂满毒汁的黑刀尖。一直蔓延着这样的传说：鸨鸟只有雌的而无雄的，它是"万鸟之妻"；另外一种说法就更具挑逗意味，鸨鸟有同性之间交配的非凡本领，相互帮助，相互

把鸨同妓女联在一起，是起于明朝朱权的《丹丘先生论曲》："妓女之老者曰鸨，鸨似雁而大，无后趾，虎纹。喜淫而无厌，诸禽求之即就。"现代文学家聂绀弩《论鸨母》说："鸨，淫鸟，借指妓女。"不作任何解释，便把"淫鸟"的帽子戴在雌鸨的头上，是男性中心的反映。众所周知，只有雄鸟向发情的雌鸟求爱，如孔雀开屏和公鸡亮尾羽，哪有发情的雌鸟去追求雄鸟的。鸨被用于专指鸨母，显然出乎一知半解的主观和偏见。
……

英国的鸨鸟是早在1838年时绝种的，据调查，我国现在也只剩200来只。1997年，北京濒危动物中心抢救了6只鸨鸟，对它们的交配行为进行了观察，发现雄鸨求偶时，表现出一种炫耀的动作，如张翅，拱尾，翅尾前翻，臀部扭动，双翅左右摇摆，全身羽毛抖动，紧跟着雌鸨相逐。雌鸨也作出相应的接受求偶的动作。这些炫耀表演，在发情期间，每天出现5~7次。鸨鸟即将从地球上消失，这真是一次难能可贵的观察，有助于加深、补充和纠正古籍记载的不足。这个观察说明，鸨鸟发情期间表现的求爱动作，本来是动物的天性，且以雄鸨为主动，人们却给雌鸨扣上"喜淫而无厌"的帽子，转嫁到妓女头上，完全是错误的观察和男性的偏见。
——摘自游修龄《替"鸨鸟"申冤》

站在彼此的背上向顶峰冲刺，并往蛋中注入激情的液体。联系当下行情，大概就是同性恋的祖先。但没有雄鸟怎能传种接代呢？据我的分析，很可能由于雌雄的体羽颜色过于近似，尤其是在繁殖期时，观察者已经被交配的仪式弄得目不暇接，难以自持，自然不辨雌雄。事实上雌雄是轮换孵卵，但人们总认为巢内孵卵鸟不变，给人们的印象理所当然的是没有雄鸟。

至于为什么叫鸨鸟，还有一个传说：古时有一种鸟，它们成群生活在一起，每群的数量总是七十只，形成一个小家族，给它起什么名字呢？于是乎把它的集群个数联系在一起，在鸟字左边加上一个"七十"字样，就构成了"鸨"。当然，文字学者固然视之为无稽之谈，但个中负载的民俗信息也堪可玩味。其实呢，这是在于鸨鸟性喜群居，如雁有行列，就是相次的意思，而古诗里所云"鸨行"就是指天空大军般的鸨阵。

由于具有淫鸟的恶谥。在《西游记》中，孙行者与二郎神斗法时，孙悟空变作淫鸟时，后者就不肯跟它斗法。因为二郎见他变得低贱——花鸨乃鸟中至贱至淫之物，害怕沾到晦气。但是茅盾先生在《杂志"潮"里的浪花》引述了徐懋庸的话："我以为淫鸟终不能听其逍遥自在，你的不屑，在它竟会看成不敢而自鸣得意的。所以在该斗法而又非取某种态度不可的时候，我们自己实在不必硬搭固定的架子。"这种不避污秽的气概，可惜的是，在文人们身上似乎已荡然无存了。

不良的文化认识总是观念的导师，这促使了语言隐喻功能的高度发散，制造了很多怪异、开启民智的词汇。比如：鸨行（鸨鸟的羽茎）、鸨奥（鸨鸟的脾脏与小肠）、鸨合（鸨与他鸟相合，比喻男女或者同性淫乱）。至于鸨鸟终于跟人类的皮肉生涯产生水乳交融的关系，首先要归功于民俗。春秋时齐国设"女闾七百"，就是最早的官办妓院；越勾践、汉武帝设"营妓"等专为军队提供性服务，这种体制开办的性销售机构同时供应伙食，鸨鸟是其中的野味，而鸨鸟在一些地方就被称为大野鸡。其次，主持皮肉交易的老板往往是卖尽了春色徒剩一身痴肉的世故女人，现在终于听命于体制了。她们雌性激素澎湃，却一直在做无用功；在外形上，与肥胖的鸨鸟构成了"通感"，加之三十如狼、四十如虎的欲望公式，完全具备身先士卒的冲动。因此，从鸨鸟身上飘落的词汇羽毛，不幸直接与她们完成了空中对接，如：鸨妓（老妓女）、鸨儿（指鸨母，开妓院的女人，即妓女的养母）、鸨公（对鸨母丈夫的戏称）、鸨母（开妓院的老板娘）等等。

鸨类在全世界共有23种,分布在欧、亚、非、澳四大洲。中国仅有3种,即小鸨、波斑鸨和大鸨。小鸨分布在新疆北部、西部和天山；波斑鸨也分布在新疆两部天山和北部地区；大鸨则分布较广,自内蒙古的呼伦贝尔盟、东北的南部和西南部、河北、山西、陕西、河南、山东至甘肃兰州等地。

在这3种鸨鸟中,以大鸨的个体最大,体高在60～70厘米,有的雄鸟重达15公斤,是草原上最大的鸟,也是猎禽中最大的种类,同时是世界上能飞的最重的鸟类。尽管如此,飞行的鸨鸟样子非常夸张,毫无御风的快感和优雅,就像一个来自于虚无中的怪客,甚至还晕眩于云雨的高度。

鸨鸟只好走路。从仪态上看,步伐完全是罗马士兵吃苦耐劳的招数,有时大步流星,更像乡下人赶场。它具有粗壮的腿和健壮的3个脚趾,能够在地上狂走,遇到危急事端,更能以7公里的时速急驰。鸨鸟最大的优点就在于沉默,它总是默默无声地穿行,就像鬼魅一般逶迤在诗学与现实的间隙,一晃而逝。从来没有人听到它的叫声,如果听到鸨鸟的叫声,那就一定会中谶。

据说鸨鸟的肉味鲜美,在野味中为公认的上品。我对此没有兴趣,但回族经典《天方典礼》卷十七却着重阐释了淫鸟对灵魂的危害：

> 鸷鸟、攫兽,它们的性都恶。鸟击杀鸟叫鸷,兽击杀兽叫攫。鸷鸟,长着钩嘴钩爪；攫兽长着钩爪锯牙,都是性恶的。大凡鸟兽不能食用的有二十种：长着暴恶眼睛的,长有锯牙的,长有钩嘴的。吃生肉的,杀活鸟的,同类互相吃杀的,性恶的、性暴的、性贪的、性吝的。性伤害的、性污浊的、贪污秽的、乱交配的、异形的。异性的、奇怪的、像人的、善变化的。《经》说:"不要吃鸷攫的鸟兽。不要吃异性的东西,只有吃谷、吃草以及有纯德的鸟兽才是良好的,这二十种不能食用的已分辨清楚了。"
>
> 毒性危害生命,恶性危害性灵,危害性灵犹为重大。

这段话明白地告诫了灵魂难以抵挡的事物,至于一些新婚夫妇竟然在床头嵌挂,在铺盖上堆绣孔雀、大鸨的嬉戏画幅,企图叶公好龙,那除了说明他们实在无知以外,还有一个可能,就是他们有从大乱到大治的决心。

戴 胜

> 星点花冠道士衣,
> 紫阳宫女化身飞。
> 能传上界春消息,
> 若到蓬山莫放归。
>
> ——[唐]贾岛《题戴胜》

古代人对动植物的描绘,具有传奇一般的丝绸质地。古希腊人就认为,鸟的尾巴上有12根羽毛,这些羽毛,是与黄道十二宫一致的,如果掉了一根,它就不能很好地飞翔,事物就会出现"乱位"现象。而印度的长生鸟能够用提问者所说的任何一种语言,回答他所提的任何一个问题,显然长生鸟具有指挥修造巴比塔的才能。还说戴胜是靠吃人粪为生的,豹子身上散发出的一股蜜糖气味可飘至一英里远……这就使我们发现,这些传奇如果说还有一点真实性,那所谓的真实也就类似鸟儿从空气里划过的影子,难以觉察。

"吃人粪的戴胜",是缘自美丽的戴胜有一股难以抵挡的臭味。它们犹如"恶之花"一般,以艳丽的衣裙招展于鸟羽世界。戴胜体羽为棕色,两翅和尾羽大部黑色,上面有白色或棕白色横斑，头上有一明显的羽冠，可以如孔雀开屏那样招蜂引蝶。戴胜喜欢在陆地巡视，体态风度极佳，头随着步伐一点一点的，节奏鲜明，宛如一个头戴礼帽、体态潇洒、衣冠楚楚的大人物或登徒子。

这种唐璜式的装束很容易受到青睐。戴胜生性懒惰，随便找一个岩石缝隙或墙窟窿作为巢室，雏鸟孵出后，它不像其他鸟，把雏鸟排出的粪便由大鸟用嘴衔出，丢到离巢很远的地方，唯恐把巢弄脏。而戴胜懒得只把粪便堆集在巢穴内，天长日久，臭气熏天难以入鼻，这反而成全了它们，构成一种知名的武器。若遇敌害，它就从尾脂腺分泌出一种黑褐色油状液，气味极其恶臭，能把危险排拒在自己的空间范围之外。

由于这种自我防卫的技能突出，戴胜喜欢在陆地散步，不得已才偶尔回到天上。它飞行速度不快，身体呈波浪状，翅膀不慌不忙地慢慢扇动，好像一张枯叶在把握风向，并呈蝴蝶的水面倒写体。这种把体重与沉重的美丽融化于虚空的技术臻于完美，颇为壮观。它用一个侧影告诉我们，在熟练于御风的同时，它可能还有御用万物的雄心。

格林兄弟童话《鸱鹆和戴胜》里说，戴胜的叫声仿佛是在喊"起来，起来，起来"，叫个不停。这并不符合实践，如果真是这样，它们就该领头唱《国际歌》。戴胜一直是发声术"呼哼哼"的转喻，似乎喉咙里有个凉水袋，在熄灭美丽所带来的脑部高烧，这多少使它们保持了一定的清醒。德国哲学家利希滕贝格对此指出："最绚丽斑斓的鸟歌唱得最差。这也适用于人，永远不要在奇巧华丽的文体里……寻找深

◎清·马骀《戴胜》

维吾尔诗人纳瓦依《鸟语》作于1498—1499年，也被译为《鸟类的语言》。这是一部寓言诗，书中的角色都是些鸟类，该作品反映了纳瓦依的哲学思想。诗中说的是一群鸟在戴胜鸟（也称山和尚）的带领下，长途跋涉，经过千难万险与魔窟中的鸟皇——凤凰幽会的故事。他用借喻、象征的手法，让"凤凰、戴胜鸟、普通鸟"代表三种形象即上天、苏菲教者和人。作者借"普通鸟"指责"戴胜鸟"的语言表示自己的不满，同时规劝"普通鸟"要认识自己、珍惜自己、热爱生活。

戴胜词
[唐]王建／作

戴胜谁与尔为名，木中作窠墙上鸣。声声催我急种谷，人家向田不归宿。紫冠采采褐羽斑，衔得蜻蜓飞过屋。可怜白鹭满绿池，不如戴胜知天时。

鄂尔多斯高原的中心伊金霍洛旗，有一座由蒙古包组成的建筑，这就是闻名遐迩的成吉思汗陵。相传七百多年前，成吉思汗率兵征战西夏时，途经这块水草肥美的风水宝地，骑在马上顾盼自雄，不慎将马鞭失落，为此成吉思汗于依马可待，赋诗一首："花角金鹿栖息之所，戴胜鸟儿育雏之乡，衰落王朝振兴之地，白发老翁享乐之邦。"成吉思汗说："我死后可葬于斯。"

〇元·赵孟頫《幽篁戴胜图》

绢本设色，纵25.4厘米，横36.1厘米。北京故宫博物院藏。

刻的思想。"这几乎把戴胜、孔雀、丹顶鹤等等美鸟的发声术来了个铁板钉钉。据说，一个能学十几种鸟叫的捕鸟者教会了这戴胜的歌谣"哼哼、哼哼，客（去）哪儿过河，梳派敞了喝酒，穿新衣了吃馍"，于是戴胜开始出任了农忙时令的发布者。诗人韦应物《听莺曲》中有"伯劳飞过声局促，戴胜下时桑田绿"的句子，戴胜成为春归大地的象征。当然了，戴胜也与鸣鸠相互混淆，《法言》曰："鸣鸠，自关而东谓之戴胜。"

古希腊喜剧诗人阿里斯托芬（约前445—前385）写过一部题为《鸟》的著名喜剧，其中有这样一段对话：

欧厄尔庇得斯：哦，原来你就是忒柔斯呀！请问你是个鸟还是个孔雀？

戴胜：我是个鸟。

欧厄尔庇得斯：那你的毛哪去了？

戴胜：脱落了。

欧厄尔庇得斯：是生了什么病？

戴胜：冬天所有的鸟都要脱毛，再长新毛。

这是在讨论鸟性的变易。这个戴胜是暴君忒柔斯的化身。希腊神话里说，国王忒柔斯要杀掉两姐妹，"她们跑得像飞似的。咦，她们真的长出了翅膀，一个飞进了树林，另一个飞到屋顶上。普洛克涅变成了一只燕子，菲罗墨拉变成了一只夜莺，胸前还沾着几滴血迹，这是杀人留下来的印痕。当然，卑鄙的忒瑞俄斯也变了，变成了戴胜鸟，高耸着羽毛，撅着尖尖的嘴，永远地追赶着夜莺和燕子，成为它们的天敌"。这就是说，戴胜不可一世的造型符合极权者的身份

和气魄，即使变成了鸟，仍然在企图恢复昔日的欲望，但它身上的臭味，证实了权力的气味学。

　　奇怪的是，在汉语的视域中，这种气味并没有被广泛发掘出来，它们一直被华丽的衣饰罩定，只把古人希望出人头地的峥嵘欲望予以了鲜明的"外翻"，是汉语中权力的法器。这是否体现了农业文明对各种排泄物的习以为常？或者渴望盖过了嗅觉，戴胜总是视觉的皇帝。《山海经·西次山经》中说西王母"玉山，是西王母所居也。西王母其状如人，豹尾虎齿而善啸，蓬发戴胜，是司天之厉及五残"。不管戴的是什么东西，说明先民算是懂得装饰自己了。因为当时人们虽有了形式美的萌芽，却还难以将自身与动物彻底分开，更谈不上去区别人与动物外形的妍媸了。如果说这种怪异丑陋的形象里带有什么感情色彩的话，最多不过是一种原始的图腾崇拜，并逐步发展到权力崇拜。

　　自西王母以后，《史记》说汉高祖刘邦之母，于大泽之陂歇息，梦与神遇，未几有孕，遂产高祖。刘邦"龙准而龙颜，左股有七十二黑子"，醉卧之时，其友见其身上常有龙。此后，纬书变本加厉，说刘邦"体为朱鸟，其表龙颜，口角戴胜，斗胸，龟背，龙股"，俨然如神物。这就进一步说明，戴胜已经由美丽的鸟羽，反飞为帝王的尤物。它头顶的金黄色大羽冠像插着的一竿幡胜，甚至是一根阴茎，在空前的额头之上问鼎造福苍生的智慧。

　　诗人钟鸣读书十分精细，在《徒步者随录》中，他写道："我连做梦都在想，不露声色地写一部像亚里士多德《动物志》那样的书。幸好我聪明地暂时还没那样做。因为，我已无法再像他那样，以最简单的方式去观察一只歪颈鸟长长的舌头了。它的叫声，是一个尖吭的啾鸣。谁还能想象，几千年前，一只用人粪构巢的戴胜，是如何摇动它的盔缨，变换其颜色和形态的：戴胜见到自己的卑微，大神却令其穿上多样的花衣。但我却常常想象，寄生在软体动物和无花果莺里

◎《山海经·西次山经·西王母》

　　传说中豹尾虎齿、蓬发戴胜的西王母，与我们心目中妙相庄严、母仪三界的王母娘娘，简直是天壤之别。

的亚里士多德。"这充分说明诗人读透了亚氏的《动物志》，因为像"盔缨""花衣""大神"等词汇，只出现在一般读者全不在意的行文当中。这里干脆把亚氏转引自诗人埃斯契卢的诗句抄录于后：

> 戴胜见到自己的卑微，
> 大神却令穿上多样的花衣：
> 有时是一只戴着盔缨的山鸟，
> 有时又换上了苍鹰的白毛；
> 跟着节序的变易，
> 脱掉银灰的羽翼，
> 正当春光来到林荫，
> 他就重新打扮全身。
> 这套冠履显得他年轻且又美丽，
> 而那银灰的古装正合老成的旨趣；
> 等到坡上黍黄的时候，
> 还得配些秋色的文绣。
> 然而世事总不能尽如鸟意，
> 他从此深隐到何处的山里。

"世事总不能尽如鸟意"，无论如何变化或装扮自己，权力也总是不能令柄权者满足，他们其实是希望把头上的冠冕进一步加高，加成危险建筑，在摇晃俯仰中寻求一种御用的快感。这种可恶的风化波及女界，千方百计在头部玩弄出彩的手段。《红楼梦》中第七回里，薛姨妈说"这是宫里头的新鲜样法拿纱堆的花儿十二支"，惜春又说"若剃了头，可把这花儿带在哪里呢？"可见宫花是头饰，也就是"戴胜"了。也难怪黛玉冷笑道："我就知道别人不挑剩下的也不给我！"挑剩下的也就是"戴剩""戴胜"了。依据古籍《礼记·月令》的记载："季春之月……鸣鸠拂其羽，戴胜降于桑。"张华曰："胜即首上饰也，头上有毛，故曰戴胜。"这就是说，女人的宫花就是鸣鸠的器物化。

高蹈的寄魂鸟

山人放鹤去，
鹤得山人心。
为觅蓬壶底，
年来水浅深。

——[明]罗汝芳《游海会寺》

画家皇帝赵佶有著名的《瑞鹤图》传世，画面上有二十几只丹顶鹤绕殿飞鸣，在空中做出涉及吉祥的具体化动作。天空为此而晴朗，瑞云为此而飘动，在轻盈舒朗之外，动物有关国家的安康隐喻力透纸背，这种概念化的再度创作据说还是来自生活的。原来是赵佶当政的某一天，突见祥云飘临皇宫，绕柱附殿，众人不由得五内惊悸，很容易联想到佛正讲道，紫气东来的震撼记忆。恰好又有群鹤飞鸣于彩云之下，锐利的叫声把天色进一步摊开，与祥云融为一体，经久不散。这一惊人场面刺激了皇帝的灵感，他认定是天降瑞兆，但事实证明恰恰相反。如果我们仔细观察这幅帝王之作，就发现很多问题。

丹顶鹤翅膀很大，飞翔力强，常3～5只小群排成"v"

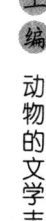

○清·马驷《鹤》

《抱朴子》记载，丹顶鹤能活100岁，这种鹤能应时而鸣，并能集于树上。虽然这里的记述加入了一些传奇色彩，但在适宜的环境条件下，丹顶鹤的寿命也有六十岁，在鸟类中算是比较长寿的了。

或"一"字形飞翔。在飞行时它们的颈和脚都是伸直的，前后相称，飘飘然姿态极其优美。但画家似乎觉得这有些僵硬，决定把它们曲线化，就把空中飞翔的丹顶鹤绘成脖子或者双腿弯曲的模样，这是由于误把鹭类作为鹤的缘故，更多的是美学扭曲尤物的恶果。

作为具有丹顶、绿颈、足有龟纹的文化飞禽，丹顶鹤从鹤的群体中叛离出来，以高挑的身体和怪异的叫声开始飞行于形而上的领空。它的每一次下落，都与人间生活构成了近距离的亲和，成为画家、诗人、炼丹家乃至一个政权功成名就的证据。但是，丹顶鹤毕竟是谨慎的，它们在人类行动艰难的沼泽和芦苇荡中栖息，自然是为了阻止人类的攫取之心。它们实在过于惹眼，白羽黑翎、丹顶喙啄，加上寿命可长达五六十年，华丽的身体展开雍容的舞步。由于它足趾短，后趾着生部位较高，与前三趾不在同一平面上，它留下的足印仿佛三根穿云裂石的花的脉骨，把莲花的意象烘托起来，盛开在自己的警惕范围之内。

简单点说，鹤字除了显示高空的飞鸟以外，还有"坚硬"和"洁白"两层意思，后者成为了丹顶鹤进入人们记忆的奇特方式。它总是伴随着一团炼丹家燃起的硫黄的淡黄色烟雾，从中突如其来，好像烟雾的幻象。而它背后的古老的松树以及横斜的暗色梅花把它极夸张地烘托起来，白如一块延宕的玉石，一切就仿佛法术的戏剧，让杂念以遁词的方式四散，空出一个可以散步或营造园林美学的地域。然后，仙鹤以一个奇怪的面具出现，尖利的喙闪耀着金属的光，它拳起过于修长的一只腿，更高挑地单足屹立，似睡非睡，开始与时间较力，因为它进入了恒定。

丹顶鹤栖息于沼泽地或沿海浅滩地带，涉游于近水的浅滩，它在水中兀立的时间可以持续很久，漫长得会使观察者失去信心和兴趣。芦苇已经老去，天空已经褪色，似乎它们彻底忘记了时间之水的流逝，只是把颈子伸进一个无法预料的空间，在冥思的深处啜饮甘泉。所以，我们常以"鹤立""鹤望"等借喻词汇，来展示一种即将成为化石的绝望期待。但唯一不同的是，逝川之

◎意大利·郎世宁《花阳双鹤图轴》

扬州大明寺有一个"鹤冢"，还有一块刻有《双鹤铭》的石碑。碑文记述的是星悟和尚养了两只鹤，有一只因患足疾病死，另一鹤"巡绕哀鸣，绝粒以殉"。星悟和尚将这对鹤埋葬并立碑纪念。《双鹤铭》中写道："生并栖兮中林，死同穴兮芳岑。"动人的爱情之歌，反映了鹤的生活习性。

水在丹顶鹤的脚踝上镂刻下了清晰的刀痕,这成为它们出入冥思的结绳记事。为此,它们是欣慰而自足的,接下来的举动文雅而有韵致,就像一阕舒缓的小令。古人云"道士步斗",就是希望学道之人能够从鹤的步伐里领会步入天道的秘密。但这谈何容易啊,他们即使学得鸠形鹄面,走起路来也像鸭子。

丹顶鹤唯一的危险期是在交配季节。激情突破了谨慎,叫声打倒了独立的空气,雌雄不断翩翩起舞,引颈高鸣。丹顶鹤的脖子很长,它的气管更长,而且还盘曲于胸骨间,就像一个扩音效果优异的喇叭,可以把渴望放大为70分贝以上的喝叫;类似于一台运转良好的小型柴油机,可远及数里之外,使茫然的猎人发现目标。于是,就有《诗经》上说的"鹤鸣九泉,声闻于天"之雅,也有了"煮鹤"下酒之俗。

有研究者发现,丹顶鹤在空中飞翔时,往往未见其身形,早已听到它的叫声预告了。平时丹顶鹤会发出"ko-lolon"的鸣声,受惊时发出"ko-lo-lo"的叫声,受到威胁时发出"ku-lo-lo",雏鸟的叫声似"shi-shi"。在繁殖期间,首先是雄鹤发出"koo-koo-koo"的呼唤,随后雌鹤便用"koo-koo"的声音回答。显然,风声鹤唳、鹤嗥等词汇的含义已经偏离了鹤的主语。

这种发声交流学是奇怪的,因为它们相隔数里就可以互通心曲,古人认为,即使它们交配也无须采取庸常的低姿态方式,而是与孔雀一样,声音或者身影重合就能生孕。但当鹤被文化人赋予了传道的使命后,它们的这一声音优势并不见效,只好作为鸡毛信的使者赴汤蹈火。

因此,仙鹤不是侧身进入史诗《格萨尔》的,而是以急促的飞奔带动着情节的峰回路转。珠牡是岭雄狮大王格萨尔的王妃,珠牡王妃奉仙鹤为自己的寄魂鸟,与她相伴随共患

◎丹顶鹤

难。珠牡有3只寄魂鸟仙鹤。在霍岭大战中，霍尔白帐王入侵岭国，用武力抢珠牡到霍尔国后，逼珠牡做他的王妃；珠牡宁死不从，招来3只仙鹤，血书格萨尔，遣使魔国，请雄狮大王前来相救。3只仙鹤历经千难万险，抵达魔国并把格萨尔从噩梦中唤醒，向他陈述岭国的灾难、珠牡的不幸，完成了使命。在《霍岭之战》上部中，对这一情节叙述详尽，特别是仙鹤给格萨尔所唱的歌，直逼雄狮大王的错误和缺点，中肯而富有哲理。这就使我们看到，仙鹤不但是爱情救急的报信者，还是维护体制尊严的说客。纤弱的丹顶鹤承担前一个使命已经是难以为继，对后一个责任，就必须具备颠倒阴阳的魔力才能胜任了。因此，丹顶鹤在轻松的故事里遭遇到了前所未有的挑战。在无法完成任务时，文化人为它们准备好了后事。

焦点出现在突然绯红的肉顶子上。

丹顶鹤的幼鸟是没有丹顶的，只有达到性成熟后，丹顶才会出现，这是一种生理现象，是由垂体前叶分泌的促性腺素作用于生殖腺，促其分泌性激素作用的结果。丹顶的大小和色度并非一成不变。对于季节来说，春季时发情时红色区域较大，而且色彩鲜艳；冬季则较小。对于情绪来说，轻松时红色区域较大，色泽鲜艳，恐惧时则较小。对于身体状况来说，健康时红色区域较大；生病时则缩小，而且色彩明显暗淡，其表面还略显白色。当鹤死亡后，其丹顶就会渐渐褪去红色。

丹顶鹤头上的红色顶子一直被认为是剧毒物质，称为"鹤顶红"。一些皇帝在处死大臣时，就是在所赐酒中放入丹毒，这总比凌迟好。据说鹤在身陷绝地时，为保护自己的清白，竟然会自破其丹，饮毒而死。因此，古代的大臣们也都置鹤顶红于朝珠中，以便急难时服毒自尽。《日用本草》就说："鹤顶血大毒，服之即死。"但李时珍的实验轻易推翻了这一谬说。

可以肯定，丹顶并没有毒。古人所说的鹤顶红到底是什

鹤是长寿的禽类，被道家视为神鸟，尊称仙鹤。道教故事中有羽化后登仙化鹤的典故：传说晋时，辽东有叫丁令威者，学道于灵虚仙，后化鹤成仙，常回故里，鸣招城郭故人学道成仙。又说，松是百木之长，长青不朽，千年古松之脂能变茯苓，服食者可长生，故学道者爱在古松之下修行。《神境记》中记载道：古时，荥阳郡南郭山中有一石室，室后有一高千丈，荫覆半里的古松，其上，常有双鹤飞栖，朝夕不离。相传汉时，曾有一对慕道夫妇，在此石室中修道隐居，后化白鹤仙去。这对松枝上的白鹤则是他们所化。这样，"松龄鹤寿"和"松鹤长春"的吉祥图画，就衍生出许多吉祥祝寿的图画。

"鹤顶红"究竟是什么？有人说其实是红信石。红信石就是三氧化二砷的一种天然矿物，加工以后就是砒霜。可能是因为红信石是红色，且用了"鹤顶红"之名。传说古时为官者将它藏在朝冠中，必要时用来自杀。砷进入人体后，会和蛋白质的硫基结合，使蛋白质变性失去活性，可以阻断细胞内氧化供能的途径，使人快速死亡，和氢氰酸的作用机理类似。

么物质？其实这些东西就是砒霜，即不纯的三氧化二砷，呈绯红色，又叫红矾，"鹤顶红"不过是古文化对砒霜的一个美学化的称谓而已，这也体现了古文化当中毒药修辞学的繁复心机。

我发现，大凡传说具有剧毒的动物，恰恰是一些缺乏攻击性的物种，像孔雀、鸩鸟等，它们总是绝色的，并以文弱的形态生活在远距离的世界，毒物基本上成为了阻止异类干扰它们冥思的符咒。这种策略使野兽的利爪迟疑，使捕捉者敬而远之，丹顶鹤从阴谋的陷阱边缘快步走过，并没有失去优雅的态度。这种从容，令观察者进一步相信，它们是有恃无恐的。

中国文化总是贯穿物极必反、相生相克的道理，与鹤顶红存在的同时，鹤的体内开始孕育另一个极端物质——鹤珠。这是解毒良药。古老的传说是：千年鹤顶红为天下最毒之断肠药，但如果千年鹤机缘遇合得服灵芝仙草后，鹤顶红凝炼成珠，不但奇毒尽化，而且另具克毒神效。拥有一粒鹤珠，毒物远避，万邪不侵。自此，丹顶鹤完成了文化大鸟履行的所有使命。当我目睹一只丹顶鹤飞过时，我看见它头上的红宝石早已经融化在空气里，在它返回土地以后，宝石再次出没，并以一种罕见的光，让我感到阵阵心悸……

佛爷的坐骑

　　争论藏獒的战斗力，分析它与斗牛犬、狼、豹子打斗的成功率，也许是一些动物爱好者的兴趣。在大鹰和旗云环绕的高原深处，只有藏獒紧紧跟随在主人的左右，用花岗岩的方式演绎了忠诚与热血。它们是青藏高原上最为灵化的动物。

　　——摘自笔者笔记《词锋断片》

◎清·吴友如《獒》

　　藏獒的智力水平在权威专家那里排名第46位，基本属于中等偏下了。通俗点讲：不太容易训练出成果。即使经过刻苦努力的训练，也只能达到基本令人满意的程度。所以，藏獒在智力上不适合做工作犬，而只能利用体形和力量优势做护卫犬。藏獒的智力水平和其他聪明犬的差别可以从一个例子看出来：一只藏獒学习"起立，过来，坐下，握手"需要一个下午的时间，而且很快就会忘记；而一只金毛寻回犬学会以上动作只用了不到半个小时，差异可见一斑。

相传藏獒是经过莲华生大师授记灌顶的神犬。远古时期，西藏妖魔猖獗，莲华生大师灭了妖魔以后，西藏人得以安居乐业。不料没有多久草原上狼害四起，每天每时恶狼都在吃牛羊，妖害刚灭，狼害又起。

据说多杰达娃养的一只大型犬，名叫黑獒，在放牧中多次与狼恶战。有一次黑獒被狼群咬伤，主人刚带回帐篷，莲华生大师早已在帐篷中等候。莲华生大师口念真言为黑獒授记灌顶，它的伤很快就好了，而且身体越来越强壮彪悍。有一次，黑獒接连咬死狼群中的七只狼以后，狼群就很少在雪域高原出现了。所谓雪域"雄风"而实际即是指"藏獒"，獒也的确有雄风之特性。

——摘自《藏獒与藏传佛教》

20世纪的80年代中期以来，藏獒在世界范围的影响如日中天，身价持续攀升。许多利欲熏心的人争赴高原寻找种源，高价抢购，通过沿海销往世界各地。1980年，每头价格已突破70万元，普通品系也达3万余元。仅从1989年到2000年的12年时间，就有数万只藏獒外流。

据有关部门统计，目前全世界有藏獒30万只，但纯种藏獒不足百只。青海湖国家级自然保护区管理局局长张德海说，目前国内各类藏獒繁育基地众多，仅青海省就有几十家，但科学培育藏獒的基地很少，更不要说对藏獒进行科学研究了。过去，青海湖周围曾是优质藏獒的出产地，但近年来也是好獒难见，只有在交

2000年前后，我在一文字作坊打工，编辑了一本游记，是一个文人流浪西藏十年的经历，在颇有些杂芜的记述中，少有精彩的描绘，偶有高原动物的身影在粗略的描写里晃动，也让我惊喜不已，因为动物具有使文字复位的魔力。我一直有个成见，大凡涉及西藏风化的文章，如果牦牛、秃鹫、藏獒是缺席的，那就像视野里不可容忍的大漏洞，文字很容易成为一片沙碛地。

按照李时珍的说法，狗通叩，吠节有声，如叩物体。还有一种解释，狗为物苟且，故谓之狗。韩非子云"蝇营狗苟"就是这个意思。许慎在说文里准确指出，狗高四尺就是獒。用这些定义来衡量藏獒，就发现藏獒从理性的藩篱挣脱出来，把它狮子一般的头颅展示于感觉的旷野，只用忧郁的眼神打量你，看得你毛骨悚然。

一只体构优异的西藏獒犬，行进时独特的单轨步态，不可误认为紧贴窄步。行进时它头姿高昂，犬尾高卷过背前伸。大致说来，西藏獒犬的整体外观颇具骑士风格，优雅而威严。快步前进时，犬背保持平衡而不会摇晃不定，体现了肌肉力量的严密。纯正血统的藏獒一般都是金色和黑色棕色为主，如果有白色毛发混杂的藏獒会被认为品相不好。但是纯白色的十分稀少，有一个美丽的名字叫雪獒，近乎神品了。生活在四川甘孜的摄影家钟建就亲眼见过神奇的雪獒，并拍摄了不少珍贵照片。

造物的神奇总是不可思议的，茫茫的喜马拉雅山脉阻断了印度虎与狮子的北上，但豹子不畏艰难，它通过秃鹰的道路横行于雪线之上，统治着风暴与火成岩密布的群山雪岭。在豹子到草甸散步的时候，它唯一的对手一直注视着豹子骄傲的影子，那就是藏獒。像铁色的怪石垒起来的玛尼堆，饱受风雪的浸淫，具有高原时间特有的缓慢性质，它在豹子每一次冲动的间隙毫无表情，并把对手的威胁化为一片移动的黑云，最后化为眸子里的乌有。

为了强调印象深刻的头部及毛发，人们在藏獒的脖子上

系有一圈由红色牦牛毛做成的浓密轮状皱领。到处都有这种高傲并且透露藐视的动物，这种凝视常常以忧郁的方式表现出来，大智若愚、大勇若怯。藏人认为，最好的獒犬眼睛的颜色为黑棕色，在其两眼之上有两个淡色大圆点，那是"第二双眼"，即使在它瞌睡的时候，第二双眼仍看得到一切鬼魅的灵魂，阻止其进入安全的范围。闭上眼睛，周遭一片寂静，只能够听到一颗狮子心的跳动，像转经筒一般滚过大地。

藏獒也称番獒、松潘狗，藏语也称"多启"，"多"就是"拴住"的意思，即"就是拴起来养的狗"，国外称之为西藏马士提夫犬。曾任外交官在西藏游历的皮尔布莱男爵（Lord Pirbright 的女儿——马克拉瑞·马瑞森夫人（Mrs Mclaren Moryison）在1895年《我们的狗》一文中写道：这种我所见到的大犬，不只是在亚洲，而且在我们家乡也有，它是西藏希伯（Kloster Shippo）中最出色的犬……。这只狗被指定作为送给德国皇帝的礼物。在它被送出去之前我看见过它。毫无疑问它就是被称为藏獒的犬种……是一种引人注目的守卫犬。将它与纽芬兰德比较后，我发现它与马士提夫犬没有相似之处。毫无疑问反对马士提夫之名称是有根据的。它提醒了有关这种犬之巨大和外形的想法是错误的。现在我们在展览场中看到的藏獒外貌是中型到巨大型的牧羊犬，但不是猛犬。其名字藏獒便被引用。希望它不引诱繁殖者和骑士，将灵活的牧羊犬繁殖成具有许多脸部皱褶及很多缺点而不活泼的巨物。人们应保留这种犬的优点，而不使其单一化，尤其是其巨大的特性。

古罗马时期，很多用作斗犬的狗发源于希腊西北部地区。藏獒和这些犬属于同一族，它应该起源于中亚，它的天性就是忠诚、无所畏惧、保护家园。如今，在中亚地区的大草原和喜马拉雅山脚下，仍然可以看到藏獒庞大的身影。据民间传说，二郎神的哮天犬即为"四眼"藏獒。其外形可分为两种：一种是狮形，一种是虎形（另外还有一些分类法，但未必全面、科学）。虎形藏獒头大，头顶脖颈的鬃毛很短

通还不太方便的玉树藏族自治州等地偶尔还能找到比较纯正的藏獒。为保护这一古老而日渐稀有的物种，青海湖自然保护区管理局在鸟岛附近建立了青海湖高原藏獒科研繁育中心，目前中心有从玉树和青海湖周边地区收集来的大小藏獒30多只。

——摘自新闻《藏獒面临灭绝，青海将与中国科学院合作研究》

藏獒和藏狗划分法

内地一些养獒人的划分法认为体形高大，嘴短毛长即为藏獒，否则就是藏狗。古人讲"犬大四尺为獒"，古时的"尺"用于今天来衡量，那些诸如洛威纳类大犬也可称为獒；现在东北地区的鄂伦春犬也可称之为獒；被藏民称之为"野狗"的品相极差的大狗也可称为獒。其实不然，既为藏獒必须是具备以下3个条件：

条件一：犬形态学中"美戈尼分类法"称：头较大，呈圆形或方形，喙短，口唇薄而长，额段明显，个体大，体格结实有力为獒犬类。

条件二：藏獒这一名称来源外语Tibetan Mastiff，其中Mastiff的意思就是獒。在20世纪70年代以前，内地人称之为藏狗，这一习惯在四川、云南等地至今仍有保留。西藏当地人称之为"看家狗"。可见藏獒名称的引入离不开外来文化的影响，当然关键之处在一个藏字。

条件三：在世界养犬组织公认为400余种犬种中，称之为獒的屈指可数，如：獒犬（即美国马士提夫）、斗牛獒、牛

头獒、纽波利顿（即意大利马士提夫）等等。其性格特点都有一共同处：凶猛。

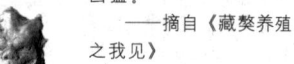

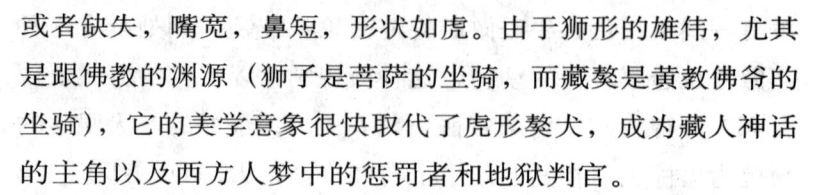

——摘自《藏獒养殖之我见》

◎清·马骀《獒》

或者缺失，嘴宽，鼻短，形状如虎。由于狮形的雄伟，尤其是跟佛教的渊源（狮子是菩萨的坐骑，而藏獒是黄教佛爷的坐骑），它的美学意象很快取代了虎形獒犬，成为藏人神话的主角以及西方人梦中的惩罚者和地狱判官。

一些古代的作家和博物学家，自亚里士多德以后，就认为藏獒是由老虎和犬杂交形成的，直到马克思·西贝尔（1897年），他描述藏獒为凶恶、野蛮而不可控制的。古希腊地理学家斯特累菩（死于公元25年），他谈到长寿的西藏人时说他们拥有勇猛的犬，每当其咬住一牺牲者时，绝不松放牙齿，直到主人往其鼻子灌水。由于狂怒，它睚眦欲裂，眼球甚至会脱落。古罗马人格林塔斯(公元前159年)从传说中认识这种西藏犬，他借题发挥道："有些人认为西藏人是一种很愤怒的民族。"这种悬而未决的推测，终于在英国军队通过印度进入西藏以后，得到了印证。读者从《红河谷》里可以找到一些中国电影式的夸张答案。

西北民族大学教授山夫旦早前研究藏族历史英雄格萨尔王时，在文献中意外发现不少关于藏獒的记载。古代不少征战英雄均借助藏獒攻敌。《格萨尔·降霍篇》记载了60只藏獒被征召作攻击犬的故事，文中写道："如果再不滚回去，我就把那60只凶猛大獒狗放出来，不把你咬得鲜血淋漓才怪！"文献形容藏獒慑人的吼叫声："公狗的叫声像野牛吼叫，母狗的叫声亦像大鼓咚咚，一听就叫人害怕！"山夫旦表示，成吉思汗西征时，曾经征集3万只藏獒组成猛犬军团发动攻击，这3万只藏獒为蒙古大军立下汗马功劳，不少藏獒后来散落在多个蒙古军队曾征战的地方，成为多种犬只的始祖。（见香港《太阳报》2006年8月19日《猛如狮虎助成吉思汗制敌　藏獒西征立战功》）

　　至1880年中期起，西方世界有关獒犬的文章陆续出现了一些，但对青藏獒犬很少有特殊详尽的记录。比较而言，倒是马可·波罗的描写比较正确。他在1271年旅行到亚洲穿过中亚到达北京，他是第一个详细描述藏獒的外国人。据说在他旅行过程中于275年到达过四川，第一次见到西藏人和西藏犬。他对藏獒的描述如下："我必须讲述，在这个国家出现很多这类动物，他们运载麝香，这民族拥有很多这种巨大而高贵的犬，在捕捉麝的时候，他们的功劳很大。西藏民族称他们为獒犬，像驴子……嘴唇吊得比马斯帝夫高……其表情比马斯帝夫阴沉，其眼上皮肤形成较深的皱褶，此皱褶继续延伸到两个，而且随着深悬的上唇下垂部分。"这种体重达80公斤左右的巨獒，大大刺激了世界的好奇心。据说马可·波罗还把藏獒带回家乡。当它咆哮时，维多利亚时代纵欲偷情的淑女们往往立即倒地昏厥。

　　藏獒不是吠的实践者，应该是啸，准确点说是吼。它的发声技术是奇怪的，似乎并不狂怒，嘴巴也没有大开大合，近听并不觉有什么厉害刺耳之处，但其声音的穿透力可远播数里之遥。像一块毫无棱角的鹅卵石，只以全部的重量撞击铜鼓，直至把铜皮缓慢而坚韧地撕裂，撕成一堆垃圾。当某个高音从低沉的声浪里异军突起之际，它带给听众的就是耳膜的巨大灾难，内心被声音死死攫住，排空，使环境空得发虚，在无意识的旷野施展大灌顶的法术。在狮子无法现身的地域，藏獒以狮子吼的威仪展示了佛法的尊严。

　　在这个时候，藏獒的吼声才全部打开，就像一把伸出去的弯刀，从石头上削过，突然竖起了倒刺，把听众残剩的忍耐力全部没收。毫无遮蔽的恐惧，开始在光秃秃的空间滚动。

　　藏人们一直相信，藏獒在经过殊死搏斗后，如果已经生

　　有人把藏獒分为四类：

　　第一类，长毛种藏獒，俗称"狮头"或"狮形獒冠"，大多分布在海拔4 500米以上。

　　第二类，中长毛种藏獒，俗称"小狮头"，这一类可以和上一类合为一类，而成为类分法。

　　第三类，短毛种藏獒，俗称"虎头"或"虎形獒冠"，大多分布在海拔3 700米以上。

　　第四类，刚毛种藏獒，俗称"藏狮"或"奇儿阿素犬"。

　　这一种除与其他几类有共同特征外，就是脸上长着长而密的刚毛，下垂而遮住眼睛，犹如巨犬的"藏梗"，但其性格、体形与藏獒犬相同，却又没有梗类的特征。在高原它与其他几类藏獒犬（狮头，虎头）都被当地人统称为"看家狗"。

　　　　——摘自《藏獒养殖之我见》

　　可以推断现在生活在青、川、甘交界的"河曲藏獒"可能就是最早的藏獒。由于藏牧民过着以游牧为主的生活，藏獒必须能承受极其恶劣的气候条件和具备耐饥劳、抗瘟病的生存能力，才能生存下来，所以藏牧民在自然选择的基础上进行了人工选择。在群体中选择体大健壮、凶猛忠实的个体，即留强不留弱，留大不留小，雌雄比例大约在1∶20左右，其余的大都被抛弃了。古时就曾有"九狗出一獒"之说。

命垂危，绝不回家求助，而是独自远远避开，默默地死去。一个牧民曾养了一只怀孕的母藏獒，一天傍晚，发现母藏獒迟迟没有把羊群赶回来，便去牧场寻找。结果在牧场发现 3 具狼尸，却没看到狗。牧民沿着一些断断续续的血迹寻找，终于在很远的一条河边找到了它的尸体。这很可以看出一些高原培育出来的性情，生物总是在孤立无援的情形下生活、搏斗，然后孤立无援地死去。没有求助，更没有哀号。

据说藏獒的最佳生存状态，是在海拔四千米以上的地域，而且，以散放方式活下来的藏獒的体魄和性情最为强悍。因此，即使纯正血统的藏獒越来越少，但它出没于宗教幻象的身影却是有增无减的。藏獒是属于冷兵器时代的，是高地上的热血贵族，犹如一个藏在石头深处的梦。藏獒的身影一旦常驻一个人的内心，私欲立即被清退，只留下空旷的草甸来装填岩石、风雪、海子和壮丽的旗云。

这让我联想起前不久见过的一篇报道，说某富婆喜欢藏獒，说是要保护濒危物种，买来十几只带往中原，让喜欢孤独的藏獒拼命繁殖，然后挂牌出售，一只售价也达数十甚至上百万元。其实，藏獒离开藏地就不是狮子了，而是狗，宠物狗，也即是鲁迅先生说的叭儿狗。把藏獒培养成宠物的女士，注定是要受到天谴的。在一则资料中，我注意到 Sven Hedin 的《我的犬在亚洲》（1950 年出版）有如下记载，在拉萨或者其他城市，虔诚的和尚觉得被獒犬吃光是一种荣誉。

狗精的前世今生

> 一只有教养的犬可以比得上一个温文尔雅的老先生。
> ——[德]歌德

从语义上说，狗精也指狗胆，据说它具有"明目"的神奇药效。狗胆也叫狗精，因此，人们责骂别人的书面语"吓破你的狗胆"之类，显然是错误的，因为无论从物质形态到精神造型，狗胆并不小。有关狗的逸事在历史上记述极多，《太平广记》卷第一百四十一《征应七（人臣咎征）》当中，收录了出自《续异记》的很多怪事记载，比如在《萧士义》一文中：后汉的黄门郎萧士义，于和帝永元二年被杀。被杀的几天前，他家中平常养的狗来到萧士义的妇人前面说："你特别没有福禄相，你家很快就要破败，将怎么办呢？"妇人听了狗的话后沉默不语，也不惊怕。狗不一会儿自己走了。等到士义回到家，妇人才说了狗对她讲的话，但话还没说完，搜捕士义的人便到了。

如果说《萧士义》并不出名，那么附会在大名人谢安身上的灵犬故事，则是很

◎选自《日本当代插图选》

多人熟悉的。南朝宋刘敬叔编撰的志怪集《异苑》里说："东晋谢安于后府接宾。妇刘氏，见狗衔安头来。久之，乃失所在。是月安薨。"显然，这只匿名并且事后失踪的犬是狗精的化身。

按理说，能够与人达成默契的狗，已经可以称之为精了，但这里要讲述的，则是因死而进入精灵世界的犬只。它们的身影往往出没于恍惚的现实边缘，并以一声恐怖的吠叫来追魂夺命。这种异能是它们生前所望尘莫及的，看来，死亡未必就是坏事。

《周易参同契》的作者魏伯阳，是一个传奇式的人物。关于他的事迹，葛洪在《神仙传》中以异人自有异事的记述方式，描绘得极其离奇。魏伯阳有三个徒弟，他们在山中坚持修炼。丹炼成以后，试喂白犬，白犬吃了就立即死去了。伯阳对徒弟们说："狗已死了，恐怕是上天不准我们炼丹成仙吧。若我们吃了都死，怎么办？"徒弟们问道："师父，你吃不吃？"伯阳说："我既已抛弃荣华富贵，弃家入山，如今仙道不得，也耻于再回家了。不管是生是死，这丹我是一定要吃的。"于是他把丹吃了下去，也像白犬一样躺倒在地。只有一个徒弟心诚地把丹吞了下去，也立即到了另一个世界，另外两人吓得立即逃之夭夭。魏伯阳用此办法来考验徒弟。他将所服的丹从嘴中吐了出来，纳入徒弟和白犬口中，徒弟和白犬很快醒了过来，然后他带着以命相随的虞姓徒弟和那条白犬飘然而去了。看来，在打通生死玄关的时候，狗比一些人要耿直得多啊。

古人相信，人与万物之间存在通灵性，人死留魂，物去转世，狗也不例外。宗师说：其实动物里头，犬、猫、牛的灵性最高，它们会保留前世的记忆，它们跟人有同样的机会成人、成仙。只是我们发现，也许出于一种习惯定势，由于狗在动物世界里地位并不显著，它即便成了精，也是符合生前的生存地位的——忠诚、老实，即使做起坏事来还有点缺心眼儿，根本无法与狐仙、老虎精、飞熊相提并论。连与它

人类学家凌纯声先生曾指出："杀狗"是太平洋文化区的重要文化特质之一。然则，杀狗绝少是为了宣泄暴力，而是为了宗教上的需要。中国以外的环太平洋地区，包括东北亚、东南亚、美印地安人、南美玛雅人以及太平洋群岛。据诸多人类学家的田野调查，更是屡见犬祭之事例。凌纯声先生以此推断古代中国的滨海地区以及台湾都属于"太平洋文化区"的一分子。

干宝《搜神记·卷十二》载——尸子曰："地中有犬，名曰'地狼'；有人名曰'无伤'。夏鼎志曰：掘地而得狗，名曰'贾'；掘地而得豚，名曰'邪'；掘地而得人，名曰'聚'。'聚'无伤也。"

又《难经·五十五难》曰："积者，阴气也，聚者，阳气也。故阴沉而伏，阳浮而动，气之所积，名曰积，气之所聚，名曰聚。"

嵇童在《中国杀狗的历史原由》中指出，古书所记载的"狗妖"包括：狗生角、狗与猪交（配）、狗能人言、连体狗、公狗生子、狗人立（像人一样站立）、狗不叫、狗作鸡鸣等，其中最令人头痛的则是能化作人形的狗妖或狗精。这种狗妖怪通常是公狗。在中国笔记小说中，它们往往化身男子，奸淫独守空闺的待嫁女郎、怨妇，或寡妇，最后则被该女子的家人或丈夫发觉，被乱棒打杀，女子则会"羞愧而死"或"大耻病死"。有些狗则更大胆，连化为人形都不必，就迳与女人交媾。

共效犬马之劳的马匹,在成精之后也解脱了马善被人骑的厄运,长出了一对翅膀,天马行空,脚踏飞燕,好不威风。但是,狗即使服从了这种低级的安排,要顺利地成为狗精也并非易事。(因为,它们成精的可能性很小。在狗死以后,如果主人不把他的四条腿打断就仓促下土,它就有可能变成狗精。)所以,动物不但可以成精,甚至于也可以直接成仙。不过这种例子不是很多,绝大多数的情形下,都必须先成精,变成了人,然后再成仙。(出自《动物亦有灵》一文,作者不详,首见中兴大学的天枢信息网。)

◎清·吴友如《野狗》

　　成为狗精以后,力量由于获得了冥界的补充,宰杀力凭空得到强化,狗可以把生前的屈辱以及仇恨予以统计。它以"地下判官"的身份开始出没于仇人的梦境当中,并可以随心所欲地显形于他们的生活,耗去他们的不义之财,然后惊悸而死,还要设法让更多的人知道犬道虽窄,但同样可以通天。这当然是狗精比较正义的运行法则,但中国古文化所孕育出来的结局,却多半是狗精借助妖术为非作歹,最后被某个道人或者和尚用法力镇住,打出原形而亡。可见,弘扬道法或佛法,狗也是一块不可或缺的垫脚石。可是,道观以及寺庙为什么总要涂上赭红色呢?这是猪、狗之血的替代物

例如,南朝宋明帝时,就有一只狗"与女人交,三日不分离"。而在"文帝元嘉二十九年,吴兴东迁孟慧度婢蛮与狗通好如夫妻弥年"。(见《宋书·五行志》)唐代医生杜修己家中的白狗更厉害,不仅奸淫了杜修己的妻子,还带她私奔,并且使她生下一名"形貌如人,而遍身有白毛"的男孩。这种狗,不被中国传统社会的男人杀死才怪。总之,为了防止"人狗通奸"或繁衍出"半人半狗"的杂种,有时候,中国人只好杀狗。

质，用以辟邪。我想，狗精是一定不会同意这种文化安排的。

与中国文化不同的是，古埃及人是真心诚意欢迎狗的。狗和猎鹰、牛、以及猫，都被视作圣物，法老把这些动物赏赐给功臣，都可以作为其地位和身份的象征。现在通过传说可以得知，霍拉斯，即尼罗河之神，规定每年有四个季节，其中两个具有狗的特点：狗的头领哈皮和豹的头领图娅马特夫。4个儿子帮助管理死亡之后的身后事。这也帮助我们解释了为什么狗会成为死亡之神阿努比斯的标志，它在人类死亡之后管理人的灵魂。在古埃及的绘画和雕刻艺术中，它有着人的身体以及狗或是狼的脸。

其他的神也被埃及人所认可——塞斯——邪恶之神，他的身上也有狗的形象。塞斯在埃及人的艺术品中被描绘成像一艘他们称为Greyhound的快速船的形象，不过有着直立的耳朵和开叉的尾巴。基于这一点，一些历史学家推断古埃及是现代快速船的发源地。尽管塞斯是邪恶之神，但是快速船对于埃及来说是至关重要的。这个传说显示了狗精与速度的关系，这很容易使我们联想到柯南道尔视野中那头鬼魅似的"巴斯克维尔的猎犬"。

对于西方人对狗的感情，作家梁遇春在散文《猫狗》里批评说，西洋人爱狗已经是不对了，他们还有一句俗语"若是你爱我，请也爱我的狗吧"（Love me，Love my dog）。这真是岂有此理。人没有权利叫朋友这么滥情，不过西洋人里面也有一两人很聪明的。歌德在《浮士德》里说那个可怕的梅菲食特第一次走进浮士德的书房，是化为一条狗，因此我加倍爱恋那部诗剧。

这段话，显示了作家内心的矛盾，即对狗淳朴的感情与附加在狗身上的势利文化所产生的冲突。在《浮士德》里，梅菲斯特化身为一条狗而由浮士德带入书斋，再现身为温文尔雅的游学学生施行诱惑。浮士德和梅菲斯特第一次见面，浮士德无意之中困住了梅菲斯特，并逼他为其表演魔法。魔鬼以狗的表象展示出其灵魂的卑污和低下，可见西语中狗的

盘瓠神话是比较成熟的图腾神话，在此之前还应有不成熟的神犬生人和神犬神话。长沙、武陵蛮地区的神犬生人神话和神犬神话也是很密集的。如苗族有"神母犬父"和"神犬依傩取谷种"的故事，瑶族有"黄狗仙"与"狗头神"的故事等。

文化处境。好在歌德在《浮士德》中还说过一句话，可以作为对狗的定性的"补救"："一只有教养的犬可以比得上一个温文尔雅的老先生。"这个赞颂的源流，可以追溯到荷马史诗里的《俄底修斯的家犬》，并在卡夫卡的《一只狗的研究》里获得生存哲学上的突破。

人成了仙，是一件值得夸耀的事情，所以留下的记载特别多；而狗居然成了精，对它们来说当然是异质的事。但成精了的动物，却决不会暴露自己的真实身份，因为各类精怪，在人类社会之中会普遍地遭到歧视。所以成精之后的狗，对自己的身份隐瞒得非常严密，等闲不会透露，当然更不会张扬。所以有关成精的记载不但少，而且就算有，其过程也语焉不详，让我们疑真疑幻。

但是我们必须承认，狗精无法像普通的狗那样让我们感动。狗精已经超脱苦难和屈辱，但苦难和屈辱之间却蕴涵着锥子般的痛。有时间的话，读一读叶塞宁的《狗之歌》吧，读到"当人们嘲笑地向它扔掷石块／像是扔过一串串赏钱／只有两只狗眼在无声地滚动／宛若闪亮的金星跌落雪面"时，我会很自然地将目光从诗句里移开。记得杜甫说："天上浮云如白衣，斯须变幻为苍狗"，于是，我望着时时刻刻变幻的云，想想世事的变化也是无穷无尽，难免有白云苍狗、人世险恶之叹。

本文说明：本文参见《狗精》一文，作者不详。

动物论语

挽 马

1889年1月3日，尼采在都灵的卡罗·阿尔伯托广场看到一个马车夫用鞭子抽打一匹老马。他抱着马哭了起来，然后昏倒。他的好朋友奥佛贝克教授赶来帮忙，把他送进了巴塞尔的精神病医院。

——《尼采的最后一个梦》，[德] 克勒著，刘海宁译，2002年5月第1版，译林出版社。

◎意大利·郎世宁《八骏图》

擅拍社会边缘人的近代日本名导相米慎二生前一直打算把小说《挽马》搬上银幕。可惜他在2001年突然离世。导演根岸吉太郎2005年完成相米慎的遗愿，把故事改编成《向雪许愿》，秉承相米慎的风格，细诉人的失落与重生。北海道长大的学曾梦想到东京闯一番事业，却郁郁不得志，要回到乡下和哥哥威夫一起打理马场。性格迥异的两兄弟，没有重逢的兴奋，只有数不尽的矛盾和暗涌，后来因为一匹面临人道毁灭的马，令他们重新体会到生命的意义。

一

俄国作家萨尔蒂科夫·谢德林(1826—1889)的散文《老马》是一篇让我读后十分难过的文章。在人们论及老马的命运时，老马已经返回到作为挽具的身份里，拉着沉重的负荷远去了。这是老马唯一能够活下去的办法，也是很多人唯一延续自己呼吸的方式。灵魂？什么灵魂？如果对一匹移动的挽具来说还有灵魂的话，那也只有在它们的身份里去寻找，比如，在那暗如死灰的眼光里，在那破损的马蹄上，或者在那些鞭痕中，但我估计找不到。老马每迈出一步，那些有关灵魂的设喻就愈来愈脆弱，如同那些朽坏的缰绳，但这是道德家们的考据专利，与我没有关系。

◎选自《日本当代插图选》

对很多马匹来讲，没有理想主义的跑马场——在自然景色里悠闲游走的马，随意奔腾的马，不然，它们根本无法生活在现实的大地上。因此，人们所能看到的只是作为挽具的马匹的悲哀；而在历史上那些有着盖世英名的英雄身边，伴随他们的是各种浴血奋战的战马，乌骓、的卢、赤兔等等，人们看到的也只是作为坐骑的悲壮。这些马，都不是自然状态下原生的马。

驯马人知道，马的气质是马对周围事物敏感性反应到它的精神上的表现，在养马学上称为马的悍威。由于马的神经活动类型不同，所以悍威的表现也不同，就有"烈悍""上悍""中悍""下悍"等等。挽马自然是属于下品的，神经活动以抑制为主，对外界刺激不敏感，性迟钝，工作不灵活，工作效率低。使役较重的地方品种和部分重挽马多属于"下悍"类型。其实，它们与"悍"这个字毫无关系，不过就是行尸走肉罢了，麻木得让人心痛。

二

马的个性非常倔犟，尽管外表显得很温顺、很安静，但在马的内心深处，强烈的竞争意识是其他动物所不及的，马在与同类的竞争中有着累死也不认输的性格。我不得不回想起十年前我经历的一件事。记得那是一个极度闷热的

◎明·胡文焕《山海经（格致丛书图本）·天马》

中午，阳光泼在一匹矮小的川马背上，像一张白光光的镔铁皮在全力接纳热量，直到镔铁被热力逼出狂舞的黑丝。我看不清楚马背和凸凹的脊背远处，那些直走西北的群山以及高挂的大鹰。

十几年前，我来到四川北部一个小城市的码头上，随着下船的人流向长长的缓坡顶蠕动。

我看到了不少马车停在一旁等候生意，马车肮脏而简陋，唯一的优势是结实。粗大的车身和胶轮，决定了它可以胜任任何形式的超载重量。当地出产煤炭和大理石，从马车的颜色上，就可以发现这一点。几匹马立在一棵杨树下，都是黑血色。阳光从树叶的缝隙间透下来，构成了交错的光柱和花斑，这使得马匹的颜色呈现淤血般的色泽，在强光下溶解，正在返回血流淌的原初地方，令人不悦。这进一步加剧了挽马的迷蒙。它们毫无动感，忘记了尾巴飘拂的美学以及在逆风中把马鬃打开的风姿，石头一般直立。很多人知道，川马脚短，体态上几乎没有什么值得赞美之处，但川马最善长途，耐力持续，韧性十足。与那些一口气走上十几里羊肠小道而不歇气的背夫比较起来，它们绝不逊色。

有一个车夫找到了生意，正在卖力地往车上装煤炭。都是大块煤，有上百斤。他飞快地来回奔忙，把车厢填得很满实。四川的下力人在体格上很有特征，他们往往矮小，并不强壮，但精悍，就像剔除了一切多余成分的竹篾，盘成一圈，只有韧性和爆发力。这个车夫搬了一车煤，连汗水也没出，他点了一根叶子烟，大喊了一声：黑子，过来！

一匹马过来了，连尾巴都没有抖动，步伐僵直但稳定，木鱼似的声音，马蹄敲打在石板路上，有些散乱，蹄铁和角质化的马蹄在石头上交织出硬与软的二重奏。硬在无限坚挺，软在继续疲惫，成为吸收硬力的海绵。这是马蹄铁松动了，像一只后跟即将肢解的木板拖鞋，马在坚硬的石灰岩石板上走动，然后站定。屁股上沾着几十只苍蝇，和着那些永远无法擦掉的屎和泥巴，一股走兽特有的腥膻味就弥漫开来。

车夫迅速套上挽具，"呸"地一声，把嘴角的叶子烟头吐出来，命中了马的屁股，马就起身了。一直停在屁股上的苍蝇，惊异于突然的启动，嗡嗡地飞起，在路边行人的头上飞舞，找不到落脚处，又准确回落到马身上，还是回落在起飞的原地。不仔细看，几乎不能发现苍蝇的存在，好像它们本来就是马的伴生物，突然消失了，还缺点什么似的。

苍蝇总是聚集在被磨光了毛的地方，它们填补了皮毛的空缺，但暗红色的蝇头还是从皮毛的槽穴里露了出来。偶尔，马尾扫拂过来，苍蝇必须忍受这一阵鞭打。然后，在突如其来的逆风里，苍蝇得意地撅起了屁股，它们更深地埋伏于马的肌肤。

这条通达公路的河

◎清·马骀《马》

赫鲁晓夫上台后，西方很多人对他很不习惯。美国的《生活》杂志称他为"无足轻重的小人物"，《新闻周刊》的一位专栏作家赠予他"一匹普通役马"的绰号。

川马滇马身形矮小，奔跑速度也不快，但它耐劳负重，很有长力。在五六十里之内速度比蒙马、口外马、大宛马都差。但到一百里之后，却仍然能够保持不变的速度，而且越跑越有精神。另外在山地骑兵作战中川马、滇马也比其它几种马更显灵活。

○ 马

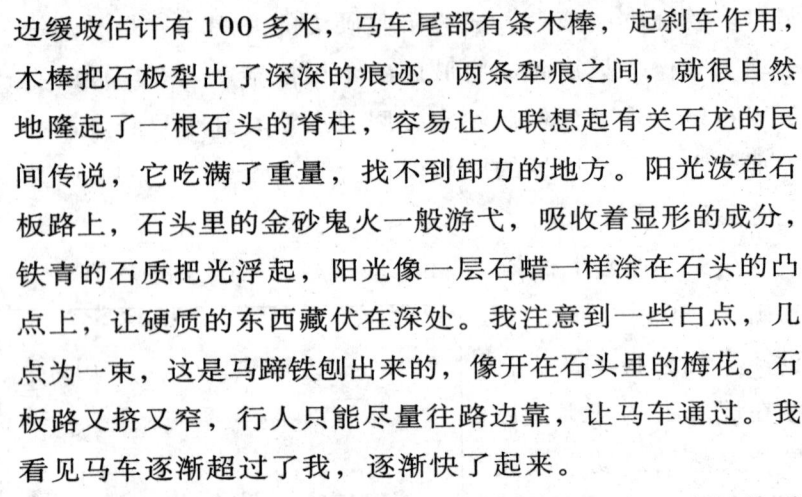

边缓坡估计有100多米，马车尾部有条木棒，起刹车作用，木棒把石板犁出了深深的痕迹。两条犁痕之间，就很自然地隆起了一根石头的脊柱，容易让人联想起有关石龙的民间传说，它吃满了重量，找不到卸力的地方。阳光泼在石板路上，石头里的金砂鬼火一般游弋，吸收着显形的成分，铁青的石质把光浮起，阳光像一层石蜡一样涂在石头的凸点上，让硬质的东西藏伏在深处。我注意到一些白点，几点为一束，这是马蹄铁刨出来的，像开在石头里的梅花。石板路又挤又窄，行人只能尽量往路边靠，让马车通过。我看见马车逐渐超过了我，逐渐快了起来。

　　在缓坡三分之一的地方，坡悄然陡了起来，这是徒手走路的人往往看不出来的，只有负重者能够感觉到。马提前感觉到了，它加速，想冲上去。我听到绳子绷紧的声音，车身在拉力中逐渐放长的吱呀声，车夫沉重的脚步咚咚地夯击石板。马在小跑，马蹄翻起来的时候，阳光刚刚可以在马蹄铁上聚光，然后，就黑下去了，被马蹄压到石头上，水汪汪地摊开。马车超过我时，从侧面就看见光线从马蹄与马蹄铁之间松动的间隙穿过，阳光像黏合剂一样，使蹄铁不至于脱落。马蹄稀里哗啦地响，让人联想起一只被火熬透了的铁铃铛，在冷却中开始被激烈的声音挣出了裂纹。现在，我只能看见挽马的后背，一根绳子牵拉在它的肛门处磨蹭，蛇一般试探着进或出，马不得不翘起尾巴，并不是高慢，而像个伸向天空的可笑的拖帚。挽马被几乎垂直的阳光罩定，影子缩小成马蹄下的黑灰，马的前蹄总是在影子的边缘反复踩踏，它不满足于影子老是赶在自己前面。在不停的翻飞里，影子就像一小块煤，在渐渐地变成粉末。

　　但粉末突然飞了起来，黑蝴蝶那样飞

起来。

　　马车渐渐慢下来，挽马的姿势很笨拙，四蹄总是在地面拖拉，影子陡然浪到了身体前面，然后又退回到身体下。这是一个速度矫正的短暂过程，在巨大的重力较量下，挽马正在失去提前加速带来的冲力，惯性在消失、在耗尽。在马车彻底停止的一瞬，马提起了前蹄，犹豫着伸向影子之外的石板。哦，刚好前面有一个小洼坑，深黄色的液体，多半是牲畜的尿，从后面看上去，正泛起金汁的波光。挽马像一个不谙水性的小心人，前蹄刚刚触及水面，镜子碎了，却被灼伤了似的收回了这次试探。马的拉力和本身的体重，正被两根牵引绳带往身后，这使得它的重心被提高，提高到一个无法控制的高度，因此它的腿蹄是脱力的，有一种蹈空的轻和软。马车巨大的后坐力粉碎了马伸腿迈步的企图，马只好把腿收回来，回落到一个它认可的重心位置，这是输的开始。马是输家，开始了可怕的后退。车夫狂叫起来，嗷嗷嗷的，他没有使用鞭子，鞭子扔在煤堆里，一截手柄露出来，像一根灌足了春药的性器，赤裸裸地挺立。车夫的吆喝声使空气进一步闷热，他企图用命令来制止不同力量的反复。命令总比鞭子快速，命令是蛰伏在蹄子里的脚筋，让它暴跳而起，可以将四只马蹄涨满，撑圆，逼住一切退缩和疼痛。

　　车夫的暴喝在空气里弥漫，把四周的蝉鸣悉数撕破，谁也无汗可出，无论是他、挽马，还是我，乃至四下躲闪的行人。马被命令僵在那里，它完全明白车夫暴喝的意思，停止了向前跨步的徒劳努力，四蹄钉住，却向后犁动。马蹄铁与石板缓慢而吃力地摩擦，蹄铁逐渐咬住了石头，有一种彼此进入的奇怪声音，并不尖锐，而是形状和性质在蜕变。时间黏腻腻的，正在被这个细节逐步回放，然后定格。在稍微的凝滞之后，四条惨白的滑痕开始延长，不像是滑出来的，倒像是石头本身的纹路。马剧烈地扭动腰身，那个拖帚一样的尾巴举起来，有长矛的愤怒，所有的马尾

列夫·托尔斯泰童年时，就透露出很多与众不同之处。幸福的他只想念着他所知道的不幸者。他哭泣，他忠诚地亲吻一匹老马，他恳求原谅他使它受苦。他在爱的时候便感到幸福！即使他不被人爱亦无妨。他自言在5岁时，第一次感到"人生不是一种享乐，而是一桩十分沉重的工作"。人们已经窥到他未来的天才的萌芽。

有一次，屠格涅夫和托尔斯泰一道在田野上散步，走到一匹衰弱的老马的面前时，托尔斯泰倾诉着马的经历和心情，这几乎是一次即兴创作，他说得那么真切可信，以致屠格涅夫大为惊奇，似乎托尔斯泰就是马的化身，他吓得跑开了。

病马
[唐]杜甫

乘尔亦已久，
天寒关塞深。
尘中老尽力，
岁晚病伤心。
毛骨岂殊众，
驯良犹至今。
物微意不浅，
感动一沉吟。

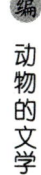

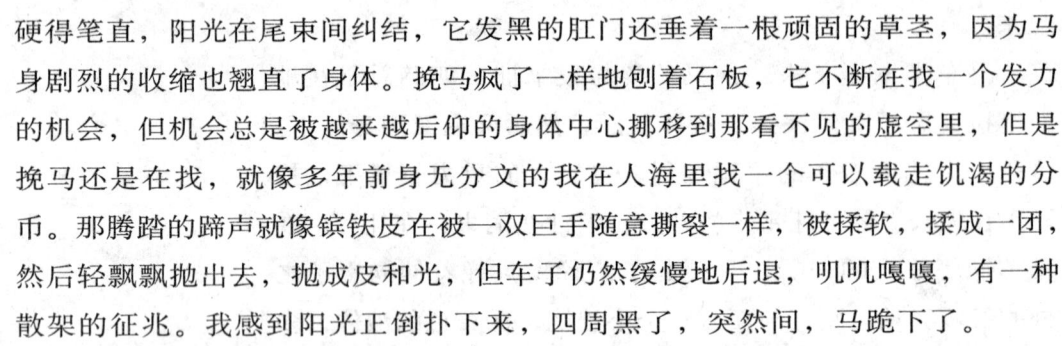

硬得笔直，阳光在尾束间纠结，它发黑的肛门还垂着一根顽固的草茎，因为马身剧烈的收缩也翘直了身体。挽马疯了一样地刨着石板，它不断在找一个发力的机会，但机会总是被越来越后仰的身体中心挪移到那看不见的虚空里，但是挽马还是在找，就像多年前身无分文的我在人海里找一个可以载走饥渴的分币。那腾踏的蹄声就像镶铁皮在被一双巨手随意撕裂一样，被揉软，揉成一团，然后轻飘飘抛出去，抛成皮和光，但车子仍然缓慢地后退，叽叽嘎嘎，有一种散架的征兆。我感到阳光正倒扑下来，四周黑了，突然间，马跪下了。

马的跪姿很特殊，它是前腿跪下了，而后腿半弯而立，努力把身体拉成了一张弓，要把身体射进石头。这个突然的选择姿态应该是一个机会，机会中的力量和气血飘浮在马的周围，它好像一下还没有在这个姿态里设计好连贯动作，机会就转瞬即逝。它没怎么动，也动不了什么了，巨大的车身仍然迫使它后退，马的后腿只好向后一点点笨拙的挪动，前腿必须为下跪的动作做出一系列补救，马蹄开始在石板上磨。马头几乎低擦到地面，那个套在它脖子上的挽具被绳子勒破，开始流出一些谷壳，谷壳延续着这个唯一下泻的动作，加速了光线的威力。但光线随着四溅的谷壳被石板反弹回来，将马的身体包裹在一层歪曲的热气中。我看见直对着我们的马前掌，有一种黑金在颤动。马甩了甩脑袋，这个动作再次把苍蝇惊动了，乱飞起来，连同那些飞舞的阴翳，连缀成一张网，扣向挽马乱抖的耳朵。马试图要站直，它唯一可以使用的是前蹄，死命刨石板，石板被刨起了粉尘，偶尔有蹄铁擦挂起的火花，匿于那些游动的石头纹理中。那些晃动的蹄痕是在做以卵击石的自杀式努力，却竟然织成了一堵水泼不进的血气之墙，在阳光下如带焰的火，迅速膨大，达到了一个可怕的宽度，足以撕裂挽马的身体，一闪，就熄灭了。

车夫很是焦急，手舞足蹈，不停高喊："起来，起——来，起—来—呀……"听起来接近《国际歌》的开头。马匍匐在地，估计听不到那遥远的声音了，反而像要嵌入石头。马只能后退，划出了2米左右的后退痕迹，那些汗水，粘在下体的泥巴、粪便和淡红色的血水，就像是在进行笨拙的描红作业，把马蹄在石板上犁出的沟槽逐一填写。一些液体漫溢出了划痕，被下体的触地部位扫到更远的地方，连凸凹的肋骨也拓印出来了。行人看不下去了，一些人在咒骂车夫贪心，一些人在叹气，我同几个年轻人回过神来，立即跟上去，奋力把马车稳住。车夫惊魂未定，看看我们，又看看马。马卧在那里，卧在一个黑梦当中，还是没有动，好像去了一个陌生的地方，找不到回来的路。一只马虻叮在竖立的尖耳上，终于使马找到了返回现实的疼痛。它用下颌磕了磕地面，磕得啪啪响，磕下了一摊口涎，终于站了起来。我们一起把车子推上了缓坡。在这个过程里，我始终低着头推车，没有看前面的马。觉得它身上的拉绳一松一紧的，像个拉纤的学徒，而且，它的拉力远没有我想象的大。偶尔，有它毫无规律的蹄声透过来，我估计是它脚痛的原因，它的马蹄全部报废了。

推到坡顶，车夫很感谢我们，笑得一脸稀烂。我问他，拉这车煤能得多少钱？他误会了我的意思，怕我向他要脚钱。我告诉他没事，我还可以赠送他10元，作为马的医疗费。车夫不好意思了，拒绝了我的好意，只说，运一千斤煤，就5元钱！哎……然后很苦涩地干笑，觉得是在说自己："马老了，不行了，挣的钱还不够给它换蹄铁！"我看到了马，它浑身湿透了，立在前面，立即就小了，不像是马，倒像头小毛驴。

车夫重重地往前走。那些苍蝇不见了，一只马虻闻到了味道，悬停在马的脖子上。车夫举起了手。马把耳朵倒下来，突然惊叫。一声声地在空气里铺排开，但声音的台阶并不能使它从容脱身。我从来没有听到过这种惊叫，不是被打时的惨叫，那是一种被恐惧没顶的声音。像亚里士多德所说的，被施以一种叫"马狂"的药才能唤起的叫声，如同从嘴里呕吐出一地的碎玻璃。我看见马翻起了上唇，露出了牙齿，白得接近断口的石灰岩。马跺着脚，哗啦啦乱响；马往旁边躲，但挽绳使它走不开。马伸出腿，伸往它不可能站得过去的地方，脊柱从干裂的皮子凸现出来，每一个凹凸都有棱有角，这让我联想起它被重力拉倒时的最后一刻，脊椎骨那种扭曲，几乎要从皮毛下反弹出来。它不停甩着头躲避着车夫的手掌，它以为车夫要揍它。那只马虻就像被马鬃甩起来的污垢，均匀地围绕脖子作同步飞行。

车夫的手停住了，反手一抄，一下抓住了马虻，随手张开，一团蠕动的血。

车夫弯腰从路边抓了把沙土，按到了马的前腿上，这使聚集在伤口的苍蝇终于不得不离开血腥。那是被石头磨烂了的伤口。马抖动，肋骨一根一根的抖动，像灌满了力的竹篾绳，拉扯着一种看不见的重物，这使得那些潜伏在表皮的汗水开始顺着肋骨的缝隙顺利淌落下来，在它周围恰好滴出了一个弯曲而椭圆的形状。一些汗水顺腿而下，从那些脱毛的皮子上汇成一股，在伤口附近为隆起的血肉所阻，而开始分岔。马的伤口不是外卷的，而是一种奇怪的内翻，砂粒沾在肉里，泛起白蛆的颜色，就仿佛在巢穴插上占领军的旗帜。多年以后，我每每在看到"内翻"这个词的时候，看到知识人写到诸如"葵花内翻为向阳花"的时候,我很容易想岔,想到的却是另外一层——他们把自己发臭的大肠外翻为矜持的面具,而把渴望被御用的性器内翻为了道义。但车夫不容许内翻。他熟练地把手里的沙土按到了伤口上,血从消炎粉似的沙土渗出来,但逐渐恢复了血的正常颜色。在这个拯救过程里,马嘴张得很大,但没有发出声音。它把满嘴的热气吐出来,竟然在炎热的空气里凝结为淡淡的白气,白气把垂直的光照推开,但又被反弹回流涎的喙部。马不停移动重心,好像在寻找一个平衡的感觉,或者,是它平时的感觉,它要回去。我才发现,挽马伤得最严重的部位是马蹄。它踏出了一地的血,那是从刨烂的蹄子流出来的,几点为一束,让人联想起从石头里挣扎出来的梅花。

　　马拉稀屎,马哗哗地撒尿。

　　我问车夫,你们怎么回去呢?显然,这是个幼稚的问题。车夫眯缝的眼睛扫了扫我:赶车回去呀!我不可能把马儿背回去吧。再说,这车煤炭还没收到运费……

　　我不知道他们还要走多远,才能完成今天5元钱的工作。马车上路了,挽马走起来与正常的没什么两样,只是有点瘸。马正在努力返回到它认可的常态,它想使主人满意。垂头丧气的反而是车夫,他无力地举起马鞭,在半空挥舞,那截光滑的手柄在一个偶然的角度反光,把光射出去很远。车夫摇晃的身影把马的细影延续得很长,直到他们完全被那车煤炭的轮廓吞没。但是根据我的常识,这匹马已经无法工作了,它回去之后,只能等着被宰杀。四川没有买卖马肉的生意,普通人家也不吃马肉,说是太酸。马只好被主人一家消化,马肉风干,要过年才能吃。农民只吃内脏,喝骨头汤,这就是贫瘠的四川北部农村的生存法则。

◎马上封侯

说实话，这个场面没有更多的戏剧性，就跟我们生活里的好事烂事一样，总会过去。伤口总要结疤，喘气总会平息。可是，每每看到有关赞美骏马的文章，像普里什文的，像蒙田的，像布封的，我总是读不下去。绝对不是他们写得不好，而是我记忆里的马，与那些飞跃在历史草原的神骏，作后腿人立式的战马，实在相差得太远了。

歌颂铁蹄的人，其实并不知道，马蹄可以把铁击穿，蹄可以流血。

看到马车消失了，四周的人流四散而去，我弯下腰系紧松开的鞋带，看着那几个已经干燥的马蹄血印。我叉开五指，印在马蹄印上。我的手掌比马蹄大，我看不见手汗与血交融的变化，但是，我柔软的掌心触摸到了一些尖利的颗粒，就像刀尖在极其耐心地穿过我的试探或抗拒，以一种最低平的方式，吸干了掌心的汗水，独剩满掌的痛。后来，我就不喜欢与人握手了，我怕对方过于热烈的紧握使我产生对抗，因为我知道，我很容易走神，捏痛别人的手骨。

"我欲成全你所以毁灭你，我爱你所以伤害你。"这是"我主"说的话，但我不相信这样的"神"话，尽管我从逻辑上无法驳倒这个立论。我只相信血可以流，可以像污水那样流，这些付出就是为了洗礼于生存，但生存被删除，意义就丧失了，血石板又将被别的马蹄擦净，刨深。

三

我想到了挽马的眼睛。那是马车启程时，我看到的最后的马了，也是我第一次观察它的眼睛。眼光总是下弯，眼角糊着眼屎和一些透明的液体；眼光白蜡蜡的，是对天空的直接复制，什么都没有，空旷而绵延，疲倦而深远。我不可能对这双眼睛赋予任何比兴，它拒绝了一切企图深入内在或者强行赋予的努力，几条逶迤的血丝山路一样主宰了它的全部世界。马重重喷了几个响鼻，斜瞟了我一眼……

我们必须注意到一个刀片一般的细节。

1889年1月3日，尼采在都灵的卡罗·阿尔伯托广场，看到一个马车夫用鞭子抽打一匹老马。尼采跑上去，当着车夫的面，抱住马头放声大哭。一代哲人的泪水不但洇湿了马鬃，而且泪水如酸液，腐蚀了那些道德的痂壳，露出了它的血肉。自然，人们无法窥探那匹马的心思。米兰·昆德拉却在《不能承受的生命之轻》中说，尼采这一举动的内涵——是他正努力替车夫向这匹苦难的马道歉。"尼采是去为笛卡儿向马道歉的。就在他为马而悲痛的瞬间，他的精

神受到了刺激（他因而与人类彻底决裂）。"昆德拉说："这就是我所热爱的尼采，正如我所热爱的特丽莎——一条垂危的病狗把头正搁在她的膝盖上。我看见他们肩并着肩，一齐离开了大道向下走去。那条大道上正前进着人类，'自然的主人和所有者'"。

今晚，我偶然读到俄国作家谢德林的《老马》，这种难受的心情又死灰复燃。在人的意识里，直立行走，意存高远，离开自己脚下的土地，是进步和发展的标志。记得柏拉图说过："人的精神是一驾由骏马和驽马驾驶的马车，骏马始终以遥远的天空为目标，而驽马却要在混沌的大地上匍匐。"人的价值观念里对天空的向往和对大地的厌恶，提供了马蹄和我们的脚力蹈空的一个伦理依据。由实到虚的演绎过程，正在我的骨头里排演。如果是这样的话，我宁愿俯身于那头驽马，陪同它嵌进石头，我实在没有心情来谈论飞翔或腾空的事情。那么，我就真实地说出我看到那匹挽马以后的第一个反应，这是多年以来一直刨在我心底的话，像在咀嚼玻璃：我想杀人！实在不行的话，就把我的手掌放到马蹄下，让它反复践踏，把我的手骨踩进石头。这些奇怪的念头犹如那几只在石板上燃烧又熄灭的马蹄，然后，它在无声地远去。我知道，它注定会无声逼近，以尖利的骨刺穿过我的睡眠和生活，用那破烂报废的马蹄，锤子一般敲打我越来越薄的生涯。马蹄会把我的生命敲成可以托付的纸，让我写出的字站稳，不致后退。

蜘蛛的吊诡

黑格尔在他的《美学》中，给予我们一个关于艺术的杰出的综合性的形象。我们为这种鹰一般的眼光而入迷；但论述本身却远不能使人入迷，它不是使我们看到如它所呈现的那样的思想，它在跑向哲学家时更引人入胜。"为要充实自己的体系"，黑格尔描写了其中的每一细节，一个格子一个格子，一厘米一厘米，以至于他的《美

◎清·马骀《蜘蛛》

雄红背蜘蛛和中意的雌红背蜘蛛第一次交配后，绝大多数都难逃一死。据《美国国家地理》网报道的研究发现，83%的雄性红背蜘蛛在首次交配时就葬身在雌红背蜘蛛编织的死亡性爱之网中。雌蜘蛛先是散发出诱人的气味，吸引雄蜘蛛的到来。为了展示交配的意愿，雄蜘蛛轻轻地拍打它那像拳击手套一样的触须，身体兴奋地颤抖着。

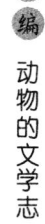

学》给人一种印象：它是鹰和数百个英勇的蜘蛛共同合作的作品，蜘蛛们编织网络去覆盖所有的角落。
——［捷克］米兰·昆德拉《被背叛的遗嘱·作品与蜘蛛》

在希腊神话中，阿拉可妮以善纺织而名扬四海，人们都说她得到了雅典娜女神的真传。但具有唯物论倾向的阿拉可妮很不高兴，她气愤地对众人说："我没有依赖任何人的力量，如果大家不信，我愿与女神一比高低。"女神蔑视俗人的狂妄，接受了她的挑战，却织不出比阿拉可妮更美丽的布。神恼羞成怒，要把阿拉可妮置于死地。愤怒之火熄灭后，女神后悔了，于是把她变成了蜘蛛。这就是神谕的使命："救你一命吧。只是，你一生都要不停地纺织。"自此，阿拉可妮就成为蜘蛛的意思。这几乎是说，唯物论尽管取得了悲壮的胜利，但还是依靠神力才返回到神的土地。好在蜘蛛不是昆虫，它不懂得唯物论，只知道趋吉避祸，它视力不好，就张开银子打造的网，让时间留下减速的身影。

希腊人很早开始使用丝绸，并称中国为"赛里斯国"（即产丝之国），但不了解蚕丝生产，他们对这种神奇丝的来源一无所知。希腊地理学家波金尼阿斯做了离奇的推测：赛里斯人所织的绸缎，来自一种名为塞儿的小虫。此虫的大小约两倍于甲虫，吐丝时如树下结网的蜘蛛。蜘蛛8足，该虫也有8足。赛里斯人于冬夏两季建房舍蓄养该虫，并用该虫所吐细丝缠绕其足。先以稷养4年，至第5年改用青芦饲养。青芦为此虫最爱，虫因食之过量，血多身裂而死，体内即为丝。这种爱吃青芦的"大甲虫"是公元2世纪西方人对蚕的一种想象。甚至，有些希腊人干脆就相信丝绸是蜘蛛的产品。这种想象是完全合理的，因为的确有人用蜘蛛丝做纺织品尝试，尽管不成功，他们相信赛里斯人已经掌握了这个秘密。

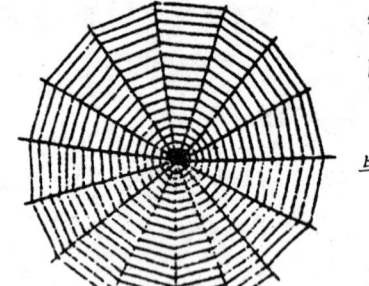

○蜘蛛图，引自《玄学兽》

哲学家培根主张从经验上升到理性，把经验和理性结合起来，他运用"蜘蛛、蚂蚁、蜜蜂"的著名比喻，生动而深刻地概括了他对理性派和经验派的批判以及感性和理性联姻的重要主张。他说："历来处理科学的人，不是实验家，就是教条者。实验家像蚂蚁，只会采集和使用；推论家像蜘蛛，只凭自己

蛛网是相等的锐角和钝角，又和别的扇形中的锐角和钝角分别相等。这螺旋形的线圈包括一组组的横档以及一组组和辐交成相等的角。这种特性使我们想到数学家们所称的"对数螺线"。对数螺线是一根无止尽的螺线，它永远向着极绕，越绕越靠近极，但又永远不能到达极。这种图形只存在科学家的假想中，可令人惊讶的是小小的蜘蛛也知道这线，它就是依照这种曲线的法则来绕它网上的螺线的，而且做得很精确。

如果你用一根有弹性的线绕成一个对数螺线的图形，再把这根线放开来，然后拉紧放开的那部分，那么线的运动的一端就会划成一个和原来的对数螺线完全相似的螺线，只是变换了一下位置。这个定理是一位名叫杰克斯·勃诺利的数学教授发现的，他死后，后人把这条定理刻在他的墓碑上，算是他一生中最为光荣的事迹之一。其实，挂在他墓碑上的蛛网，就已经说明了一切。

在蜘蛛的天空下，中国人出乎意料地没有行使实用主义的思维方式，这不能不说是一个哲学的意外。李时珍在《本草纲目》中说："设一面之网，物触而后诛之，知乎诛义者，故曰：蜘蛛。"这种有预谋的谋杀，固然是生物的使命，但作为文化的动物，它的嗜杀就被蛛网过滤了。蜘蛛常在不易被发现的旮旯、树梢、草丛以及昆虫时常出没的地方，结出一个八卦形的网，即使外行看上去也知道，个中含有迷宫的企图。清人夏敬渠《野叟曝言》七十九回："蛛丝虫迹，屋漏蝙涎，不即不离，有意无意，其妙如何。"这就把蛛网的意味，从热烈的背面提升到了形上的空中，这个做法让蜘蛛不安，却使观察者喜出望外。

"蜘"音通"知"或"智"，加上蜘蛛可以孕育定风珠，因此蜘蛛亦可理解为知识之珠。智慧之珠。蜘蛛的形迹也通"踟蹰"，都是徘徊往复

的材料来织成丝网；而蜜蜂却是采取中道的，它在庭园里和田野里从花朵中采集材料，而用自己的能力加以变化和消化。哲学的真正任务就正是这样，它既非完全或主要依靠心的能力，也非只把从自然历史和机械实验收来的材料原封不动，囫囵吞枣地累置于记忆当中，而是把它们变化过和消化过放置在理解力之中。这样看来，要把这两种机能，即实验的和理性的这两种机能，更密切地和更精纯地结合起来（这是迄今还未做到的），我们就可以有很多的希望。"

◎佚名《蜘蛛图》

上编 动物的文学志

165

蜘蛛教瑶族人织布缝衣的传说也源于现今白裤瑶族服饰上的图腾。不分男女老幼，瑶族服饰上都绣有3到9个"米"字形的蛛网，中央都绣上一个蜘蛛。传说白裤瑶来到瑶山时依然穿的是兽皮和树叶，高山的寒冷气候使得许多人生病死亡。蜘蛛看到这一情景，于是派来了一只最能织网的蜘蛛下到人间，教会了白裤瑶女子纺纱、织布、制作衣物。于是瑶族才有了自己的民族服饰，穿在身上暖和了，生病的人也减少了。白裤瑶人都很感激蜘蛛的每一次相救，把蜘蛛视为神灵。现在瑶族人很供奉蜘蛛，不伤害蜘蛛，所以在瑶族的家庭里人们常会看到连绵的蜘蛛网。瑶族人就把蜘蛛当做保命之神来崇拜，如有人受了惊吓生病了，就找鬼师来"喊魂"。鬼师念经时一定要念到蜘蛛出现时，才会用树叶小心地包起蜘蛛带回病人身边，意为魂已招回，病人会很快康复。小孩摔倒时，母亲会反复念："大舆鲁（瑶语）……大舆鲁……""大舆鲁"就是蜘蛛，就是灵魂，其表示的是让蜘蛛像救祖先一样，保护受惊吓的人有惊无险，得以平安。

美国作家马克·吐温在密苏里州办报时，某次，一位读者在他的报纸中发现了一只蜘蛛，便写信询问马克·吐温，看是否是吉兆或凶兆。马克·吐温回信道："亲爱的先生，您在报纸里发现一只蜘蛛，这既不是吉兆，也不是凶兆。这只蜘蛛只不

之意。蜘蛛可以继续踟蹰，而人只能徘徊复徘徊，然后挂冠而去，作"蜘蛛之隐"。根据《系辞》的引文，伏羲在画卦作《易》和"立周天历度"时就得到了蜘蛛的启示，如蜘蛛织网时通过中心的四根或八根基线就可能是伏羲分四象、画八卦和确立分至四点或八点的重要启示，而蜘蛛位于中央则象征太一或帝之"运于中央，临制四乡，分阴阳，建四时，移节度，定诸纪"（《天官书》语）。葛洪《抱朴子·对俗篇》亦云："太昊师蜘蛛而结网。"这就是说，伏羲顿悟了蜘蛛的天启。

先人"仰则观象于天，俯则观法于地，观鸟兽之文，与地之宜，近取诸身，远取诸物"而发展成太极、八卦。蜘蛛的8脚，应象征分、至、启、闭八点。古人称立春立夏为启，立秋立冬为闭，再加上春分秋分和冬至夏至共八点，均匀地分布在天球黄道上，而这些基点，往往又是蛛网上的一个交叉。在一条条通往蜘蛛巢穴的小道上，却孕育了哲学的基地和各分部。蜘蛛的8只脚正是象征八点及八卦的方位。换言之，蜘蛛是伏羲将物象演绎为八卦太极理论的终极之物。我们如果把蛛网视作一张天球摊开的平面图，也未尝不可。

蜘蛛可不是玩物。但是，根据杜英《孔子蝉与慈禧猫——100位历史名人的动物奇遇记》（台北远流版）的记载，《开元天宝遗事》说，唐玄宗每逢七夕之夜，都与他宠爱的杨贵妃在华清宫游宴。这一天，宫女们备好各种瓜果、花卉、醇酒、菜肴，陈列在宫殿的大庭中，用来祭拜牵牛织女星，祈求福祉。杨贵妃与宫女们还有一个重头戏，即各自捉蜘蛛放在精巧的小盒里，然后盖好盒盖，隔天一早起来观察蜘蛛结网的形状——如果网织得很密，表示得到的巧智多；织得稀，表示得到的巧智少。这种游戏已经行之多年，民间纷纷仿效，七夕夜都忙着抓蜘蛛。此一习俗，到南宋仍十分盛行，蜘蛛所拥有的人气，毫不褪色！蜘蛛在现代已经成为新兴宠物，不少人饲养体型大、色彩鲜

艳，甚至具有毒性的品种，天天玩赏，不再限于七夕之夜观察蜘蛛结网。异物是玩不得的，贵妃如此玩物，就难免有"丧命"之虞了。

在凛冽的形而上高空行走，蜘蛛是知趣的，它没有叫嚣和布道，只以晶亮而诡谲的线条，编织一张无字天网。看看人界那些舍筏登岸、羚羊挂角的出尘之举，就类似于冥思出来的"五禽戏"，人界在模仿中获得了学步邯郸的能力。这就进一步体现了蜘蛛的吊诡：尽管它本无意为难人类，但人类偏要向它看齐；它摆出的迷宫人类又出不来，更无法戳破，却还在贪图复杂的美学；蜘蛛为了强化认知的繁复与逻辑，飞速穿行于问题的开始与结论当中。于是，蜘蛛就像时间一样，既没有开始，也没有结束。

正因如此，过程就十分重要了，意义超过了结论。网在汉语中也指蛛网，这暗示了一个事实，人们最初制造各种网是受蜘蛛的启发。作为工具，网的功能就是捕获。如果我们把汉语中的"网罗"一词颠倒过来，正好就是"罗网"！在《易经》当中，有两个相反相成的卦名都与落网有关，即坎卦与离卦。坎字通陷与井，是险、是陷，两个坎重叠，象征重重的艰难险阻，也就是我们现在说的陷阱。它与圈套一词同义，其含义显然来源于落网。正因为如此，坎有时也指人在地面设置的捕兽网，如《坎·上六》中有系用徽纆，用三股麻绳再加上两股麻绳牢牢地捆绑住置于丛棘。所谓徽纆就是绳索，而丛棘就是地面上的草地树丛，这就是为野兽设置的圈套。相形之下，"离"原本是表示与鸟类有关，是"鹂"的本字，本义为鸟名，即黄鹂。火中之火，其光芒交织为一张空中之网。

现在，南美洲的部分居民还盛行着对蜘蛛的崇拜。他们外出打猎就头戴蜘蛛模型以驱灾避邪及多获猎物。秘鲁的纳斯卡附近散布着很多硕大无朋的图案，其中有长达40米的八脚蜘蛛图案。我想南美的这些"蜘蛛现象"，未必与汉语的蜘蛛有勾联，但先人殊途同归，似乎都从蛛网

过是想在报纸上看看哪家商人未作广告，好到他家里去结网，过安静日子罢了。"

很久之前，苏格兰有个国王名叫罗伯特·布鲁斯。他所处的时代是个野蛮时代，因此他必须机智勇敢。英格兰国王向他开战，率领大军侵入苏格兰，要把他赶出国土。

布鲁斯6次率领人数不多的部队与敌人作战，可是6次都被打败，被迫逃亡。最后他的部队溃散了。他本人被迫躲在森林里和群山深处的僻静地方。一天，正当他躺着思索的时候，看见一只蜘蛛在他头上，准备织网。他注视着这只蜘蛛慢慢地、小心翼翼地辛勤劳作。

她6次试图把她那纤弱的细丝从一道横梁系到另一道横梁上去。但是6次都失败了。

"可怜的东西！"布鲁斯说道，"你也知道失败的滋味。"

但是蜘蛛并没有由于失败而灰心，她更加小心谨慎地准备第7次尝试。

当布鲁斯看见蜘蛛在柔弱的细丝上摆动时，他几乎忘记了自己的烦恼。她会再次失败吗？不会！这根丝被稳妥地带到横梁上，而且牢牢地系在那儿了。

"我也要做第7次尝试！"布鲁斯喊了起来。

他站起来，召集士兵，把自己的计划告诉了众人。派他们把自己准备再战江湖的信息带给那些灰心丧气的人。不久后，他就组成了一支勇敢的军队。另一场战斗打响了，英格兰国王只好返回自己的国土。从那天以后，凡是叫布鲁斯的人，

没有一个伤害过蜘蛛。这个小小的生物给国王上的课永远没有被忘记。
——摘自《布鲁斯和蜘蛛》

动物论语

男人向女人献媚的历史，大概是伴随青春期的萌动而开始的。现在的人吃得好，很多家禽和蔬菜都是用性激素催生出来的，酒肉穿肠过，性激素储存在身体内燃烧。有的男孩儿小学就向女同学送东西了，看看动物们大献殷勤的招数，都大同小异，不同的是更为壮烈，当一只雄蜘蛛向雌蜘蛛述说衷肠，敬献食物时，其繁复的求爱舞蹈与马拉松式的仪式，即使迂夫子也没有这么耐心，朽木也要燃成烈火！为了仅仅几秒钟的愉悦，雄性蜘蛛完事后就献身雌蜘蛛之口，成了它的滋补品。

雄蜘蛛这种大义凛然的心怀让女人们深受教育和启发，并视之为常理。男人嘴上反驳，但基本上也是这么做的，自己勒紧裤带装大方，为女人买衣服，买化妆品，女人上厕所自己就雄赳赳地站在门口保卫，甚至可以面带苦笑地陪女人去逛商场，转得几乎昏死，还说很乐意。女人到手以后，男人就开始身临全线崩溃的境地：交出钱袋，只留一块钱乘交通车；每天回来，女人有意无意地在男人的衣服上嗅嗅味道，像只警犬，发现香水味就犹如发现了艾滋病，一夜就没法睡觉啦——没钱也能干事儿，不是有吃软饭的吗？不

里获得了参差不一的启示，因而对蜘蛛有空前的膜拜就很正常了。

中国人在从事这场涉及天道的革命中，收获远不仅仅是建立了世界观及法理秩序，他们在蜘蛛诡异地行走中，还捕捉到了如何飞速前行的法术。《淮南万毕术》说："取蜘蛛二七枚，内瓮中，合肪百日以涂足，得行水上。故曰：蜘蛛涂足，不用桥梁。"用猪油喂蜘蛛百日，然后杀之，涂在自己脚上，就拥有水上漂的技术。这不是轻功理论，至多是妖道的法术，这就跟很多宏大叙事一样，不可实验，只可用来教诲后生。

但蜘蛛的峻急却是真实的，因为它稍有缓着，就有性命之忧。雄蛛要想和雌蛛交配，第一关就是要能避开在向雌蛛进发的过程中天敌的伤害，许多雄蛛都在寻找雌蛛的过程中不幸身亡；第二关是要避开雌蛛无情的攻击；第三关是要能迅速爬上雌蛛那巨大的身体，就像在登巴别塔一样。要过这三关，就得有高速的奔跑速度。残酷的法则是，雄蛛的运动速度和体形成反比，所以体形越小的雄蛛可以比较快到达雌蛛的身上。当然对于雄蛛而言，体形本来就不大，所以速度便成了保命的护身符。

这就可以发现，人类至今没有学会蜘蛛的谨慎与速度，至多理解了"猴急"的内容，因为他们没有蜘蛛充满危机的语境，他们三刨两爪就想直捣门户，恨不得脱阳而死。对此，高唱肉体颂歌的诗人华尔特·惠特曼(1819—1892)却是忧郁的，他没有从蜘蛛的爱情中读出喜悦，而是读到了危机。他在《一只沉默而耐心的蜘蛛》里写道：

　　一只沉默而耐心的蜘蛛，
　　我注意它孤立地站在小小的海岬上。
　　注意它怎样勘测周围的茫茫空虚，
　　它射出了丝，丝，丝，从它自己之小，
　　不断地从纱绽放丝，不倦地加快速率。

> 而你——我的心灵啊，你站在何处，
> 被包围被孤立在无限空间的海洋里，
> 不停地沉思、探险、投射、寻求可以连结的地方，
> 直到架起你需要的桥，直到下定你韧性的锚，
> 直到你抛出的游丝抓住了某处，我的心灵啊！

是啊，我们一直都在希求我们抛出的游丝抓住"某处"，但竹篮打水的绝对概率又使疑虑丛生：也许，蛛网就预示了一个事实：只能以一张无心之网去守株待兔。直到我们历经沧桑之际，鬓角窜起的银丝就让当事人明白蛛网疏而不漏的妙意。但，这个时候的晓悟，是不是有些晚了呢？

我认为，惠特曼比起雨果来，还算是棋高一着。因为汹涌在雨果身上的强烈情欲妨碍了他看穿蛛网之后的天空。在《巴黎圣母院》中，雨果是以蜘蛛和苍蝇的命运来象征克罗德和爱斯梅拉达的命运的。蜘蛛在空中结织了一张大网，正在寻找阳光的苍蝇朝光亮飞时不幸撞到网上，当时王室教廷检察官要救那只苍蝇，可克罗德却阻止了，并把其归结到命运中去。他"眼睛呆定，狂乱、闪亮，一直盯着苍蝇和蜘蛛那一对可怕的东西"，并说"这是一切的象征。它飞翔，它是快乐的，它出生不久，它寻找春天，是一切的象征。啊，是呀，可是它在命中注定的这个窗口停下来，那蜘蛛就出来了，那可恶的蜘蛛啊！可怜的跳舞姑娘！可怜的命中注定的苍蝇！雅克阁下，随它去吧！这是命该如此！哎，克罗德，你就是那只蜘蛛！克罗德，你也是那只苍蝇！……"其实雨果也是那只苍蝇，他一直陷于情色的罗网中而向往肉身之光，这种悖论式的追寻必然要危及自身的神明。后来，雨果夫人阿黛尔与圣勃夫决裂，雨果也与情人分手，雨果的家庭重新走向幸福。所以，对雨果来说，"人只要有爱，就会宽恕"。虽然"似乎觉得

> 是有鸭子被倒提的吗？因而，不榨干你的最后一滴水，把你的裤带套两个死疙瘩，你怎么可能出得了门？
>
> 地主之所以借粮给农民，是希望这个劳动力继续为自己创造价值，而不能像雌蜘蛛一样将对方吃掉。男人就是赚钱的机器，使用最低廉的润滑油就能维持运转。这是很多事业型人物的生活态度，认为自己很牛，认为挺有脸面，进而就认为自己很有魅力和尊严了。在男女情感的游戏当中，对方只要不是个坏人，机能可以运行，能挣回口粮，吵吵闹闹就凑合着过日子了。当一个人希望换档的时候，那也是要大放血的时候，只要你放得开，傍个大款或者娶个坐台小姐，也很平常。而大多数人无血可放，躺在床上满脑筋都是荧屏里的美女俊男在晃动，靠精神体操来培养移花接木的技术，修炼成了黑腰带选手。生活就像床板一般扎实了。
>
> ——摘自笔者随笔《蛛网》

爱情已经完蛋了"但"在文学上拯救自己了……"

不管这是否纯属巧合，但《巴黎圣母院》诞生后，雨果的心病便也结束了，这无疑也是一种文学治疗，但也是情色的干枯和结束。1856年，雨果还在《奋斗与梦想》一诗里论及蜘蛛，后来又于1871年逗留卢森堡期间在记录游记的本子上画了一幅生动的蜘蛛织网图。他认为蜘蛛很可悲，落进了自己设下的陷阱。在他眼里，蜘蛛网上一个个致命的死结，反将织网者自身监禁起来。这是不是对"异化"现象的传神写照呢？他通过自己的观察告诫人们："欲望在果实里滋生，蠕虫在荣光中萌动。"因此，雨果作为"一个害怕梦想的梦想家"，留给后人的，就不仅仅是蛛网的诡谲和精确了。

但是我敢说，自伏羲感悟蛛网以后，人们对此的感觉是呈下坠趋势的，就像一滴水，总是以坠落的姿态从蛛丝落往功利的窠臼。在王安石写出《寄碧岩道光法师》一诗的时候，只是表现了一种暂时受阻的心态，未必是其人性的真正敞露，但不管怎么说，诗的确是妙句：

　　万事悠悠心自知，
　　强颜于世转参差。
　　移床独向秋风里，
　　卧看蜘蛛结网丝。

狐 相

　　纪晓岚《阅微草堂笔记》里，"狐事"尤多，狐气弥漫。某则记述说，有一狐狸，据藏书楼而居，多年浸润室内典籍，竟生出超人识见。一日，众人于书室约谈，并为狐虚设一座，各言所惧之事。书生中有畏讲学的，有畏名士的，有畏贵官的，有畏富人的，有畏媚谀的，有畏过谦的，有畏法度的，有畏有话不说……最后问狐，则曰："吾惧狐！"众哗然，说人畏狐尤可信，君自为狐，还有什么可惧？狐说："不然，天下唯同类可畏也。"这就意味着，"狐畏狐"的现象，应该是"人畏人"的翻版。

　　　　　　　　　　——摘自笔者笔记《词锋断片》

　　从动物分类来看，狐是狐，狸是狸，狐属犬科，狸属猫科，二者不同。但在汉语谱系中，"狐狸"一词专指狐，非指"狐"和"狸"。根据学者考证，"狐狸"一词在先秦的典籍中就已出现，意思是"狐"和"狸"。然而，古人的动物分类知识却以为"狐"和"狸"是同类，因而古语中的"狐狸"其实也是指狐类。《淮南子·览冥训》说"狐狸首穴"。《白虎通》等书则作"狐死首丘，不忘本也"，显然以为"狐"

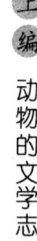

和"狐狸"就是同一类动物。

按照古人的说法,"狐"字通"孤",如此孤单地行走于艰难的环境,回环往复的智力与行动必然成为狐狸的不二法门。在一个生灵的体内,不断蔓延着怀疑的枝蔓,它不但不会相信眼中的幻象,甚至也扰乱了自己的分析能力。在一片冰面上,狐狸看见自己毛发如同定型的火焰,而尾巴就像贵妇人的大红绸缎扫过紫檀木的床榻,它以"听冰"的仪态验证来自冰块下的不祥预感。这个动作富有诗意的酝酿和舞蹈的造型,燃烧的意象既是狐狸过于招摇的标志,也成为它一闪即逝后供人追忆的种子。

在欧洲流行了几百年的猎狐运动,是贵族与狐狸之间的拉锯战,狐狸总是从铁桶般的包围里脱颖而出,在地平线上蓦然回首,高扬起来的耳朵像锯齿一般割裂了贵族们的自尊。

银狐并不是银子色,而是毛色深黑、长毛尖端呈黑色。因此在冰封之地,雪狐即使在寒冬,也依旧是一身血红的皮毛,如此耀眼,似乎是一块血红的布招展在野牛和枪口前,使自己面临一次次危机四伏的历险。但几乎没有猎人可以狩猎到狐狸,猎人也不愿意去打狐狸,每每瞄准狐狸时,总有一种中谶的预感。有猎人曾经打伤一只雪狐,结果天天有狐狸拜访他家,先是鸡被一只只地咬死拖走,后来狐狸打上了猪的主意;但是猪过于庞大,咬死了也带不走。狐狸骑在猪背上,咬着猪耳朵作方向盘,用大尾巴作鞭子,把猪赶回了狐狸窝,咬死吃掉。

◎清·马骀《白狐》

中世纪欧洲的动物寓言集把列那狐贬为狡猾的骗子,故事大意为:"他饿了又找不到吃的时,会把全身溅满淡红色泥土,让自己看起来像浑身是血,然后躺在地上,屏住呼吸。鸟儿见他躺在那儿,(显然)满身血迹,舌头伸出来,以为他死了,便停在他身上,就这样成了他的美食。魔鬼也一样,在生者面前,他假装死了,直到张开利齿,逮住他们,吞吃他们。"

面对狐狸无声的狡黠，人们只能以巨大的恐吓来弥补自己的感觉漏洞。在中国一些地区，每到正月十五"元宵"节，农民迎龙灯上山，家家燃放鞭炮，一边把点燃的鞭炮投向茫茫黑夜，一边大声吆喝"呵……喂"，以示对狐狸的驱逐，甚至敬畏。但狐狸独坐在噪音的边缘，沉静如处子。

在远古时代的欧洲，有个以狐狸为祖先的原始部落，他们喜欢吃狐狸的心脏，目的是想拥有狐狸那样的智慧。在他们眼中，智慧是与心有关的。因此，亚里士多德认为是心脏在掌管人的心理活动，是人体最紧要的部分，而大脑只负责心脏的冷却工作，防止其过热罢了。面对这种攫取，狐狸像风卷起的一团红土，突然在哲学的旷野上飞驰，然后停顿下来。当人们正准备仔细端详它的面具时，狐狸不见了，它可以像地精一样土遁而去。因此，当它多次从寓言、箴言、神迹里穿过时，并没有为读者留下真实的印象。它似乎是智慧的某种灵化，对人们的自以为是进行一次突击检查，然后返回智慧的巢穴。

狐狸比它的身影更早地展露于东方文学的地缘。屈原在《离骚》中喟叹："心犹豫而狐疑兮，欲自适而不可。"显然，是狐狸尾巴上的腺体味道引诱他在楚国的沼泽中找到了一个另类的词汇，他逐臭而去，结果遇到了香草美人。

◎清·吴友如《狐》

《拉封丹寓言》里的《狐狸与仙鹤》很有意义。一只狐狸请仙鹤吃饭，狐狸把汤盛在碟子里，仙鹤的嘴吃不到，狐狸的舌头把汤全舔个精光。仙鹤回请狐狸，把美味的饭菜装在长颈窄口瓶里，狐狸吃不到，只好空着肚子回去。作者在结尾说："骗子，我为你写这篇诗章，你也逃不了同样的下场。"从另一个角度来看，也可以说，互助才有互利。其实这也就是我们所说的，人人为我，我为人人。

狐狸和半身像
拉封丹／作

动物论语

人世间的大人物都如同舞台上的假面具，他们的外表看上去让老百姓肃然起敬。驴子判断事物仅仅只根据眼睛所看到的东西，而狐狸恰恰相反，它观察仔细，考虑到事物的方方面面。当狐狸看到一尊英雄的半身胸像时，在称赞外表漂亮的同时，说了一句十分中肯的话："这空心的塑像比真人还大，多么漂亮的头像，只不过很空虚。"狐狸一边赞赏精巧的雕刻技艺，一边发出如此感叹。

世上不是有许多大人物就跟这半身塑像一个样吗？

狐的角色性质早先是图腾、瑞兽，后来是妖兽、妖精。即使在它被视为狐神、狐仙受到崇拜时，也还是妖精。狐神、狐仙从未列入祀典，一直属淫祀范围，就因为狐神、狐仙之不雅。因此，狐文化前期是图腾文化和符瑞文化，后期是妖精文化，妖精文化是主要方面。作为妖精，狐妖是庞大妖精群中无与伦比的角色，堪称妖精之最。

……

"狐精"一词，最早出现在北宋刘斧编撰的《青琐高议》中。此书的后集中有一篇《小莲记》，副题为《小莲狐精迷郎中》，但"狐精"只在副题中出现，正文里并没有，而副题的语言结构和正文有明显的差别，很可能是后人所加，因此刘斧是否使用过这个概念，实在很有疑问。比较明确地使用过"狐精"一词的作品，应该是元人辑录的《湖海新闻

狐狸以怪异的狐步在雪地撒落一串梅花，每一次起伏都成为一个词汇的策源地。但用"狐"字构成的词汇，如"狐惑""狐仙""狐媚""狐狸精"之类，都不是体面的圣词。它们很容易被心术不正的女人或者阴谋集团组织起来，成为"反词"的大本营。

应该仔细打量一番狐狸的脸相。它们脸部一般有白、黑、黄三种颜色，这造成了一种脸部宽大的色彩张力印象，而它喙部以尖而细的滑动收拢了一个力量的重心。它向额头飞起来的眼睛给审美者以极大的愉悦和启示，并促使女人们开始普及修长而上挑的柳叶眉化妆方法，飘逸到直插太阳穴。因此，狐狸的脸相以忧伤的沉静展示了茫茫原野的气息，以及它们敏感而内敛的秘密。面容姣好的女人与狐狸之间并不存在谁抄袭谁的问题，在修辞的通感连缀起很多感应之后，狐狸还有一种难以模拟的神圣意味，使得女人总是望狐兴叹，并进而企图寝其毛而代之。

在澳大利亚广阔的大草原上，生活着一种有六条尾巴的犬科动物，当地人称之为六尾狐狸。冬天来了，大雪覆盖了整个河谷。猎人们开始打猎，他们放出六尾狐狸，因为有它，怪物们会很容易被狐性所迷惑，因此很容易被躲在美丽幻象后面的枪口捕捉。这是人利用狐媚达到私欲的极端个案，就历史而言，狐狸一直是一个言说者和旁观者，它以逃逸和不合作的态度穿行于艳羡的风景当中，偶尔误中人类的圈套后，狐狸具有"断臂求生"的决绝天赋。因此，如果你看到只有三只脚的狐狸，就应该向它脱帽致敬。

但是，当生活在梦境边缘的九尾狐现身之时，它惊心动魄的美丽总让环境暗淡，仿佛T型台上扰乱心率的猫步，使男人的想象慢了下来，慢得就像脱不完的衣服。人总是倾向于神秘的事物，相信生活在暗中的动物可以在睡眠的角落出没。在具有潮湿风尚江南一带，梦境很容易为情色笼罩，因为有着太多的狐仙的故事，人们相信任何动物都可以成精，但是在所有动物之中，成精率最高的是狐狸。而在某些

狐狸精繁荣的地区，狐狸甚至和人在一个公共空间和平生活，它们改造并倡导了一种浪漫主义的风化历史，哺育出了类似"扬州瘦马"的依靠妖媚谋生的传统，而被尊称为狐仙。

《聊斋》里面写有狐狸拜月的惊人场面：狐狸跪拜月亮，它尖锐的喙部突入月亮的中心，然后就像一个潜水夫似的对着月亮深呼吸，直到明晃晃的月亮把身体胀满，冷澈的月华在狐毛上凝成晶体。狐狸以透明的形态修炼成了狐仙，就可以随意化为美女。这就是"狐狸拜月呼吸法"，就是修聚光法，这一方法据说大大推动了中国气功打通任督二脉。

在《搜神记·卷十八》当中，记载了一个可以打通情色文化的意象，它一直贯穿了蒲留仙的话语，并在睡榻的边缘还原为一具凸凹的身体叙事——

> 后汉建安中，沛国郡陈羡为西海都尉，其部曲王灵孝无故逃去。羡欲杀之。居无何，孝复逃走。羡久不见，囚其妇，妇以实对。羡曰："是必魅将去，当求之。"因将步骑数十，领猎犬，周旋于城外求索。果见孝于空冢中。闻人犬声，怪遂避去。羡使人扶孝以归，其形颇像狐矣。略不复与人相应，但啼呼"阿紫"。阿紫，狐字也。后十余日，乃稍稍了悟。云："狐始来时，于屋曲角鸡栖间，作好妇形，自称阿紫，招我。如此非一。忽然便随去，即为妻，暮辄与共还其家。遇狗不觉云。乐无比也。"道士云："此山魅也。"名山记曰："狐者，先古之淫妇也，其名曰阿紫化而为狐。"故其怪多自称阿紫。

这就是说，连金庸笔下的阿紫也没有逸出梦田的范畴，梦田种植罂粟，也出产魅惑。

知识具有造梦的性质，过多的知识足以布局梦乡的繁复构造，狐狸出没其中，似乎天经地义。"书中自有颜如玉"一说就成为知识分子与狐狸合法同居的精神证词，但让人奇怪

夷坚志》。书中收录了六则狐狸精故事，其中两则的标题为《狐精嫁女》和《狐精媚人》，后一则故事中"乃知一狐精为怪，断治后无事"这样的句子，基本上可以视为"狐精"一词诞生的明证。鉴于南宋洪迈编写的《夷坚志》也有多则狐狸精故事，但并未出现"狐精"一词，因此，我们有理由认为这个词应该出现于宋元之际。
——摘自李剑国《中国狐文化》，人民文学出版社2002年6月1版

能使人致病、死亡者，还常被古人认为是狐、蛇等的精魅，所谓"物怪""妖怪"者。狐狸精媚人，人狐相恋，尤为明清志怪小说的主要题材。这类事在正史中也有所记载。如《晋书·韩友传》说，韩友（景先）善占卜厌胜，刘世则之女害魅病积年，召巫治之而不愈。韩友命以皮囊张窗牖间，闭户作气驱除，见皮囊胀大，急缚囊口，悬树上。二十多日后渐缩，开视，见有二斤狐毛，女病遂愈。《后汉书·方术传》所载寿光侯，则"能劾百鬼众魅，令自缚见形"，乡人有妇为魅所病，寿光侯劾之，见有大蛇数丈死于门外。妇病得愈。又一大树有精魅，人止其下者死，鸟过亦堕，寿光侯劾之，见大蛇七八丈，悬死树间。这是蛇精作怪了。笔记中的这类故事多不胜数，如明人谈迁《枣林杂俎》说天台县桃源洞有古桃树化精魅迷人，王安石夜坐，此精曾化为美女与之谈《易》。清人王应奎《柳南随笔》卷三说，汉阳人朱方旦之妻为狐精，着红衣。朱以方术游公卿间，

以符水治病，皆其妻出神为之。一时趋求者甚众，皇帝亦召见之。因谋夺正一真人所居，其妻被雷震死。妻死后朱憬无所知。下狱，诛杀之。《阅微草堂笔记》卷十对狐精之说有所考索，谓据《西京杂记》，狐能幻化人形入梦之说最早见于汉代。张鷟《朝野佥载》称初唐以来，百姓多事狐神，有谚语云："无狐魅，不成村。"《太平广记》载狐怪事十二卷，唐代居十分之九。其源流始末，则以刘师退所述为详。刘系问知于沧州南一学究之狐友。大略谓凡狐皆可修道，而以成道者所生之"批狐"为最灵。成道先成人道，辛苦一二百年，能化为人身，饮食男女，生老病死，皆与人同，所居常近于人。修行有炼形服气与媚惑采补二途，炼形服气必渐积而成，能游仙岛、登天曹，媚惑采补为走捷径，然伤害或多，触犯天律，则鬼神惩罚之。

——摘自陈兵《生与死——佛教轮回说》

的是，知识人收获云雨之欢后，却纷纷指责狐媚的吸阳实质。媚术已经在知识的骨头里扎根，早与狐媚曲通表里，使得体制对知识人产生了一种类似御女的冲动。

但真正的知识人还是纵情于聪明的比附。伊赛亚·伯林曾把托尔斯泰描述为一只自以为是刺猬的狐狸，他自己却更像一头以狐狸的方式行事的刺猬。

狐狸与刺猬的说法，是伯林对古希腊残诗"狐狸知道很多的事，但刺猬则知道一件大事"的一种反义发挥。它用以比喻两种相反的思想性格：刺猬的胃口大，喜欢对广泛的事物采取整体攫取的立场，把各种问题或见解都纳入到自己的感觉范围去处理，这种思考方式有下大包围的迹象；狐狸则不然，关心的不必是全，而是多，即多方面的追逐、猎取目标，尝试走遍思想的迷宫。因此，哲学狐狸们总是醉心于大面积的迷惑，然后突然自明，具有一种脱轨的自由和解脱。

能够与知识为敌的东西是不多的，极权是一种。而狐狸的天敌并不是君临于食物链顶端的狮虎，它们几乎是朋友。倒是一些并不直接关联的事物，一直盘旋在狐狸的谨慎之上。

狐狸的危险来自天空。

有一年，我在草原上偶然目睹了一个成语的生成性革命。雪兔东奔西逃，以鬼魅的速度躲避狐狸的追赶，翱翔的鹫雕目睹了这一切。它伸直脖子和两腿，张开大爪，俯冲扑向野兔，兔子瘫倒了，像个泥塑。鹫雕却擦地而过，绕开了这个过时的艺术品，它忽然伸出利爪抓住了狐狸。随之抖动黑云般的翅膀腾空而起，把狐狸提向天空。鹫雕一松爪，狐狸就掉了下来，它在空气里拼命蹬踢，似乎要羽化而去。在即将触及大地的一瞬间，它好像成功了，就像逃跑的火焰，天空突然把光收回。它软绵绵地飘下，躯壳当即摔扁，让我联想到一袭委地滑落的旗袍……

狐狸死时头必朝向出生的山丘，《楚辞·九章·哀郢》："鸟飞返故乡兮，狐死必首丘。"狐死首丘成为了狐狸临终唯一获得的好词汇，真不容易。我不知道狐狸的故乡在哪里，因为它把头昂起来，总是朝着旋转的苍穹。

九尾狐

　　是什么意图，让人们为狐接上了八条尾巴，而成为著名的九尾动物？仅仅是体现生殖崇拜吗？还是另有别的解释？具有反讽意味的是，在清代醉月山人的《狐狸缘全传》中，玉面仙姑便是九尾玉面玄狐精，最后被吕洞宾收服，割掉她八条尾巴，等于革去八千年的道行。狐借遁光回到青石山后，整日面对洞府中孤零零的影子行坐不安。虽依旧化作美女在外游览山川，却再不敢妄动情字，只是每每想起当日的缠绵……

——摘自笔者笔记《词锋断片》

◎明·蒋应镐《山海经（图绘全像）·九尾狐》

　　九尾狐是中国古代传说中的奇兽。它的语境贯穿于情色之梦，如今在汉时的石刻像及砖画中，留下了它张扬而华丽的仪态。尽管我们已经无法目睹九尾狐尾部的奇异构造，也无法听到它类似于贵妇的丝绸裙裾从厅堂曳地而过的窸窣声响，但它一直在我们的想象域界执行着这一难以泯灭的出场步态，并由此打开了更多的思缕勾连，使得其活动的范围，扩展到了

◎明·蒋应镐《山海经（图绘全像）·䍺䕨》

山海经中还讲述了一种叫䍺䕨的野兽，身形似狐，但长有九只尾巴和九个脑袋，爪似虎爪，叫声如婴儿啼哭，应该和九尾狐是同类吧。

梦与现实的交错地带。退一步是狐，进一步是人，美人，并拥有水银般的遁匿技术。这就是说，梦境的域界，随九尾狐对现实的频频造访而愈加拓展，当白日梦成为目睹者的现实时，激情为肉身的凸凹而跌宕，为肌肤的滑腻而销魂，区分是否真实，就辜负了九尾狐的莅临。

在古代造像里，常有九尾狐与白兔、蟾蜍、三足乌并列于西王母座旁，以示祯祥。九尾狐象征子孙繁息，也是禹娶了涂山氏之女的遗意。但后世反其意，以"食阳"的九尾狐为妖，这是如何异化的呢？六朝时李逻注《千字文》"周伐殷汤"，就说妲己为九尾狐，明人小说《封神榜》则更发挥其说，因而成为妖媚工谗的女子詈称。《山海经·南山经》说："青丘之山有兽焉，其状如狐而九尾，其音如婴儿，能食人，食者不蛊。"郭璞注："即九尾狐。"汉代赵晔《吴越春秋·越王无余外传》指出："禹三十未娶，恐时之暮，失其度制，乃辞云：'吾娶也，必有应矣。'乃有九尾白狐，造于禹。禹曰：'白者，吾之服也，其九尾者，王者之证也。'涂山之歌曰：'绥绥白狐，九尾庞庞。我家嘉夷，来宾为王。成家成室，我造彼昌。天人之际，于兹则行。明矣哉！'禹因娶涂山，谓之女娇。"此九尾白狐，即是郭注所谓的"太平则出而为瑞"的青丘国之九尾狐。"食人"之传渐隐，"为瑞"之说终张。神话传说的演变由野而文，此亦可以窥豹一斑。

18世纪法国研究妖怪的学者毕福恩伯爵曾给妖怪下过定义，指出妖怪的标志一是身体出现了过剩部分，例如四角牛；二是身形有欠缺部分，如一足鸟；三是身体各部位颠倒错乱，如眼睛长在腋下的羊。凡是与内部世界居民持不同的形态者，均为异类，均为妖怪。青丘之狐多出八条尾巴，其为妖怪无疑。九尾狐常常打扮成奸诈的美女，例如著名的妲己、褒姒。殷纣王被迷惑、周幽王也神魂颠倒，弄得身死国亡。但这个例证并不能说明是九尾狐的本性使然。因为狐狸总是受天命驱使的，也就是说，它们是受命于某种天启，采用媚术的技巧使暴君出现成瘾症状，溺身于淫乱的统治者脱阳，从而迅速瓦解暴政。御女是权力的一个手段，但却成全了天道的御用之途，真是螳螂捕蝉，黄雀在后。九尾狐完成了天启，但自己落得个好淫的恶谥，这个污点，是应该由道统来承担的。但人民不会去诘问天启，只会嫉妒于这种来自于肉身的奇技淫巧，如何具有酥软权力和刀锋的秘密？这个疑团人民是无法自我澄清的，他们在帷幄床榻的苦心，并不能换来动摇江山的伟业，至多能使一根尘柄发木。于是只好嫉妒，就像我们身边的尤物，总没有什么好名声。

不仅如此，这妖狐竟然东渡扶桑，变成鸟羽天皇的宠姬玉藻前。据《日本妖怪志》记载，大臣们请安倍晴明暗中对她进行了占卜，玉藻前的真面目终于曝光，原来是一只来自中国皇权床榻的九尾妖狐，于是她便逃离京城，躲避到远方。御体康复的天皇恼羞成怒，发出追杀令。上总介和三浦介奉命行事，终于结束了玉藻的性命（另有一说是安倍晴明将之收伏）。但妖狐的野心和执念仍以"杀生石"（据说会喷出毒液，攻击鸟类及昆虫，令动物无法近身）的形态保留在那须野，时时刻刻等着下一个报复的机会到来。每当我们接触东瀛艺术时，总感到其中有一种诡异的氛围，越是优秀的东瀛艺术，好像就越是具备这种妖氛。如今在日本，连设计成杀生石的九尾狐的盒饭也非常畅销，据说买便当的人也喜欢被皇帝宠爱的九尾狐，从中可以看到中国和日本在感觉、审美意识的极大不同。

显然，这些九尾狐正是青丘妖狐的嫡传，其外形特征和蛊惑本性没有丝毫变化。当然，也有一种九尾狐，演化到了后代，竟成为太平盛世的吉祥物，成为稀世珍兽。这与汉代

狐是女子尤其是美女的象征，这一文化动机追溯到上古"禹娶涂山女"。东汉赵晔《吴越春秋》卷六《越王无余外传》记载："禹三十未娶，行到涂山，恐时之暮，失其度制，乃辞云：'吾娶之，必有应矣。'乃有白狐九尾，造于禹。禹曰：'白者，吾之服也；其九尾者，王之证也。'涂山之歌曰：'绥绥白狐，九尾庞庞……'禹因娶涂山，谓之女娇。"

《山海经》就记有"青丘九尾狐"。根据李剑国先生《中国狐文化》的考释，中国上古时期九尾狐化美女的观念与当时的图腾崇拜相关。"涂山氏在渔猎中接触到狐，进而产生了崇拜心理，把狐奉为图腾神。涂山氏当时处于母系社会，所以图腾对象表现为一只雌狐。"狐为什么会生出九尾？这包含了原始生殖崇拜的意义。"雌狐阴户临近尾根，所以兽类交配叫交尾，因而这里显然存在着这样一种含义，尾多则阴户多，阴户多则产子多。……这里九尾尽可理解为九阴，是女阴崇拜的曲折表现。"这就意味着，上古对狐的崇拜，其实是"女阴崇拜"在文化、心理方面的曲折反映，使之成为集体无意识，并影响中国人心目中狐的形象与内涵，也导致中国文化中狐的女性化、妖媚化、宣淫化征象。

汉代九尾狐崇拜大盛，许慎取其"其色中和"以及"小前大后"的特质，分别代表为人中庸、尊卑有序与不忘本之德行。另外，最常被提及的"九尾狐"，强调"九"与"尾"，《白虎通》云："必九尾者何？九妃得其所，子孙繁息也。"所以，"九"就成为狐最为重要的特征，而

"尾"则成为生殖器的隐喻。但是，汉代成为了中国九尾狐的一个分水岭，道行最深的九尾狐，也没有逃脱被妖魔化的厄运。奇怪的是，自魏晋至唐仍有"瑞狐"的少量记载。但是唐朝之后，特别是宋代，理学大兴，鼓吹浩然正气，也波及动物界。田况《儒林公议》说宋真宗时陈彭年为人奸猾，善于"媚惑"皇帝，"时人目为九尾狐"。到了明代许仲琳的《封神演义》，就把妲己塑造为集奸邪与美貌于一身，奉神明意旨惑乱纣王、断送商朝六百年天下的九尾狐，情色禁忌和"从来女色多亡国"的观念被推至极致。自此，狐、九尾狐都成为了万恶不赦的"文化妖精"。

——摘自《〈狐〉说诡态——中国传统文学中的狐狸意象》以及笔者笔记《词锋断片》

发展起来的祥瑞思想有关！好在文化为九尾狐开启了一条生路，但这并不能从根本上改善它们在中国伦理中的命运，甚至进一步恶化了它们的处境。

《魏书·志第十八·灵征八下》当中记载道，在各地现身的异兽里，狐狸占据了很大篇幅，这是某种瑞祥的征象么？似乎有些让人不解。在白狐、黑狐、五色狗的交错身影里，仅从"肃宗正光二年三月"开始，计有："南青州献白狐二；三年六月，平阳郡献白狐；八月，光州献九尾狐；四年五月，平阳郡献白狐；孝静天平四年四月，西兖州献白狐；七月，光州献九尾狐"等记载。到了元象元年四月以后，九尾狐好似集体行动一样，突然密集地从人们的视线里穿行："光州献九尾狐；二年二月，光州献九尾狐；兴和三年五月，司州献九尾狐。"这么多"献宝"的案例，动机不外乎是以此来佐证皇恩浩荡并获得宫廷的赏赐，九尾狐不幸再一次成为了体制的晴雨表。对此，还是北周皇帝睿智一些，《北史·周本纪下第十》记载道：甲子，郑州献九尾狐，皮肉销尽，骨体犹具。帝曰："瑞应之来，必昭有德。若使五品时序，州海和平，家识孝慈，乃能致此。今无其时，恐非实录。"乃令焚之。

按照正史的深意，这一个案进一步反映了皇帝的实事求是作风。只是，焚烧之后的九尾狐，尸骨不存，但媚术已然深入人心了，因为"秉笔直书"的史官，这一条记载必然会令龙颜大悦。看来，即使仙道、床榻秘术，也没能逃脱宫廷的密切关注啊。

我想，九尾狐的名声之所以出现道德悖反，还是缘自它过于漂亮，"木秀于林，风必摧之；行高于人，众必非之。"这固然不是漂亮外貌的罪过，但引导漂亮走向的内在媚术，即使在幻影中也在不懈工作。这种媚术可以脱离皮囊的束缚，像风一样刺肌砭髓，令人中谶。想想我们见到一个尤物后的感觉吧，他一直活在你的骨头里，其状庶几近之。

九尾狐出没时有一个特征，是会有沙沙声的，像是鸡毛掸子擦过紫檀木桌面的声音。因为狐狸练成人形，最难修炼的，就是狐狸尾巴！尾巴有九条，既显示了它狐媚的深厚功底，又暗示了它向人类借助阳气时的困难，因为尾巴的繁复很容易使其露出马脚。因此，其尾巴的构造恰恰符合古文化的辩证法：能力越高，麻烦就越多。

有学者指出，九尾狐可能是赤狐中的华南亚种，因为此狐的尾巴蓬大如九尾，因为可以参照大灵猫的异名——九节狸、小熊猫的异名——九节狼来印证，故而九尾狐可能是九节尾狐的省写。这种考证在湿气弥漫的狐狸之路上是毫无必要的，近似用水平仪去校正"大漠孤烟直"的真伪。

九尾狐在仙界是极稀罕的种族，很少过群居生活，喜好隐蔽于山谷，一般分散在仙界各层，许多人终其一生甚至连妖狐的面也未曾见着。盛传妖狐具绝世之容姿，盖世之智能，而妖狐的皮毛更是珍品中的极品，其中享誉最高的又属九尾狐狸。一般小妖狐诞生一百年后即可化为人形，无一不是绝貌倾城。九尾狐的皮毛为淡若无色的淡白，眼瞳为血的深红，但谁没见过银白色的九尾狐，那如月华般清耀明净的银色，皎洁出尘，这种皮毛，只能是贵妇脖子上的银狐围巾。

一般来说，世人所受到的滋扰多为鬼怪作祟，而不是仙界的高手，一般时运低的人都容易受到影响，对此种灵界的入侵，一般人不知怎样去对付。照传统说法，会出没于一般人家庭，而不隐居于荒野的狐仙，多练的不是正道，所以家中成员会健康变差，运势转噩，而且多有奇怪的疾病发生。

狐仙其实平日是附着在物体上的，而不是以狐狸或是人类的形象出现。所以有时，我们会发现盆栽，或是庭园树木

◎明·蒋应镐《山海经（图绘全像）·九尾狐》

在古代日本，人们把能变成人的狐狸精叫狐人，他们有本事迷惑、误导甚至败坏人类，其作用类似女巫，所以她们的骨灰要撒在河里。不过，狐狸在日本也并非都是坏形象。谷神伊纳里就骑一只白狐，石雕狐或木刻狐嘴里衔一卷圣轴或天堂钥匙，常立在伊纳里神社前的牌坊旁。狐狸尾尖象征"幸福珠宝"，而且日语把流星称作天狐。

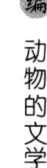

上编　动物的文学志

的干节，或是墙壁天花板潮湿发霉图案，或是大理石面的纹路条理，很像狐狸的面孔。而且当你刻意将树木上类似狐狸的部分去除，或是将墙上天花板上的脸孔洗去，它会又长出来，而且会比前一次清晰。这就表示它看上了你，要住在你家，并且要采取你住所的气运，吸收你家庭成员的生气。九尾狐的影响还有一个明显的证据，就是家里会变得异常潮湿，常有漏水、发霉、闷热的感觉，这是狐仙所行之处，要行云起雾的征兆。它们一直是湿润的携带者和雾气的驾御者，将来自于地下丰沛的大气彰显于日光，从而完成一次例行的交媾。这就是说，如果你偶然见到狐相在墙壁的影像，或是在晚上，在黑暗的角落，看到九尾狐的身影盘桓于地，最好视而不见，否则它会夺去你的一魂三魄，让你永远神智不清、浑浑噩噩。

　　狐仙是狐狸经由修炼而来，所以可以自由选择变人变狐，而且拥有控制空间的超能力。这就是说，狐仙是由动物进化为人类的物种，汉文化赋予了它高于动物、高于人本身的诸多品性。像狐仙这一类的妖物，是绝对不会存在于西语世界的。九尾狐不是神，只是妖，作为对神界和人界的反叛，它并不是永远的失败者，因为仙界也是可以安身立足的。因此，它和人的关系，总是若即若离；与神的关系，却是势如水火。"昂藏愿拜重瞳象，谄媚宁容九尾狐"，人到了这个份上，说明人还是最后的输家。

　　说明：本文参考了佚名网文《作祟的恶鬼》

道德之虫

> 在那令人难受的夏季，菊芋盛开，
> 只只蝉儿，落在树上高声地歌唱，
> 翅膀下面不断发出吱吱的叫声。
> 这时，山羊的肉最肥，酒味最醇。
> 女人放荡不羁，男人却脆弱无能。
> ——[古希腊]赫西奥德《蝉鸣时节》

很清楚，枯蝉是指蝉蜕。过于强调很容易让读者迷失于形式主义，找不到逸走的肉身。但我喜欢这个复合词，它暗示了那个端坐在枝条上的悟道者的种种情状，尤其是化入冥思后，留在物质世界的半截身体，因为另一半，已经羽化了。

《拍案惊奇》里说："只要做得没个痕迹，如金蝉脱壳方妙。"蝉身漆黑，间杂着橙红色，与金子的色泽似乎相隔一段距离，说是黑金或红金庶几近之。但我认为，这并非古人观察不力的后果，金色在汉语中一直具有提升物性的本能，它可以赋予物体一种形而上的突然之光，所以金蝉可以放声鸣叫，也可以随机锋隐没，成为遁词。

动物论语

> 诗人贾岛喜欢清冷的形象,也爱清冷的声音,他爱听"蝉"声、"磬"声。正如骆宾王《在狱咏蝉·序言》所叹,蝉"声以动容,德以象贤。故洁其身也,禀君子达人之高行,蜕其皮也,有仙都羽化之灵姿。候时而来,顺阴阳之数,应节而变,审藏用之机,有目斯开,不以道昏昧视,有翼自薄,不以俗厚而易其真,吟乔树之微风,韵资天纵,饮高丘之坠露,清畏人知。"吸露为食,清高孤洁的蝉,正与贾岛清峭的人格、孤独的灵魂相合。《闻蝉感怀》里,岛称"新蝉忽发最高枝,不觉立听无限时。正遇友人来告别,一心分作两般悲"。蝉的清鸣,往往提醒人们美好春天的逝去,引起人们对于身世的无限感伤。贾岛以蝉为题的诗歌不少,《唐诗纪事》载他因咏《病蝉》以刺公卿,而被斥为考场"十恶"。诗人以蝉自喻,蝉咽觉山秋,送别诗里,更是以蝉作为报时的常见意象,如"几日到汉水,新蝉鸣杜陵"(《送崔定》);"岳色何曾远,蝉声尚未繁"(《送乌行中石淙别业》);"波涛路杳然,衰柳洛阳蝉"(《送丹师归闽中》),幽曳而多情味的蝉声,让敏感而多情的诗人更生几分惆怅与孤寂。
> ——摘自陈海丽《贾岛送别诗的艺术特色研究》

法布尔(1823—1915)在《昆虫记》里对蝉进行了长篇工笔式的摹写,他试图令喜欢遁走的蝉无处藏身,他用手斧挖开土块,观察蝉艰苦一月修筑起来的光滑通道。蝉这种闭关修炼的本性一旦被科学考察扰乱,它的性命就十分堪忧了。法布尔发现:

> 假使它估计到外面有雨或风暴——当纤弱的蛴螬脱皮的时候,这是一件最重要的事情——它就小心谨慎地溜到隧道底下。但是如果气候看来很温暖,它就用爪击碎天花板,爬到地面上来。
>
> 在他肿大的身体里面,有一种液汁,可以利用它避免穴里面的尘土。当它掘土的时候,将液汁倒在泥土上,使它成为泥浆。于是墙壁就更加柔软了。蛴螬再用它肥重的身体压上去,便把烂泥挤进干土的缝隙里。因此,当它在顶端出口处被发现时,身上常有许多湿点。

对这样的研究,崇尚道法自然的东方人是完全不屑的。把浑圆的悟道仪式撕开,露出道藏的身体,完全是佛头着粪之举。不过,对蝉怪异的头部,东方人也并非视而不见。《本草纲目》指出,"崔豹古今注言:齐王后怨王而死,化为蝉,故蝉名齐女。此谬说也。按诗人美庄姜为齐侯之子,螓首蛾眉。螓亦蝉名,人隐其名,呼为齐女,义盖取此"。从中我们就了解到,这个貌似好女的男人长得"螓首蛾眉",体现了蝉头"广方有冠"的气概。据我推测,这蝉头是否与蜀人叫的"蝉花"同出一源,虽然暂无法判定,但起码可以说,齐女之首是高蹈在齐国审美天桥上的尤物。按照古人说法,凡是造型诡异的物象,往往具有无法探知的大能。就像鸠形鹄面之徒,多是自然赋予神秘力量以后的显形一样,因此,"蝉"对"禅"的全方位浸淫,就构成了蝉对悟性一道的全然问鼎。

对一件预谋已久的事情，总是不能心急。王充《论衡》说："蛴螬化为复育，复育转为蝉"，"复育"就是刚钻出土的蝉。蝉虫在土里度过了漫长的自我确立时期，当它觉得可以在阳光下弘扬它对禅道的理解时，它有备而来，破土而出，就像黑暗的一道亮线，逶迤上树，然后卸去外壳，让一切不名誉的、见不了光的东西留在壳里，它就变成了蝉，成为蝉正式发言的身体。宋代寇宗奭撰于政和六年（1116年）的《本草衍义》特别指出："所以皆夜出者，一以畏人，二以畏日炙干其壳而不能蜕。"这就是说，蝉趁夜而动，不但是怕人打扰，主要是担心太阳晒干外壳，蝉就不能蜕壳了。这很容易使我们联想到洗骨泛髓、灵魂脱壳的意味，想想也是，为了获得话语权力，物种均是苦心孤诣的。

蝉蜕壳后，开始餐风饮露，"溺而不粪"，过一种清洁高尚的隐士生活。暴露蝉"谦谦君子"真面目的，恰恰是其胸前一根不起眼的刺针。每当蝉用刺针吸饱树木的"琼浆玉液"而高鸣时，一定是这树木上的君子在暖饱思淫欲。陆佃表扬蝉"舍卑秽，趋高洁"，郭璞推崇说"虫之清洁可贵惟蝉"。陆云的《寒蝉赋》归纳了蝉的五德：头上有冠带，是文；含气饮露，是清；不食黍稷，是廉；处不巢居，是俭；应时守节而鸣，是信。至此，蝉完成了它作为"道德虫子"的所有准备工作，以尖利的叫声，直直地穿透古文化的帷幕，为声音覆盖之下的诗词歌赋，镀上了一层金属的硬光。

在此，蝉的悖反性也得到了体现。它的孤独、宽柔、高洁固然是应和了传统文化阴性内核的，但蝉坚硬的、张

◎日本·冈元凤《毛诗品物图考·蝉》

蝉的天敌不只是黄雀，主要是肉食类昆虫、小型肉食鸟类、蜥蜴等。奇怪的是一般结网类的蜘蛛不对蝉构成威胁。无论是"蝉"与"禅"意义的相通，还是神话里"金蝉子"转世的唐代高僧，都有尊贵纯洁的意义。

扬的、毫不妥协的叫嚷却像是一个血性武夫。这种叫声毫无韵律可言，就像一把板斧横蛮地砍出去，不分青红皂白。对牛对人一律奋力弹琴，这就让我心生疑窦：谈禅是这种方式吗？怎么有些类似现在的思想政治工作？我进一步设想，很多形而上的东西都是坚硬无比的，好比你想捏碎一个核桃，直到有一天你终于捏碎了，才发现它并无内容——它是空壳。既然连解除事物面具已经如此吃力，你又如何接近那遁去的本质？因此，蝉一味的高八度似乎不能给聆听者以启示，但把蝉捧到云端的诗人们是想到了这个预设缺陷的。古人发现了这个弊端，他们为不同月份叫嚣的蝉进行了不同的命名，似乎是蝉按照自然的命令而做高低起伏的变化，蝉可以根据听众的觉悟程度自如地控制发声术。后来的文人就弄不清楚了，但以大音希声的转化理论予以美化之，登峰造极的正是名句"蝉噪林逾静"，那么多板斧如飞去来器，怎么个静法？恐怕只有天知地知了。

　　台湾的阿钝先生在《蝉声石头、板栗虫子以及寒椿麻雀》一文里指出，"栗子似乎是长在月光里，虫儿钻进栗子，也钻进抬头所见的月光，就像蝉声钻入石头，无形与有形两界充分融通，动中有静，静中有洞，虫动变成虫洞，封闭处反倒开辟了另一个宇宙，诗意透了，正是开创新局的一种译法。"这是把"动"的变易，宇宙化为物理学上的"虫洞理论"了，这显然是后现代的"比较诗学"的余韵。

　　他例举了松尾芭蕉的俳句《蝉鸣》，大陆的翻译家陆坚是这么译的：

　　　　寂静似幽冥
　　　　蝉声尖厉不稍停
　　　　钻透石中鸣

　　这是芭蕉在1689年游访山形宝珠院立石寺所作，诗思以动寓静，以有声写无声。松尾芭蕉让蝉声钻进石头，等于是躲入石里的阴凉，读起来反倒觉得声音和夏日时光从此便冻结住了。在声音的温度上，英译的cries比中译的"尖厉"要接近俳句标举的静谧之道。

　　蝉声契入石头，真是一个极漂亮的意象。声音自此站立起来，获得了金属的钻凿质感，不仅如此，松尾芭蕉更进一步，将发声的源头移至石头内部。那就是说，声音未必可以拽出石头内部的清凉，倒是很容易擦燃石头的愤怒与硬度。此俳句之美，堪与台湾诗人余光中书写飞将军李广"一巨怪石痛成了虎啸"的名句相媲美。

在同一篇文章中，阿钝先生还提到另一个例证："同样是蝉鸣，刚读完的三岛由纪夫《兽之戏》里也有个比喻：幸二与逸平、优子前往瀑布冶游时，幸二觉得山径上蝉鸣聒噪，'总让人错以为那是从阳光发出来的声音'。对照芭蕉寓热于凉的反向操作来看，三岛则是采取另一条路径，顺势把声音扩张到阳光，让热度充炽于听觉与视觉，以强烈地对比出人心的幽暗。"这就进一步加剧了蝉鸣的危机，持续的鸣响不但展示了金属的硬度，还昭示了匿身于金属的热度，因此，我完全可以把蝉的指示听作金属淬火的声音。

◎《蝉》唐·李商隐

本以高难饱，
徒劳恨费声。
五更疏欲断，
一树碧无情。
薄宦梗犹泛，
故园芜已平。
烦君最相警，
我亦举家清。

道德虫并不管这些，只是枯坐在枝条上更上层楼。

这就是说，蝉鸣未必对听众有所助益，它只是蝉独自飞舞在悟性的天空时，以一种铜钹般的剧烈声音，还原为我们记忆里的声声木鱼，仿佛燃起一朵朵狂热的火焰，去接近天道的露水。蝉为自己的求蝉而鸣锣开道，与外界无关，与赞誉无关，它把自己摈弃在音响之外，静如死水。

但偏偏有人对这么简单的道理难以明了。伽利略在《我们的知识是有限的》一文里记载道：

从前有一人，生在一个人迹罕至的地方，但他天资颖慧，生性好奇……他以为自己无所不晓

了，可他捉到一只蝉后，却又陷入了前所未有的无知和愕然之中：无论堵住蝉口还是按住蝉翅，他都甚至无法减弱蝉那极其尖锐的鸣叫声，而不见蝉颤动躯壳或其他什么部位。他把蝉体翻转过来，看见胸部下方有几片硬而薄的软骨，以为响声发自软骨的振动，便将其折断，欲止住蝉鸣。但是一切终归徒然；乃至他用针刺透了蝉壳，也没有将蝉连同其声音一道窒息。最后，他依然未能断定，那鸣声是否发自软骨。从此，他感到自己的知识太贫乏了，问他声音是如何产生的，他坦率地说知道某些方法，但他笃信还会有上百种人所不知的、难以想象的方法。

我估计，这个有些残忍的声音爱好者就是伽利略本人。他最后得出的结论是："对于握在我们手心的蝉儿，都难以弄明白其鸣声生自何处，因而对于处在遥远天际的彗星，不了解其成因何在，更应予以谅解了。"这话也对，因为很多人至今还想在蝉声里发掘天籁。可惜的是，他们连金属的火焰也没有遇到，反而在聒噪的旋涡里腋下生风，感到心里的块垒被蝉鸣一触而亮。类似于一堆乱石，被蝉鸣开了光，成为灵气氤氲的园林山水。

从热度上着眼，蝉声总跟炎热有关，跟情欲有关，甚至，蝉声在西语里可以当做催情剂。古希腊诗人萨拉朱斯曾有两句非常幽默的《咏蝉》小诗："蝉的生活多么幸福呀，因为它们有不会开口的太太。"但不鸣则已的雌蝉绝对不是吃素的。古希腊诗人赫西奥德写有《蝉鸣时节》一诗，开头就说：

　　在那令人难受的夏季，菊芋盛开，
　　只只蝉儿，落在树上高声地歌唱，
　　翅膀下面不断发出吱吱的叫声。
　　这时，山羊的肉最肥，酒味最醇。
　　女人放荡不羁，男人却脆弱无能。
　　……

这就是说，蝉声拉开了女色的帷幕，但男人却陷入了某种困乏的尴尬状态。男人渴望着欲望的高温，但他们眼大肚皮小，立即又回到女人的阴影里乘凉。显然，齐女是否打动女人或男人，不是齐女应该负责的，因为她们早就累得喘不过气来。好在美国诗人大卫·安汀解了这个围。他一直写着古怪的诗，如《十一月练习》，"十一月一日星期天"条目是这样写的：

（10：35上午）一对苍鹭彼此凝视。它们的瞳孔不动
受精发生了。一只雄蝉在上面发出一阵嗡嗡声
而雌蝉在下面发出回应。受精发生了。
大乌鸦孵化小乌鸦。鱼们滴落精液。
穿背心的小黄蜂变形。地上有脚印。
是鞋子留下的吗？

你可以把诗当做蝉的婚姻生活，鱼们的爱情，当然也可以看成诗人的自画像，就是那么回事儿。因此，每当我回忆起骆宾王的《咏蝉》诗："无人信高洁，谁为表予心"时，就想，我不会对任何人展示自己的内心，并非本人心理阴暗。道理很简单，激情的火焰很容易使蝉火上浇油，它斑斓的心事托付在羽翼上，正反都是迷宫。它都烧焦了，肉香勾引着食欲，心魔四起，何来禅境？

壁虎，以及守宫

○商周青铜器上的守宫

> 守宫——你可以用手去抓，它却住在王宫。
>
> ——《圣经箴言书》

亚里士多德说过："喜爱孤独的人，不是神灵就是野兽。"他并没有说自己是否喜欢孤独，但对置身于孤独暗影当中的动物却投以极大的关注。他一直困惑于壁虎悬立的技巧，壁虎在光滑的墙壁行走，身影与裂纹交叉而行，似乎岁月也在这无声的静默中趋于脆性。时间就犹如瓷上的裂痕，它会在什么时候终止呢？丑陋的壁虎从审美的旷野蛰伏着，低微得近似泥土，它从亚氏的《动物志》里一闪即逝，快过了芦苇笔管的摹写。

后来，车尔尼雪夫斯基在《艺术与现实的美学关系》中分析道："显得丑的是一切'笨拙的'东西。也就是，在某种程度上，依照处处寻找和人相似之处的我们的概念看来是畸形的东西。鳄鱼、壁虎、乌龟的形状使人想起哺乳动物——但却是那种奇形怪状的可笑的哺乳动物；因此壁虎和乌龟是令人讨厌的。"这个分析符合汉语"爬"字的内涵——凡是使用"爪"倒地而"巴"的动物，均处于丑陋的域界，这自然包括那些匍匐在地磕头如捣蒜的人。但是，这并不等于说壁虎企图博取人们喜欢的失败，它伫立在静默的空气里，既然没有供人愉悦的体形，那就无须准备出场的道具。

为了捕捉猎物，壁虎必须克服引力对迅猛速度的影响。我们看到一些动物可以飞速地攀爬树木，但在墙壁上移动，则犹如在冰上舞蹈，需要很高级的附着力。壁虎的附着力控制系统精密入微。每根脚趾都覆盖着肉垫，可以充分膨胀。肉垫上分布着数以千计、整齐排列的刚毛，表面覆盖着浓密的卷须。卷须的末端，充斥着天然的静电。壁虎移动脚步时，肉垫最大限度膨胀，它的表面充斥着数以百万计的欲念，壁虎就像墙壁的皮肤。只需一根脚趾，壁虎就能将身体悬挂起来。它可以悬挂数小时乃至更久，等待时机，发动突袭。这是一个既考验对手更考验自己耐力的过程，往往使观察失去意义，使时间出现了某种黏滞的意味。在意念出现弯曲的间隙，壁虎一蹴而起，仿佛嵌在墙壁中、突然惊醒的光线。

壁虎很难进入文学大师的视野，我们几乎找不到艺术家对它的着力描绘。但事情总有例外，就像丑陋的壁虎，却有着柔软的腹部，透明树脂的腹部。卡尔维诺在其最后一部小说《帕洛马尔》当中，把主人翁帕洛马尔先生装扮成动物爱好者，他成天游走在动物园、阳台以及冥思之间，有一天，他密切注意到壁虎的动向：

> 和历年夏季一样，这个壁虎又回到阳台上来活动了。帕洛马尔先生可以从一个绝妙的观测点观察到这个壁虎的腹部，不像我们寻常看壁虎、蜥蜴和绿蜥蜴那样，只看到它们的背部。……帕洛马尔先生和夫人每天晚上都要把安乐椅从电视机前移到橱窗边，从房间内观看这个爬行动物那衬托在黑暗背

◎佚名《壁虎图》

像其他种类的蜥蜴一样，受到敌人袭击时，壁虎也能脱去自己的尾巴，但很快会有一条新的尾巴长出来，及时替代原来的那条。有时尾巴并未完全脱落。这样的话，当新尾巴长出来时，原来的那条又伤愈了，壁虎就有了两条尾巴。

○壁虎

《淮南·万毕术》载："守宫饰女臂，有文章。取守宫新舍阴阳者各一，藏之瓮中，阴干百日，以饰女臂，则生文章，与男子合阴阳，辄灭去。"同书还有一节云："取七月七日守宫，阴干之，治以井花水和，涂女人身，有文章，则以丹涂之，不去者不淫，去者有奸。"这种以书籍面目出现的记载，使得神秘的守宫名声在外，信度大增。因此，闺中女人争相涂抹守宫，以示贞节。只是，壁虎倒了大霉。

景上的白色腹部。他们有时也犹豫不决，不知是看电视呢，还是看壁虎。因为不论是电视还是壁虎，都可以给他们传授一些另一方不能传授的信息：电视的活动范围是世界各地，会聚着来自各种事物可见面的光波刺激；而壁虎则代表静止的一面，隐蔽的一面，即眼睛能够见到的那一面的反面。

"能够见到的那一面的反面"，构成了一切兴趣与秘密的骨架。这也微妙地体现了卡尔维诺的美学观，他是往玄学倾斜的。在一派静谧之间，连时间已经苍老，但静止的环境却被静止的主语突然打乱，壁虎伸出舌头，闪电熄灭了很久，思维才被惊醒……

壁虎尾巴很容易折断，一旦碰着它，尾巴就会断掉，这种现象叫"自割"。因为断掉的尾巴上有很多神经，尾巴离开身体后，神经并没有马上失去作用，所以还能摆动，以吸引捕捉者的注意力，壁虎在肢体的掩护下立即隐没而去。传说壁虎的尾巴会钻到人的耳朵里，这要滴几滴鸡冠血进去才可将其驱除。估计还是附会了公鸡吃壁虎的原理。在我看来，人类在战场上采取"自伤"的招数来逃避战斗或者以此获得荣耀，应该是人类向壁虎学习的第一批仿生学成果。一般认为，壁虎的尾巴有毒性，可是在爬行动物中，还没有将它列入有毒动物。我们不止一次看到壁虎从墙壁落下来，被猫捕食，但并没有发现猫产生任何中毒症状。

李时珍在《本草纲目》里，将石龙子、蛤蚧及壁虎列于鳞部"龙类"之下。这个分类不具备现代科学的标准，但富含人文的品位。天龙、蝎虎等称谓，是壁虎投射在现实粉墙上诡异的影子；守宫，则显然是壁虎据守在迷宫当中的化身。古人叫它蝎虎，因为它能吃蝎子。《汉书》里的东方朔传记记载，汉武帝置守宫于庭下，命令东方朔射之。朔以为是龙，但又无角；以为是蛇，但却有足，且能缘壁疾走，故为蜥蜴。《博物志》也称壁虎为蜥蜴和蝘蜓，按照《说文》的说法，壁上走的叫蠮螉，草里的才叫蜥蜴。守宫的"宫"，未必是文人们解释的房子、宫女、宫墙之类，直接点说，它指的就是女人的性器。

晋人张华《博物志》说明了"守宫"一词的来历：如果将壁虎养在容器里头，每天只喂它吃朱砂，它就会全身通红，一直到吃足了7斤朱砂以后，便将壁虎磨碎，用来点在女人四肢上。那个红点经历一整年也不会消失，除非有过房事，红点就会消失。明人郎瑛《七修类稿》也引用《博物志》的说法，但有些不同：喂的不只是朱砂，还要加上草脂，等到壁虎全身通红之后就捣成膏状，而且还明确地说，是点在宫人臂上，就会终身不灭（张华只说终年不灭）；一旦跟男人发生关系，红点就会消失。这种用守宫磨成的膏，就叫守宫砂，或叫臂砂。

张华说，这方法是灵验的，汉朝那个东方朔和汉武帝一对君臣活宝就试过。不过，这也是传说。总而言之，守宫守的是妇女的贞节，一说是皇帝用来控制宫女们的工具，让三千宫女集体禁欲，所以才叫守宫。显然，守宫砂的功效是一种文化的禁忌，被点上的妇女们怎么敢让它褪色？想必连洗澡也会战战兢兢，生怕会被人指为不贞。守宫砂等于是妇女的禁咒。苏恭和李时珍都是驳斥其荒谬，不过李时珍说，恐有别术，今不传矣。

这个坚守女人欲望之门的门卫，别的文化里甚至也有类似行为。在《圣经》里，也有疑妻行淫试验法的记载：送妻到祭司那里。带大麦面做供物，不可浇油加乳香，作素祭；随后要妇人发誓，再由祭司作法，并拿苦水要妇人喝。据说，不贞的女人喝了就肚腹膨胀，大腿消瘦（见《圣经·旧约·民数记》第五章）。

这就是说，守宫在古文化里，一直是男权的卫道士。它在粉身碎骨的过程中，完成第一项道德任务以后，又接着实施了第二项工作，这更为艰巨，就是帮助男权高举尘柄，成为御女之药。

明清通俗小说中的《守宫砂》，佚著者，全书120回，正如作者序中所言稗史"助正史之不足"，讲述明武宗时的英雄豪杰和忠奸贤良事，"其中皆是劝人为善，为臣者当尽忠，为子者当尽孝。奉劝世上之君子，当以忠孝二字为立身之本，至于行侠好义，亦生人不可少之事，宜就其力量之可耳。"《守宫砂》另有几种版本名《三门街》，有南京图书馆藏1913年上海天机书局石印本、浙江古籍出版社1986年印本、台湾文海出版社《中国通俗章回小说丛刊》本、黄山书社1988年印本。

**何芳子由贞操
引发的一宗冤案**

王全斌率军进入四川，宋太祖谆谆告诫："行营所至，毋得焚荡庐舍，驱people吏民，开发邱坟，剪伐桑柘。"然而宋军征蜀骄纵不法，滥杀无辜达数万人。民情汹汹，民变迭起，宋政权一面严惩有关人员，一面派太祖的弟弟晋王赵光义入蜀宣慰，一面承诺减赋，一面承诺拔擢人才出仕为官。

四川万县大豪富林宓田连阡陌，骡马成群，自然也在拔擢之列。他欲到汴京，接受宋太祖的面试。林宓除妻子外，还有5位侍妾，最小的侍妾叫何芳子，才18岁，原本是后蜀政权兰台令史何宣的女儿。宋朝灭后蜀，何宣不愿降宋，被宋军杀死。

林宓唯独对年轻貌美的侍妾放心不下，于是将心事透露给了他的好友，城外清风观中的上乙真人。上乙真人从江湖术士处购买了守宫砂，把用法给林宓解释一番，林宓如获至宝。

何芳子是位千金小姐，想不到嫁给了一个土财主，她根本不屑于与林宓多说什么。事事不如意，天天窝着火。轮到何芳子点守宫砂了，她心不甘情不愿地拒绝了这种近似屈辱的做法。她认为从一而终，守贞固节是女人理应遵守的本分，何必一定要有任何形式上的约束，实在没有什么意义。但何芳子拗不过，最后手臂上也点上了那么一点红。

女人们自林宓离家之后，小心翼翼地保护着手臂上的守宫砂，不敢洗涤。何芳子却觉得那是涂在身上的污点，她照样地沐浴洗涤，不久，守宫砂消失得无影无踪了。

半年后，林宓已经奉派在汴京任职，派人把一妻五妾接来京城。当晚，林宓就迫不及待地逐一检视妻妾们的守宫砂，当看到何芳子时，林宓大怒，给了何芳子两耳光，何芳子一言不发，林宓火冒三丈，下令拷打。何芳子自认不仅行动上没有越轨，就是感情上也不曾越轨，抵死不肯承认。但她彻底绝望，留下一封血泪遗书，自缢而死。

林府死了个小妾，迅速传播开来，开封府闻讯，主动加以侦查，开棺验尸，发现何芳子皮开肉绽，全身都是鞭打的伤痕。接着就是提林宓前来审问，林宓无法隐瞒，只好如实讲出。判官用林宓所剩下的朱砂，点染在三名妇人臂上，然后把一条活壁虎放在其中一人的臂上，瞬间就把那些守宫砂舔得干干净净。事实上守宫丹砂点在处女的手臂上，经过数日不加洗

所以，我还是喜欢壁虎这个称谓，因为它的行走地域，总比守住的那点可怜的女性地盘，要自由得多，更不至于成为男权欲望的奴隶。

根据印度民间的说法，印度神油是捷布国王贾辛一世研发出来的壮阳药。由于贾辛一世是战争统帅，在位期间，将捷布地区王朝从山区偏安一隅，带到平原新建立的皇宫，而武功强盛的贾辛一世也为了与周边国家交好，一共娶了十几个妻子。为了体现"仁政"，贾辛一世在皇宫中不但绘制了许多性爱姿势的壁画以助养眼，更发明了由壁虎油炼制的印度神油。依靠神油，他才能忙碌地游走于房事与战事之间。根据药理，显然这个任务是壁虎难以胜任的，它即使被皇帝当成饭吃，绝对也无法令其突显勃勃雄姿。我估计是传话的人，混淆了壁虎与蛤蚧的区别，因为蛤蚧也叫大壁虎，这才是助长云雨之欢的符咒。但很多人却坚信，壁虎顶替的这个不誉之名是实质名归。于是，他们用烧酒来浸泡壁虎，时不时猛喝几口，觉得伟力注入肌体，开始向着女人露出牙齿和微笑。

除了利用守宫来控制女性的欲望，助长男权的冲动，守宫还被赋予了第三项使命，那就是设法激发它本身的欲望，构成足以致命的液体。因为传说守宫的精液便是一种剧毒！可见，凡是跟传统文化一旦打上交道，连小小的壁虎也累不堪言。

宋代的《洗冤录》，流传到清朝后，已经增加不少内容，其中就提到守宫之毒。书中说，只要在惊蛰（阳历三月五或六日）之后，土地转暖，一直到农历九月之间，如果将茶水摆在桌上过夜，主人即使渴得要命也绝不能去喝！原来，守宫一旦见到水就会想交合，而且会在水中交媾，水中就会有守宫的遗精；万一人喝了，要马上找地浆水喝下，让自己又吐又泻，说不定还可以救回一命。

《洗冤录》还举了个例子说，江南某人有两个儿子，从书塾放学回家后，他们的妈妈做了干冬菜蒸肉脯给他们吃。

当时天气很热，两个儿子吃了饭就去泡浴，洗了很久却没出来，他们的妈妈前去查看时，只见木盆中只剩下血，骨和肉全都销溶了。众人惊骇之余，检查之下，才发现存放干冬菜的坛中有两只很大的壁虎交合，遗精已经溢入菜中！这种个案被夸饰为守宫之毒可以销肉蚀骨，成为毁尸灭迹的好材料。壁虎之精逐渐成为威胁、控制仇家的利器，据说一直是宫廷的不传之秘，只有稗史中雍正皇帝用来杀害兄弟的奇毒可以比拟。

对这些文化的命名和律令，壁虎是沉默的，它偶尔发出的怪叫像破裂的绢帛，具有一种纵深的撕扯声，容易让人联想起撕扇的典故。但壁虎没有这么奢侈和无知，炫耀者很容易丢掉性命，它的寿命可达十几年，壁虎想活下去，像一块泥灰那样活下去。这种意愿使壁虎的颜色朝土气方向发展，如果拿野生壁虎与人工喂养的壁虎比较就可以发现，野生的总是很难看，根本不符合人们的审美范式。而人工喂养的壁虎，比如豹纹壁虎，简直有着华丽和庞大的身躯。这就让我感到，一个不占一寸立锥之地的生灵，仅以悬立的姿态呼吸，吃虫子，但还是难以滑出人们苛刻的手指。

偶然在网络上读到一个壁虎的故事。文章是位日本人写的，说是该人拆除墙壁的装饰板，发现一只壁虎在墙上惊恐地乱抓。他上前一看，壁虎的尾部被针钉在墙上。他心里不由一动，这装饰板是10年前装的，壁虎被钉了10年。10年来，它是怎么活下来的呢？他停下来观察。发现一只惊恐未定的壁虎探头探脑地过来了，走到被钉壁虎的身边停下来。它紧紧地依偎着被钉壁虎，守着它。他恐吓它，没能使它们分开。他动手把那只自由的壁虎拿开放在一边。不一会儿，它又不顾一切地寻来。他明白了被钉壁虎生存下来的原因，被两只壁虎的生死不渝感动了。他小心翼翼地拔掉钉子。被钉的壁虎自由了，它们相伴着离开了困守它们10年的地方。这个或许真实、或许创作的事例是想说明：壁虎的爱情，人们应该受到感化。

涤，便可深入皮下，再经擦拭或洗涤都不会抹去，而且愈见鲜艳，但一经房事，颜色就自行褪去。但对于已经有过性交的女性来说守宫砂就毫无用处，何芳子是受了莫大的冤枉。开封府尹判何芳子是清白的，林宓滥用私刑，逼死侍妾，免去官职，并加重罚。

由于这个案子涉及到四川地方，牵涉到安慰后蜀政权的子民，因而连专管刑狱的大理寺也启动了。就在大理寺重判的时候，林宓神秘地死去，上乙真人也投湖自杀。

人们十分同情何芳子的遭遇，她千里迢迢地从四川万县赶到汴京，却含冤蒙屈地游魂异乡，于是就有人发起建一座贞女庙。这座庙自宋代到现在，历代加以重修，千年以后，至今河南开封城南仍有此庙，有时人们又叫它守宫庙。

——摘自《中国历代名女——奇女传》

动物论语

虱子的生活

◎丁聪漫画

擅长钓鱼者经常在鱼篓里放一些土虱，由于土虱生性喜欢攻击身边的鱼，鱼群必须持续跳、躲、闪以避免其攻击。因此即使经过数个小时，钓上来的鱼还是活得很新鲜。

我只想证明一件事，就是，那时魔鬼引诱我，后来又告诉我，说我没有权利走那条路，因为我不过是个虱子，和所有其余的人一样。

——[俄]陀思妥耶夫斯基《罪与罚》

作为文化虫的虱子

率性而为、慷慨任气以及服药饮酒、扪虱而谈等放荡不羁的行为，只是"魏晋风度"的表象。产生这种表象的内在精神，却未必是这些行为本身所表现出的自由精神，但表象就足够人们神往不已。表象营造的幻觉，完全可以使当事人沉浸在某种慵懒而温馨的气氛中。在太阳底下一边抓虱子一边谈心，虱子成为了思维的停息和痒意，其功用类似于雄辩者说累了，需要喝水润饰言辞。

梁实秋在《洗澡》一文里说："我们中国人一向是把洗澡

当做一件大事的。自古就有沐浴而朝，斋戒沐浴以祀上帝的说法。曾点的生平快事是'浴于沂'。唯因其为大事，似乎未能视为日常生活的一部分。到了唐朝，还有人'居丧毁慕，三年不澡沐'。晋朝的王猛扪虱而谈，更是经常不洗澡的明证。"这个考据有一相情愿的动机，主要是在于魏晋时期，兴起"服石"之风，称"五石散"或"寒食散"，服后烦热，因猛浇冷水而易暴卒，士大夫于是到处"行散"乱窜或睡卧路旁，以显示其高贵和阔绰。甚至没落了的隐士已经无力服石时，也要硬装出服过的样子。体热加上不敢洗澡，很容易生虱子。在隐士们看来，在浓郁的体味里不停有动物出入，更是回归自然之相，虱子俨然已经是风度和人生追求的证词了。宋代文人陈善，写了一本笔记，上下各四卷，记北宋政事。其上卷原名《窗间纪闻》，至南宋时定稿，改书名为《扪虱新话》。这就是说，虱子已经不满足于登堂入室如影随形，它跃然已经成为了一种文化虫，并在书墨间留下它诡异的形迹。（参见碧血汗青《魏晋风度及药石与春药及性之关系》一文中的基本概述。

既然是文化虫，那就不会是卑微的。纪昌射虱心的时候，就发现文

◎苏东坡与佛印·虱子的禅机

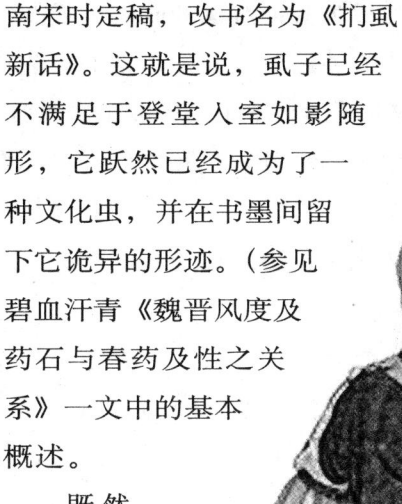

动物论语

2007年发布的一份名为"德国人最害怕的动物排行榜"显示，令德国人最为毛骨悚然的动物不是狮子老虎这样的猛兽，而是最不起眼的虱子。

此外令德国人感到害怕的动物还包括蜘蛛、老鼠、蟑螂、臭虫和毒蛇。健康专家表示，德国人把虱子作为最可怕的动物是有原因的，因为很多德国人都喜欢在野外的森林郊游，而在郊游过程中被虱子咬到的几率是很高的，同时，虱子携带的病毒和细菌也很可怕。

笔者发现法国诗人兰波谱写出了有关虱子的最辉煌篇章，他写过一首标题古怪的诗歌《捉虱的姐妹》，叙述"他"目睹"她们"为两个孩子捉虱子的过程。诗人多想自己是虱子啊，能够被美人捉住，死又何妨！

当模糊的梦中，飞出白晃晃的小虫，
孩子的额头里布满红色风暴，
他来到两位伟大的美人床前，
她们的玉指上生着银亮的指甲。
她们让孩子在敞开的窗户前坐下，
蓝色的和风吹拂着纷乱的鲜花。
她们美妙而可怕的纤纤玉指，
穿过孩子浓密而沾满露珠的头发。
他倾听着她们胆怯的气息，
散发出幽香花蜜，
在呼吸间隙的短暂时辰，
他舔舔唇上的口水，渴望亲吻。

化虫"如车轮焉。以睹余物，皆丘山也"。文化虫一旦膨胀到了这个地步，就可以想象被文化反衬的世界格局了，但比起当前的文化决定论者，就发现古人还是小气了。在可以对空气进行文化性质考证的自由年代，我怀疑他们所谓的文化，不过是虱子的影子部队罢了。

寄生于人体的虱子有头虱、衣虱、阴虱3种，均呈灰白色，无翅，有足6只，头虱、衣虱较大，体长近似芝麻；阴虱很小，很细心的情况下肉眼勉强能够看见。虱子的生活史可以分卵、若虫、成虫3个阶段，全程均在宿主人体上进行。显然，文化虫的大小跟宿主的饮食水平有关。放浪形骸的文人在纵情交谈的岁月里，时不时地掏出一个虱子来比试或肥或白，甚至比较牙齿咀嚼出的声韵，以此来决出高低。这是否也可以看做是两种文化营养培育的观点的狭路相逢呢？

虱子在《圣经》里也一度成为验证奇迹的砝码。埃及的术士曾试图用幻象来复制摩西的神迹，最初几次他们也成功了，但当神使地上的尘土变成虱子时，术士们失败了，喊道："这是神的手段。"这肯定是神示的奇迹，一颗沙砾都可以看出大千世界，那么一只虱子怎么不可以包容宇宙的尊严与跌宕呢？因此，让俗人恼怒的文化虫，得到文化人的赞美就是很自然的事了。

周作人在《虱子》一文里转述了伯兰特·罗素《结婚与道德》第五章的一节话："那时教会攻击洗浴的习惯，以为凡使肉体清洁爱好者皆有发生罪恶之倾向。肮脏不洁是被赞美，于是圣贤的气味变成更为强烈了。圣保拉说，身体与衣服的洁净，就是灵魂的不净。虱子被称为神的明珠，爬满这些东西是一个圣人的必不可少的记号。"

这就毫无争议地让我们看到，东西方的先哲大贤们对待这个小小的文化虫，都采取了一致的赞美态度。但虱子是沉默的，它一味地低伏、躲闪，即使拥有大兵团作战的能力，也至多是以竖排的形式蜿蜒于磅礴的繁体字两侧，就像八行书的间隔线，若有若无，时断时续。如果你不看文字而只是关注这些间隔线的话，就觉得它们就是密码的书法化。但在当代文化里穿行的虱子，因为环境的变化而被迫改变了呈现的方式，或者因为营养的不足，它们就像是一个个收敛的标点符号，规范着文化的进程，并使思想偶尔闪现因突然的断句而获得的陌生化效果。

作为生物的虱子在文化的土壤里，被迫改变进化的路途，它被进一步放大，在完成标点符号的功能的前提下，它甚至被人寄希望于成为文字黑墨的能力，开始麇集它始终散乱的诡异技术。那么，当它伸出被文化磨砺的口器时，给文字搔痒、给文化搔痒，就成为了文化虫的绝大反讽。它既是制造者，但又以终结者的身份现身说法。

美国作家亨利·米勒(1891—1980)在《北回归线》和《南回归线》里赋予了虱子一种空前的生活使命。虱子作为想象力的具象，展开它许多跳跃式的、不符合逻辑的、匪夷所思的行动，发出令人莫名其妙、甚至目瞪口呆的轨迹。与法国诗人洛特雷阿蒙比较起来，后者则更上层楼，因为他试图将虱子提升到形而上的领域。洛特雷阿蒙是一个患了深度语言谵妄症的病态狂人，长时间默默无闻却被超现实主义作家奉为先驱的怪异神魔，作品主要有《马尔多罗之歌》。他觉得动用神灵、妖魔鬼怪都无法追捕灵感中的言辞了，他想起了虱子。于是，这个动物驮着力不胜任的大包袱，开始蠕动在危机四伏的语境中。

虱子不停地在歧义的岔路口徘徊。它从荡妇、妓女、皮条客、伯爵、酒鬼的口语里返回到矫情的人性深处，然后又被一阵风托起，开赴未知的所在。在洛特雷阿蒙笔下，虱子既是某种感情的中介物质，又是阴暗心理的先行官，当它行将倒闭的时候，它终于罢工了。它用痒来证明自己的存在，用红肿来演绎物种的尊严。它不准备再为文化而活着，即使是被掐死，在一声清脆的声音里，它也要返回到文字底层未知的黑暗中。

在《马尔多罗之歌》当中，洛特雷阿蒙采用各种伎俩蒙

　　他听见她们的黑睫毛，在芬芳里，
　　沉寂中闪耀，她们温柔而带电的手指。
　　嘟啪作响，华丽的指甲，
　　随即将灰色慵懒的小虱掐死。

　　这时，葡萄美酒的味道涌上心头，
　　他长叹一声，感到心旷神怡，
　　孩子在缓缓的轻抚之中，
　　感到内心的哭泣时隐时现。

蔽虱子，不过是希望它成为一个西西弗斯，他一会儿对虱子声色俱厉，一会儿对虱子秋波频仍，他歌唱道："啊，可敬的虱子，你的身体没有鞘翅。有一天，你尖刻地责备我不很喜欢你藏而不露的非凡智慧；也许你是对的，因为我对这个人甚至没有感激之情。马尔多罗的指路明灯，你将把他的脚步引向何方？"

其实，虱子不幸成为了洛特雷阿蒙启动想象的污秽物。这个迷恋死亡、对恋尸癖精细关注的诗人，在虱子以大面积死亡换取了诗行的前进以后，他总结道："人类，你们不要因痛苦地失去了它而悲伤。看，它慷慨地满足了你们：它的无数子女在向前进，这些蛮横、可爱的小家伙的出现，似乎缓和了你们的绝望，减轻了你们的痛苦，它们将来会成为出色的、用非凡的美丽打扮的虱子——具有圣贤风度的妖魔。它曾在你们的头发上用慈母的翅膀孵化过好几打心爱的虫卵，这些外来居民将拼命地吸干你们的头发。这个时刻迅速来临，虫卵裂开了。你们什么也不要担心，这些哲学少年穿过短暂的一生立即长大。它们将长得非常大，将让你们感觉到它们的爪子和吸盘。"

虱子哲学

我敢说，诗人为我们提供的"虱子哲学"，似乎比"虱子与大象"一类的寓言要精怪、深刻得多。也嘲讽我们眼下的文化垃圾是，连虱子也培育不出一只的虚假繁荣，洛特雷阿蒙开出的恶之花，直抵智慧的边际。

130多年前，俄国作家陀思妥耶夫斯基写就的巨著《罪与罚》中，"虱子"成为了一个巨大的生存隐喻，如同放大的车轮，高悬在道德的天庭！陀氏的目光穿透了人性中厚重的阴暗面，不能不使我感到震撼。

《罪与罚》的主人公是大学生拉斯柯尼科夫，因贫寒不得不辍学，常有断炊之忧，更要为付不起房租而发愁。但他并不因此消沉，而是想有作为，成为"伟人"。他认为人实际被分为"一般的材料"和"特殊的人"两大类，低贱众生甚至不配称为"人"，只是一堆"垃圾"，是一群"虱子"；但"特殊的人"不仅不受任何法律、道德的限制，可以为所欲为，甚至有杀人的自由权利。他坚信对庸众来说，"谁的头脑和精神坚强，谁就是他们的主宰。谁胆大妄为，谁在他们心目中就是对的。谁藐视的东西越多，谁就是他们的立法者，谁胆大包天，谁就最正确。从来如此，将来也永远如此。"但伟人并非天生，任何人都可以成为伟人，因为"权力只给予那种敢于弯下腰去把它拾起来的人。这里只需要一点，就这一点：只消有胆量！"（《罪与罚》，人民文学出版社1982年版，第517页）

但在无情的现实中，拉斯柯尼科夫不过是一只"虱子"。他想用杀死另一只虱子的方法来证明自己不是"虱子"。在虱子的世界，他终于找到了最无用、甚至有害的那一只：一个放高利贷的丑陋老妇，为了灭口又杀死了这个老太婆的妹妹。在一系列机遇的安排下他获得了暂时的安全。逃脱了法律天网，他又陷入良知的惩罚……俄罗斯式的忧伤大如车轮，彻底碾碎了"虱子"的理想主义迷梦。

陀思妥耶夫斯基通过拉斯柯尼科夫所遭受的惩罚来表明，没有人有权利裁决、惩罚他人，即使他人像虱子一样下贱，无用；罪就是罪，必须接受惩罚，任何人都不能把自己应负的责任推给他人或社会，人必须担负自己的全部罪责。

陀思妥耶夫斯基曾经说："我怕我配不上我所受的苦难。"其实，只有他最配得上他所受的苦难。个人的苦难之流，引导陀思妥耶夫斯基走入人类的苦难之海。如同当代南非诗人勃鲁图斯在《夜城》一诗里说："从痛苦所生活的小茅舍里，暴力像一条长满虱子的褥垫被扔弃；恐怖在钟声的颤栗中隐没。"这时，虱子一样的人生，开始勃发出人的心跳声！

深夜，我偶然想起有关刘伶纵酒放达的记载。他脱衣裸行在屋中，人们看见就讥嘲他。刘伶说："我以天地为栋宇，屋室为裈衣。诸君何为入我裈中？"反问得好啊，是文化进入了我裤子中，还是你们就是我裤子里的文化虫呢？如此说来，出入陀思妥耶夫斯基小说的读者，是否被他的虱子叮咬而铭记？

蛊 杀

> 施行妖术和提出妖术指控所折射反映出来的是人们的无权无势状态……妖术既是一种权力的幻觉，又是对每个人的一种潜在的权力补偿。
>
> ——[美]孔飞力《叫魂——1768年中国妖术大恐慌》

◎选自《日本当代插图选》

医和是春秋时期的秦国人。《左传》、《国语·晋语》记载道，鲁昭公元年（公元前541年），晋平公姬彪有疾，求医于秦国，秦景公嬴后派遣医和就诊。医和诊病后说："疾不可为也，是谓近女室，疾如蛊，非鬼非食，惑以丧志。"就是说，平公的病已不能治好，因为近"女室"多了，惑以生蛊！平公问道："女不可近乎？"医和答："节之"，并对疾病的机理做了阐释说："天有六气，降生五味，发为五色，征为五声，淫生六疾；六气曰阴、阳、风、雨、晦、明也。分为四时，序为五节，过则为灾。阴淫寒疾，阳淫热疾，风淫末疾，雨淫腹疾，晦淫惑疾，明淫心疾。"他针对平公的疾病和提问，进一步解释说："女阴物而晦时，淫则生内热惑蛊之疾。今君不节不时，能无及此乎？"

医和后来还把这玄妙之论告诉了赵孟，赵孟问："何谓蛊？"这个神秘的仁者解释说："淫溺惑乱之所生也，于文，皿虫为蛊，谷之飞亦为蛊，在《周易》，女感男，落风山谓之蛊，皆同物也。"赵孟听了称赞说："良医也！"

这个具有历史意义的典故，其实是为女色扣上了一顶悖论的帽子。媚术在修炼成美女的技术美学之前，应该是男权为其设置了蓝图的。蛊基本上是一种精神动物，而媚术近于放蛊，甚至一度被认为是蛊的策源地，这就将蛊的队伍，扩大到了女色的范畴内。蛊精通媚术，蛊主司淫事。尽管它外貌平平，却装扮妖冶，善制媚物，如相思红豆、媚草、媚蝶等等。《易经》上说"女惑男谓之蛊"，每当妇人不得其夫宠爱，就可以求助于它，它会用一种药物或咒术来引诱浪子回头。蛊尽管在物质上子须乌有，但使用"精神也是物质"的诡辩，蛊就被赋予了一种具体的虫形面具。文化还为其制定了出与入的生存方式，并归纳了蛊诸种作恶的手段。

因此，蛊的形态主要表现为四类：毒虫蛊、动物蛊、植物蛊和器物蛊。依附其间的各种神秘观念，都与特定时代的意识形态密切相关，并与社会以及畜蛊者的目的有直接联系。

《搜神记·卷十二》就具体提出了蛊的表现形态："蛊有怪物，若鬼，其妖形变化，杂类殊种，或为狗豕，或为虫豚，其人皆自知其形状。行之于百姓，所中皆死。"而《说文解字》段玉裁也注道："枭磔死之鬼亦为蛊。……强死之鬼，其魂魄能冯附于人，以为淫厉。是亦以人为蛊而害之也。"

在文字层面出没的蛊有多种含义，主要的一种作"腹中虫"解，从虫，从皿。皿是一种日常用器，饭钵、饭碗或盛其他食物和饮水的用具均是，而古汉语的虫字象征好几只虫。陈年谷仓里，谷壳会变成一种飞虫，古人也称它为蛊。《左传》昭公元年就耸人听闻地记述道："谷之飞，亦为蛊"，这就进一步妖魔化了蛊无处不在的威力。在蛊飞舞的空域

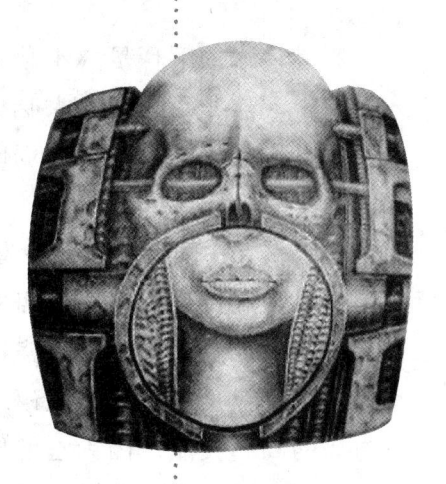

◎想象中的养蛊人

二十五史中记载中国历史上的各个朝代发生蛊毒之事的大约有108起，除一小部分有巫人以巫蛊之事外，大部分事件则确实有人曾进行巫蛊而不能害人反而因事发而害己。其起因大都是朝廷、宗藩、宫闱与官场中的夺权争宠或挟私报复，由此而株连蔓延，往往使大批无辜者受害，甚至殃及成千上万的人民大众。由巫蛊引起的官场政治性后果，一是造成了朝廷内外的政治恐慌，二是当朝皇帝利用这些巫蛊事件大肆整肃和钳制朝廷和地方官吏。在乡村社会中，人们常因蛊毒的存在而引起社会冲突。其引起冲突的原因就在于人们传说畜蛊可以轻易把权力、财富和声望集于一身。

——摘自黄勃《蛊毒、妖术、邪恶眼》

中，影响最大的解释是《本草纲目》的说法：造蛊的危险人物捉一百只虫，放入器皿中。这一百只虫以大吃小，最后活在器皿中的一只大虫就叫做蛊。这固然是符合进化论的原则，但弱肉强食的进化论似乎在恶毒世界显示得更为生动和具体。

毒蛊多在中国大陆南方各省养成并盘桓，种类很多，有蜣螂蛊、马蝗蛊、金蚕蛊、草蛊和挑生蛊等。放蛊的人趁他人不注意的时候，把蛊放入食物，吃了以后，就会染上蛊毒，染了蛊毒的人会染患一种或慢性、或急性的怪病。令人奇怪的是，蛊虫从不见于汉语之外的语境。即使连古埃及坟墓中的吃人怪虫也没有蛊的高超技能，因为它们毕竟是有形的。而东瀛诸国的蛊，则多是他们在阅读汉籍以后的联想，或者说是一种字蛊，除了加害于想象，似乎并没有大规模作恶的可能。这就可以发现，蛊是典型的中国虫，或者叫汉字恶物，因为它施展恶力的地域，只能局限在字面；逸出字面的谋杀，多半是具体毒物的本事了，不值得蛊出手。蛊要杀人于无形，必须是对付极高明的角色。

从历史典籍里可以得知，汉代以降，人们逐渐把蛊毒与各种巫术联系起来，蛊毒变得复杂和神秘。汉武帝时代的"巫蛊之祸"，造成历史上的著名冤案。《汉书·武五子传·戾太子刘据》说："上春秋高，意多所恶"，多病，"以为左右皆为蛊道祝诅。"于是指使酷吏清查巫蛊，严刑逼供，形成空前的大狱，有数万人冤死，这就是著名的"巫蛊之祸"。洪迈在《容斋续笔》卷二"巫蛊之祸"条写道："是时帝春秋已高，忍而好杀，李陵所谓法令无常，大臣无罪夷灭者数十家。"可见，十分重要的在于权力者"心术既荒，随念招妄"，并且"迷不复开"，也是巫蛊孕生的温床。而到东汉时，有人为蛊驱傩，魏晋南北朝时犬蛊传播狂犬病。尤为荒唐的是隋炀帝以蛊来窃美女，唐代以蛊在官廷斗法。甚至人们把蛊奉为蛊神或药王，认为祀奉蛊神或药王，即可获得佑护。

在蛊的谱系中，金蚕蛊是端坐在顶巅的绝对权力。传说中的金蚕蛊形状类似桑蚕，通体金色灿烂。唐代人认为金蚕蛊"屈如指环，食故绯锦，如蚕之食叶"，故又称之为"食锦虫"，也有人认为之所以以金为名是因为"每至金日，则蛊神下粪如白鸟矢，刮取以毒人"，所以取名为"金"。

古书往往说，金蚕蛊是在巴蜀的偏僻山区养成的，渐渐流传于湖南、福建、广东各省。这种蛊的表皮是蚕金色，每天喂它锦缎四寸，把它解出的粪便放在食物里，吞服了的人就会生病死亡。这就足以让人产生联想，试想，代表古文化的承载物——绸锦缎，竟然具有如此的反击力与恶力，真不知这一虚构，是否是对古文化的最大反讽！相传这种蛊会使养它的人暴富，根据物极必反的道理，金蚕蛊也会使豢养者发生横祸，因而我们很难断定在金蚕蛊与豢养者之间的主仆关系。如果豢养者无意继续供养，就要准备一只小箱子，放些金银锦绸，把金蚕蛊垫在里面，然后把这只小箱子放在路旁，听凭别人把箱子携走，叫做嫁金蚕蛊。

构思金蚕蛊的人，在发挥想象力时似乎没有顾及一个想象逻辑，即凡是顶级毒物必然有最为薄弱的"命门"，因此，古代的毒物遐想者几乎赋予了金蚕蛊顶级杀手的冲动，说它侵入人的体内后，会吃完人的肠胃；它的生命力很强，水淹不死，火烧不死，刀也砍不死；死人的财产随之移入蛊主的家里；养蛊的主人养了金蚕蛊后必须用之连续杀人，每年一个，如果间隔三年不以蛊杀人，蛊主本人也会中蛊死去。至此，才终于出现了一个自杀的结局。那么，这是否可以说明，凡作恶者只得继续为恶才能保全性命呢？这就使我们发现，古人构思这个精神动物生衍过程时漏洞极多。

自己是否知道已经中了金蚕蛊？据说，可吃白矾或口嚼生黑豆来验证。白矾的味道很是苦涩，但吃这两种东西的人，如果觉得白矾是甜的，生黑豆是香的，就是中蛊的症状。还要用石榴皮煎成汁，服用以后，可以吐出金蚕蛊的蛊毒。古文化、毒物文化嬗变到了这个地步，就进一步显示了文化的荒唐。有的人在蛊毒流行的地区食宿，通常先问主人："这碗菜、这碗面你们有没有下蛊？"据说事先这么一说，毒物就退缩了。这种此地无银三百两的招数其实不但毫无效用，而且更可能招来麻烦。有时我就想，古人在害人一道上变本加厉，但在预防方面又是多么幼稚啊。

著名的放蛊方式叫"拍花"，这种臆造充满了男权历史对女性的歧视。她们的打扮总是有些近似：有些逃荒的妇人，头上裹一块蓝

蛊乃传说中的东西。2003年4月，湖南省通道侗族自治县公安局破获一起震惊湘南的杀人大案：一个名叫杨中利的木匠，怀疑一农妇放蛊药害他，在其预感末日来临之际，强迫该农妇拿解药给他，在索要解药未果的情况下，持刀疯狂报复，杀死两名妇女（其中一名孕妇）为自己陪葬，这是迄今为止，国内发生的首例因蛊纠纷引发的杀人案。

◎佚名《制蛊图》

布，走到一处人家，与人寒暄的时候握着他的手，在他的手心拍几下，并说"好，好"。第二天，这个被她拍过手心的人就会忽然仆地。有人发生过这种情形，请郎中治疗，才发现这个人中了蛊，服药后他口中竟吐出几十个纸团，这种纸团就是蛊。但是，为什么单单要指出这是逃荒的妇人呢？这应该还是传统卫道士们苦思出来的勾当，不过是为了让男人们警惕单身女人，路边的野花不要碰，更不要企图去打什么歪主意。

但是，到底是些什么样的女人在从事这一诡谲的职业呢？

云南作家杨明渊用《"蛊女"的命运》（见《中国散文精品珍藏本》，沈阳出版社）一文回答了这个问题。一位美丽的苗族少女因为被诬为蛊女，老少众人畏而远之，没有朋友，没有人追求，就像生活在一个卡夫卡式的荒谬世界。最后不得不与一个麻子（苗人认为这是很大的身体缺陷）结婚。作家说："若要问人，得到的回答是无可奉告。因为'蛊妇'是不能明指的，也不能言传，只能心中会意。你若在一个村寨住久了，就会发现，有一个妇女，人们见了她就远远避开，路遇就绕道，碰面则不说话。"可见，被文化妖物遮蔽的女性，处境是悲惨的。

这让我们联想到西方传说里的神奇植物。在《女巫——撒旦的情人》（Jean-Michel Sallmann原著、马振骋译）一书当中，提到一种名为"康帕内"的植物的根部，是为了使人遭受爱的诅咒术而被使用的。将康帕内的根部，与苹果、香料加以混合，掺入一些水。这种在圣约翰节的前夕被掘起而制成的春药，被称为"夏娃"，人们相信，它作为使不肯屈从、无法诱惑的对象，成为爱的俘虏的药物，是很有效的。在法国中世纪的情诗《杜利斯达尔伊柔尔黛》之中，"夏娃"帮助女人获得了国王的爱情。这种类似于蛊毒的植物混合液体，也有些近于汉语中的植物蛊，尽管其效用南辕北辙——西方人是获得爱，东方人是报仇雪恨。

中国历史上，附会于蛊毒的事件多如牛毛，而且言之凿凿。在历史上曾发生过数次宫廷内巫蛊作祟的事件。例如，汉武帝时丞相公孙贺之子和阳石公主被朱安世所诬陷，声称公孙贺之子公孙敬声和阳石公主通奸危害武帝，在武帝经常通过的驰道上埋木偶为巫蛊。武帝信以为真，就把二人处死了。可见人们对巫蛊能害人之事是深信不疑的。后来隋朝宫廷也发生过一次无形的蛊乱。隋代大将军独孤迤的家里，有一个名叫徐阿尼的丫头，有拜猫鬼的习惯，每天深夜子时，她偷偷地起床，备供品焚香向猫鬼祭拜，（子属鼠，子时拜猫，暗示以鼠祭猫）。据说她越拜越灵，猫常把别家的财物搬给她。独孤迤没做官的时候，在家闲居，成天饮酒，他的妻子不肯给钱买酒，独孤迤只得向徐阿尼讨酒。阿尼回答说：自己也没有钱。独孤迤说："你为什么不叫猫鬼到越公家取钱买酒？"阿尼只得暗中祈祷，不到一个时辰，买酒的钱就送到了。独孤迤就这样贪得无厌地不断叫阿尼向猫鬼取钱买酒。这件事被人向隋文帝参了一本；文帝说：这是一种妖怪，下令把徐阿尼赶走。不久独孤迤要被处死刑，他的弟弟向文帝哀求，才免官为庶人，而猫鬼也消失了。（见《隋书·独孤迤传》）

其实，旧律对蛊毒的处罚是比较苛酷的，比如汉代的法律对于巫蛊的查禁，规定就非常严厉，动辄以"弃市"或"诛族"的办法予以惩罚。至清一代，法律中也还有详尽的蛊毒记载。这就从国家法律的角度，把一种莫名其妙的精神动物予以了反复落实，但反过来说，蛊毒，俨然成为了防范人们邪念滋生的虫子。

王建新先生在《论古代文献中的"蛊"》（见《中医文献杂志》，2004年第4期）一文里总结说：

> "'蛊'是一种无形的假想之虫，是人们对不可直接认识的病因的一种猜想和概括。之所以会把致病因素假想为虫，这与人们的生活经验有关：剧烈腹痛后可能排出或吐出蛔虫，于是有了疼痛与虫相关的联想。齿病疼痛，且病齿残缺，与物品为虫所噬的形貌相似，这样就很容易把齿病与虫的蛀蚀联系在一起了。卜辞中另有'齲'字，像口齿间生虫，可证殷人确实把虫噬当做齿病的病因了。而骨病也有明显疼痛，同样被猜测与虫噬有关。人们把这种假想的致病之虫称为"蛊"，因"蛊"而致的疾病也称作'蛊'。"

因此我们可以认定，蛊是典型的"阴谋理论"的产物，是阴鸷人心的宠儿，真实地体现了人有怨恨、心魔立生的规律，也体现了弱力者过分压抑仇恨，必然异化为怨毒、异化为蛊毒的精神弱力现状。他们不敢指望通过锋刃与鲜血来一洗深仇，只能寄希望于那悄然无声的精神动物来复仇。鉴于弱力者众多，因此，蛊与巫术、叫魂等等浑然一体，还将护卫着阴暗人心的灵台。

本文说明：有关医和与蛊的关系，参考了田静《秦人的医学实践与理论》，《秦文化论丛》第八辑；张以仁先生《声训的发展与儒家的关系》，见《中国语文学论集》，台北东升出版事业公司，1981年版。

燕燕于飞

> 很多人都能在远距离轻而易举地杀人，远到在他看来那个人大小像一只燕子就行，这样杀起人来不比亲手宰一头牛费劲。我们会可怜一匹正在受罪的马，却能毫无顾忌地踩死一只蚂蚁，使我们这样做的，不是这同一个原则吗？
>
> ——[法国]狄德罗

燕为象形字，属于典型的甲骨文字形，像燕子疾飞之形。在小篆字形里，它的上部拟头和嘴，"口"拟身体，"北"则像两翅，后面的"火"像尾巴。这个字形，让我联想起"非"字，指的就是在空中打开翅膀的鸟，在对立中为一个身体的去向而获得统一。燕字似乎更具有诗意，恰在于那拖在身后的火苗。这是否暗示了在燕子那飞镖一般的速度中，蕴涵了火的质感与焦急？我联想到加斯东·巴什拉在《烛之火》的论述："对于动物化火苗的诺瓦利斯式的遐想者来说，既然火苗飞跃，那它就是一只鸟。"可见，汉字的燕子就具有双重火焰的叠加意象。速度已然将火焰抛在身后，并磨出火的锋刃，那么，所谓"马踏飞燕"的努力，就只能成为御马的乌托邦。

◎元·王渊《竹石集禽图》

王渊，元代画家。字若水，号澹轩，一号虎林逸士，钱塘（今浙江杭州）人。幼习丹青，经赵孟頫指授画法，山水学郭熙，人物学唐人，尤精绘花鸟和水墨竹石，效黄筌父子勾勒法，水墨皴染，深浅有致，得写生之妙；也有设色富丽，但较少见。传世作品有《竹石集禽图》《山桃锦鸡图》《良常草堂图》。

《竹石集禽图》又名《花竹禽雀图》。以墨笔表现杜鹃盛开、修竹挺立的园苑中，禽雀栖息、翱翔之情景。图中绘两只角鹰与一块危石，雄者栖于危石之上，目光炯炯，胸部毛色斑斓。雌鹰半藏于危石后，探出身子，仰头回眸。几株盛开的杜鹃和一丛竹枝向上生长，几只惊恐不安的腊嘴或腾跃翻飞，或作翘首欲飞之势。在笔墨处理上，根据物象不同的质感、颜色，以勾勒和水墨皴染等各种手法，表现了湖石的方硬、竹枝的挺拔、花朵的轻柔和色彩的浓淡变化，特别是禽鸟的神态、羽毛的层次、质感无不毕肖。

上编 动物的文学志

209

希腊神话：国王忒瑞俄斯拔剑要杀死普洛克涅姐妹。普洛克涅变成了一只燕子，菲罗墨拉变成了一只夜莺，胸前还沾着几滴血迹，这是杀人留下来的印痕。当然，卑鄙的忒瑞俄斯也变了，变成了戴胜鸟，高耸着羽毛，噘着尖尖的嘴，永远地追赶着夜莺和燕子，成为它们的天敌。

在人类未曾知晓鸟类迁徙的秘密时，欧洲人曾经认为燕子冬天是藏在沼泽地的冰下冬眠去了。这个观念是由大哲学家亚里士多德提出的，对此大家都深信不疑。

这个观念欧洲人保持了很多年。直到18世纪，法国的布丰侯爵提出质疑。他把5只燕子放在冰窖中，3天后全部冻死了。于是推翻了亚里士多德的说法。但他还是不知道燕子究竟在何处过冬。

后来，一位瑞士巴塞尔的鞋匠知道了燕子在

◎燕子

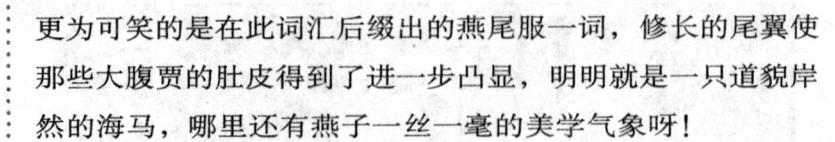

更为可笑的是在此词汇后缀出的燕尾服一词，修长的尾翼使那些大腹贾的肚皮得到了进一步凸显，明明就是一只道貌岸然的海马，哪里还有燕子一丝一毫的美学气象呀！

燕子从《诗经》的高台上滑翔而下，它的身影的确引起了庄子的注意。庄子的目光没有更多地与燕子在空中相缠绕，而是直追结果，即燕子的巢穴。啊，能够在房檐下与人和睦相处，难道不是一种大智慧吗？我承认这是一种智慧，但燕子放置在天空的智慧，却因为一个地堡似的巢穴启发了哲学家，我不知道是不是值得赞美。但庄子这种比兴式的顿悟，无疑拉近了燕子与生活的距离，使燕子具有了安逸、安居乐业的含义，而"燕室"更成为最高贵的庙堂。

相比起来，亚里士多德显得更为实际。他认为，宇宙是一个有机的统一整体，自然是具有内在目的的，它的一切创造物都是合目的性的，并且只是通过自然本身的结构与机制来实现的。例如燕子做窝、蜘蛛结网等，就是出于自然也有其目的。这就让我们陆续看到，燕子从乐府民歌里穿过，并在唐诗的天际留下了无法删除的背影，一直到它为宋词成功带来了一场持续的燕雨，即有燕子绕飞其间的小雨，它的文化性才算大功告成。

作为春雨的动词，燕子搅动的季节总让我们产生缠绵的感觉。而蛰伏于这场雨幕下的情愫，纷纷亮出了自己的枝叶。燕子什么时候通感了"亲近"的含义，现在已无从得知。但"燕好""燕狎""燕昵""燕会"等词义的茁壮成长，无疑使燕子具有了暧昧的色彩。因而，说它是一种春情的动物，大概并不过分。

记得我五六岁时，在母亲工作的盐务管理局办公室旁边，对那只高高在上的燕巢产生了无限兴趣，用了两根连接的竹竿，终于把巢穴捅破。除了一头的泥巴屑和干草，我什么也没有得到。几天以后，几只燕子围绕着破损的巢穴愤怒地惊飞，就像是几只神奇的暗器，永无休止地盘旋，让泥土和干草纷纷掉落。当时有人对我说，燕子不会再要这个窝了。但我发现它们开始了修补行动。半个月之后，那个巢穴不但复原，而且好像比原来的还要大一些。

我坐在楼道里，等候母亲下班，观察那只高高在上的燕巢，就成为我打发漫长时间的唯一东西。一节节的泥土，近似于苕丝糖的造型，那时只是想，有这么大一块苕丝糖的话，那就好了。看看，燕子总是笔直地从那个小洞飞溅而出，又毫不减速地弹射而入。燕子从不在树枝、房梁、平地上停栖，它们总是在飞，就像是在耕耘空气。然后，收刀归田，在一根电线上，排出了影子武士的造影。

布封（1707—1788）在《动物素描》当中，不惜以3篇文章，来描绘燕子不同的飞翔情态。他没有顾及燕子太多的文化投影，只是关注在空中不断缠绕着的线团，又如何在危急关头，让线团迎刃而解。布封的工笔式描述，臻于完美，使我们的眼睛几乎无法在逼近燕子的过程里更进一步。

燕子总是在夜深人静、明月当照的高空迁飞，它们不像夜莺那样发出嗡嗡的叫嚷，所以连它们的影子也难以辨认。在白天，暴露在光线中的燕子，黑亮的羽毛反射着铁一般的质地，就很自然地成为了一粒出膛的子弹。我很少看见单飞的燕子，偶尔在城市的上空看见它一闪而逝，有人认为这预示了不祥。但是，落单的燕子总让我联想到一些属于自己的事情，这是比较奇怪的。

在李时珍的《本草纲目》里，小巧的燕子一直是具

◎燕子

何处过冬，人类才揭晓了鸟类迁徙之谜。这位鞋匠很喜爱燕子，他的屋檐下常年有燕子居住，每年冬天飞走，春天又飞回来。有一天，他突发奇想，在一只燕子的脚上缠了一根布条，上面写了一行字："燕子，你是那样忠诚，请告诉我，你在何处越冬？"第二年春天燕子飞回来的时候，鞋匠打开燕子腿上的布条，发现下面多了一行字："它在雅典，安托万家过冬，你为什么要刨根问底打听这件事情？"

原来，这只燕子在雅典也遇上了一位喜爱燕子的人，他看见字条，便回复了鞋匠的问题。鞋匠大为惊讶，此事一时间被传为神话，受到了学术界的注意。从此，人类开始了鸟类繁殖放飞，逐步揭晓了鸟类迁徙之谜。

——摘自《人与自然》

上编 动物的文学志

211

有神力的："鹰鹞食之则死，能制海东青，故有鸷鸟之称。称兴祈雨，故有游波之号。""鸷鸟"的凶险显然是隐伏在美丽的"游波"之中的。《中华古今注》则说："燕一名神女"，这就暗示后人，燕子具有阴性的轻灵与狡黠。比之于春情荡漾的女人，以及从这个氛围里升跃起来的聪明，传统文化无疑是十分乐意的。

飞舞在古诗中的燕子，总是具有"年年此时燕归来"的感人意象。燕子播撒的文化春药，伴随细雨一直滋养着孤独中的心田。相传春秋时代，吴王宫中的宫女为了探求燕子迁徙的规律，甚至也是一种对感情的考验方式，曾将燕子的脚爪剪去，看它是否在第二年仍旧飞回原地。无独有偶，晋代有个叫傅咸的人，亦用此法"由己推鸟"，这只缺爪的燕子在第二年春季复又飞来，但生活里的燕子似乎并不领这个情面。在我幼年生活的川南，当地农村人反而对燕子没有什么好词，认为它"嫌贫爱富"。他们观察说，燕子来到一个地方，只愿到富丽堂皇的屋檐下去筑巢，从不到穷苦人家的屋檐下安家。尽管穷人都希望燕子能来自己家的屋檐下长住，但往往都是白等。而富贵人家却往往不喜欢燕子的吵闹，总要驱逐燕子，但燕子也还照样会再次飞到富贵人家。结合起我童年的经历，嘿嘿，很难说否认这一说法。

所以，俗语所云"燕子不落无福之地，燕子不住无风水之宅"，燕子的居所安置，就隐含了一种对命运的控制权力。唐代大诗人刘禹锡七绝"朱雀桥边野草花，乌衣巷口夕阳斜。旧时王谢堂前燕，飞入寻常百姓家"的正确解释，就应该是燕子的屋主已经家道中落趋于破败，它们只能开始寻找新的主人。这就对庄子的智慧，构成了有力的反讽。德国诗人贝克尔（1836—1870）的《燕子》一诗，就足以成为"汉语燕子"的反词——

    黑羽的燕子还会回来
    把巢挂在你的阳台，
    在戏耍时还会用翅膀
    把你的玻璃窗轻拍；

    但有些却未能飞回归途，
    来欣赏你的美和我的幸福，
    那些曾识我们名字的
    燕子……不再回来！

豺及其发声术

　　四周所有的豺狗，还有在这期间从远处又来了许多豺狗，他们把头夹在前腿中间，并用爪子搔着头；他们好像在隐瞒着他们的厌恶，这种厌恶太可怕了，以至于我恨不能纵身跳出他们的包围圈……所有的豺狗跟着号叫起来。这时，远处好像有人在唱歌。

　　　　　　　　　　——卡夫卡《豺与阿拉伯人》

　　"豺"是象形字。李时珍认为，"豺能胜其类，又知祭兽，可谓才矣"。当然了，"豺"也通"柴"，俗名"体瘦如豺"是矣。这从内外两个向度上，清楚勾勒了豺的双重形象：聪明、瘦削。

　　这种特征比狼、狐狸要显著得多。因为狼偶尔喜欢独行，有一种孤独的清冷和冒险意味，它们过于执著，往往显得不知进退；狐狸则过于小心，是"慎独"的模范，它们总是在预感的边缘徘徊，展开自己美丽的拖地长裙，似乎不是为了

◎日本·冈元凤《毛诗品物图考·豺》

　　豺有时候偷食甘蔗、玉米和西瓜，攻击绵羊和羊羔，也是狂犬病的传播者。如果能控制啮齿目动物数量，也可以被驯化。它们是中东许多传说的恶魔角色，在古埃及它们被认为是阴间的神阿努比思神的象征，后者常常被描绘成胡狼头人身的样子。

豺

與狼同類而異種狀如犬而身瘦毛黃
褐色口吻深裂尾長下垂犬聲能闖作
遠致猛若狼 印池漁父

◎清·馬駘《豺》

人们对豺太过陌生，至今流传着很多有关豺的传说。有些把它说得神乎其神，描绘为一种"有翅能飞，专吃老虎"的怪物，也有的说它最爱吃猴子，山里的猴群一见到它，吓得伏倒在地。

食物，而仅仅是炫耀发亮的身体。豺没有这些形而上的品位，豺是实用主义的信徒，它们吵吵闹闹，一拥而上，全无风度。

豺是国际二级濒危动物，并且上了"红皮书"，只有少数几个国家的动物园才有。但在中国，大概是出于几千年来对豺根深蒂固地憎恶，信奉"养鸡者不畜狸，牧兽者不育豺"的古训，所以在动物保护名单上，始终没有豺的名字。

亚洲的豺狗（Cuonalpinus，也称豺、亚洲野犬），它们体型虽然小于狼，但是凶猛程度可能更甚。豺是典型的山地动物，好群居，善于围猎，是集体主义始终不渝的实践者。有一个报道曾经指出，单只豺狗的实力不如鬣狗，但豺群的规模和韧性远大于鬣狗群。不同群的豺狗甚至可以联合起来一起对付孟加拉虎。曾经发生过先后近60余只豺狗，以惨重代价咬死1只雌性孟加拉虎的著名战例，就是不同的3群豺狗组成的。

而豺的欺骗手段并不亚于狐狸。豺狗叼走鸡后，总要把它埋藏起来，以躲避失主的寻找和猎人的追赶，事后再挖出来慢慢享用。所谓聪明，在猎食时自然就演变为一种残忍技术，它们首先把猎物的眼睛抓瞎，然后设法予以消灭。一般的狗类爪子并不如刀，但豺亮出它们的指爪时，我们就发现这不但是一把利刃，而且还带了倒刺。一旦发现猎物，其中一头豺狗就会连吓带哄尽量拖住猎物，不让猎物胜利逃亡，而其他的豺狗就从两侧快速包抄，堵住逃路。这时候，猎物进退两难，靠近其尾部的豺狗就会乘机跳上猎物的背部，然后用利爪掏出猎物的肠子。当猎物负痛亡命狂奔时，被掏出来的肠子会夹挂在树枝上，肚空血尽而毙命时，豺狗便一拥而上，抢拖撕咬，将猎物吃得干干净净。

能够体现"豺智"的场面是豺狗搏杀体格威猛的牛：一只豺狗先会跑到牛的面前嬉戏，另一只豺狗则跳到牛背上用前爪在牛屁股上抓痒。当牛感到无比舒服而翘起尾巴时，豺狗就会对准牛的肛门痛下杀手。这种"仙人摘桃"的独门武功是它智慧的显形：在最薄弱的阴私地带打击敌手，这固然十分奏效，但太阴暗了。

豺总是如鬼魅突然出现于文明的视野，这种阴风一般的

豺又叫亚洲野犬、红狼等，跳跃能力很强，也是十分善于运用爪子的犬科动物。豺的报复心理甚重，所以有豺吃老虎的说法。据记载，狼、熊、豹等猛兽遇到豺群也非常危险。即使是老虎，遇到大的豺群也只有退避三舍。狮群如果遇到豺群，往往是被豺围攻而死。

1944年，西方学者报道了豺群袭击1只公虎的情况。作者描述了一段惊心动魄的情节。一群豺将作者逼到一棵树旁边有一只被老虎杀死的水鹿的树上。豺群包围了这棵树，整整齐齐地蹲在树下面，四周死一般寂静。突然，一只老虎出现了，豺群立即将这只老虎赶到一个叫nala的河床边。老虎背靠一棵Mahula树作掩护，同时豺群包围了它。这种对峙持续了半个小时，老虎除了吼叫没法采取任何行动。正当老虎采取行动对付一只咬它尾巴的小豺时，一只成年豺利用老虎失去防护的瞬间跳起来一口咬住老虎的脖子，但是随即立即遭到了老虎的致命猛击。流血的伤口使老虎不安，开始舔自己的伤口。豺群利用老虎注意力转移的时机群起攻击，咬向老虎的各个部位。突然，豺群攻击停止了，5只豺被杀死，而老虎也受了重伤。豺群重新集结再次向已受重创的老虎发起冲锋。不一会儿，攻击再次停止，老虎已被咬得遍体鳞伤。最后一轮攻击开始了，虽然一只豺被老虎咬成了肉酱，但仍死死地咬住老虎的咽喉。老虎试图进行最后一次攻击，但是倒在了地上，被豺群结束了生命。后来检查这个战场，发现了12只死豺和一堆老虎的骨头和皮肉。

上编 动物的文学志

215

根据《老虎》（参考Anderson,1954）的描述，1只雌虎被7只豺不停地追咬，很快就被豺群的狂野冲锋和撕咬弄得筋疲力尽，当听到其他豺群的号叫声后，雌虎冲向了两只豺，杀死了其中1只，然后迅速逃走，但立即有23只从主力豺群中增援而来。老虎逃了5英里后被逼入了绝境，最后战死。一路上，又有5只豺被杀死，而老虎尸体被豺吃掉一部分。这场战斗的最终结果是：总共30只豺对雌虎发动攻击，6只豺被杀死，1只老虎被杀死。

——摘自《豺群与老虎的战斗》

○豺狗

造访使人们猝不及防。按照民间说法，豺是猎神的狗（一种说法是二郎神的猎狗，二郎神即是猎神），所以在食肉猛兽中，豺最威猛。豺狼虎豹，豺名列第一！有豺出没的地方，狼虎豹一定回避。豺是唯一一种将动物骨头咬碎吃掉的食肉者，据说整个动物界也只有豺狗才有这样咬碎骨头的能力。一些猎人认为，什么野物都可以打，就是不能打豺，一打必然遭报应。在雪域地区，宗教人士认为马熊、狼、豺三种都是魔的牲畜，猎杀它们必将激怒恶魔。魔损害人的心脏，杀生者的子孙七代都上了魔的黑名单，有些罹患不可救药的疯病而死；有些因脑溢血而亡；有些因心情悲伤而自尽；有些则是骨肉相残、血腥屠杀而毙命。他们后世要偿还五百次生命，最终还要堕入众合地狱，在人间十七亿年中不得解脱。

在《神曲》里，诗人但丁走在神示的道路上，突然在一片黑森林中迷路了。于是，在他的面前出现了3头守护黑暗的猛兽——豺、狮、狼。这固然是魔鬼的使者挡道，他单以为是自己心魔的造像，与狮子的刚猛、狼的如影随形不同，豺显然是阴险毒辣的镜像。诗人必须打破迷障，他渴望引领，渴望圣女贝阿特丽齐的引领，退去猛兽、步出绝境。

反过来看，在豺群频繁出没的埃及，豺获得的神话地位则高于汉语当中的地位，不是由于埃及人对豺的恐惧，而是他们看重豺的另类品行。希腊历史学家希罗多德在公元前5世纪时，曾经目击过埃及人制作木乃伊的过程。为首的防腐匠人头戴豺的面具，这可能是因为豺具有"清洁大地"的本事，因而后来才又出现了头如豺、专门接待死人的阿努比斯神。

豺在夜间喜欢发出号叫。那是一种极其奇怪的声音，像一群迷路的探险者在绝境中号啕大哭，毫无猛兽叫嚣的威猛与不可一世。它们嘶哑而又尖利，绵绵不绝，震动山坳，像一把逐步张开的弯刀，弧度弹直，把单刃开口为双刃，刀柄融化在黑暗里，一并成为锋芒的身体，把夜色剖为无数的落叶与木屑。石头被翻转，将躲藏在石头内部的忧伤全部放逐到旷野。人们听着听着，就会莫名其妙地流下泪水。

豺群仰天长嗥的意义，使狼嗥孤独得到了彰显。孤独的狼嗥犹如"大漠孤烟直"，使一些另类的人喜欢上了狼。豺声是缺乏这些意象的，它们的发声使得那些准备上演的崇高庄重的悲剧失去了施展的必备条件：价值遭致毁灭或失落，以往富有悲剧色彩的仰天长嗥、长歌当哭，在豺群莹色的注视下被置换为长嗥当哭。这让听众无所适从：既无法喜欢，也无法厌倦。豺声飘在听觉深处，仿佛把一条灵魂的光带打开，然后又疯狂地卷裹起来，蹂躏，揉成一团铁皮和玻璃，直到灵魂彻底被声音剁烂，成为一地的碎渣，使听众心智失控，既无法摆脱，也无从关闭……

很显然，一阵又一阵刮铁锅似的豺声比绝望之歌更为暧昧，也更加凶险。它们企图使所有的听众失去定力，就像面对一个巨物，只用一根针来给它放气。

当豺群消失在野史当中，豺声却如骨头一样立在汉字当中，成为庙堂里发出的愤怒之声，声震屋瓦。

人的命运似乎都是冥冥上苍决定了的，所以《易经》里说："乾道变化，各正性命。"相术起源于先民，到春秋战国时已有很多记载，比如周室内史叔服、楚之令尹子上、越国范蠡、秦之尉缭子都会相术。叔服说公孙敖的儿子谷"丰下"（下颌丰满），"必有后于鲁国"；子上说太子商臣"蜂目而豺声，忍人（残忍之人）也"；范蠡也曾说"越王为人长颈鸟喙"，故离他而去；尉缭子说秦始皇"蜂准（高鼻梁），长目，鸷鸟膺（胸部前凸），豺声，少恩而虎狼心"，遂离去。如此之多的拟动物化的形象描绘，最为出色的还是"豺声"。不单是秦始皇有，那个叫商臣的太子也有，他们其实是"豺声"

◎埃及神话中豺首的杜米特夫神

的杰出代表。这不但暗示了这些王者的面目，关键的是还突出了他们心底的声音征象：阴暗、嫉恨、凶暴，以及颇为混乱的交媾史。言为心声，我们可以想象在"豺声"统治下的子民，是怎样的境况了。

《左传》宣公四年，楚司马子良生子越椒，"是子也，熊虎之状而豺狼之声；弗杀，必灭若敖氏矣"。而昭公二十八年记载，叔向的儿子伯石生下来时，叔向的母亲听到伯石的哭声，说："是豺狼之声也。狼子野心。非是，莫丧羊舌氏矣。"《国语·晋语八》对伯石亦有类似记载。这里，"豺狼之声"被用来形容一个人的声音特征，具备这样特征的人往往被视为不祥，这样的人最后都会毁家灭国。

在后来的《世说新语》当中，也有近似的识人术。潘阳仲见到年少的王敦曾说："君蜂目已露，但豺声未振耳。必能食人，亦为人所食。"他预言了王敦的叛乱之心，必然招致身败名裂的下场。

作为权力天然的发声术，"豺声"充分展示了权力的内幕与本质。它利用声音在空气里的震动，将声音背后的发声源烘托出来，使决绝的牙齿、反切的利爪、饕餮的胃囊逐一呈现，所有的猎物都将成为声音的营养和润滑剂。在豺声先行者的启发下，那些后来者于是进一步强化了其技术性，他们可以在"莺声燕语"的副调逼近中与你促膝谈心，并随时可以在"豹视"与"狼顾"的加盟下，"豺声"大振，恢复声音的本来面目。

在高音喇叭的年代，在万人集会的广场上，我们经常能够听到一些激越的发言，庄严的声音由于被大旷野的冷风撕裂，残留在人们听觉里的无一不是豺声的翻版！

世传狗为豺之舅，见狗辄跪。这个说法仅仅是体现一物降一物的思想，但我推测豺见了狗不但不会下跪，它们还会打开它们的金嗓子，让世界在自己的金属的碎裂声里弯曲而柔软，最后露出耻部……

被狼嗥拉长的时间

在荷马史诗中，英雄血脉里都有一种叫 lyssa 的东西，经学者考证，就是"豺狼一般的狂暴"（布鲁斯·林肯《死亡、战争与献祭》，上海人民出版社，2002年）

——转引自李零《花间一壶酒》

最早进入文化地域的狼，肯定都是值得集体主义标记的重大事件。但它们被描摹为孤独的、丧心病狂的物种，一种高度嗜血的怪物，来自于食欲的诱惑迫使它们的智力向阴险的路数逶迤，并随时准备从追踪者的疏忽中发动奇袭。以至于在神话或寓言当中，狼的生存背景被一种阴冷、潮湿的心机所覆盖，它们只以双眼的磷磷炭火，成为荒原上唯一延宕的动词，在与时间角力的同时，开始点亮潜伏的杀机。因此，我们在《伊索寓言》等传说当中，看到的狼几乎都是贪婪、机关算尽并搭上性命的愚蠢相。这也许是人极力想通过狼把自己内心的恶势力外化出来，但人类并没有因此清洁，至多是变得伪善了些。因此可以

◎意大利·郎世宁《啖星狼》

> 东郭先生在中山地方遇见一只中箭而逃的狼,出于仁义之心,把狼藏在书囊中,骗过了猎人。狼活命后却要吃救命恩人东郭先生。这是比喻忘恩负义、恩将仇报的人,子系中山狼,得志便猖狂。
>
> 中山狼的法则是——有狡计骗过东郭先生一次,它一定有办法再骗东郭先生第二次,如果小人还感恩图报,简直违背其天性。
>
> ——摘自笔者短语集《黑水晶法则》

> 《法兰克福报》曾有一篇文章写道:尼采像一条凶恶的狼,虽然死去百年,但他的著作和思想却像狼的号叫那样留在这个世界上。那是一个痛苦的灵魂的叫喊。尼采对德国的精神史进行过一番透视,发现只剩下植物神经系统:生理学。他留给后世的不是什么"影响",而是一种传染源,像海涅那样,那是一种病毒,它让读者受到感染,那病毒不是别的,而是他的风格。尼采的著作最易感染读者的是他的《查拉图斯特拉如是说》,它使人想起喇叭筒,在一百多年前,他赋予文化预言家在天空翱翔的翅膀。他使任何彻夜不眠冥想德国问题的人,都不能在没有尼采的情况下保持清醒。可是,这条凶恶的狼已经死了,没有尼采号叫的一百年,剩下的,是寂静。
>
> ——摘自西城岛《审判上帝的人》

说,狼为人的不名誉一直顶着恶谥,甚至,进步的文化还替狼匹配了一个作恶的搭档——狈。

狼和狈经常合伙做案,这种说法流传甚广。狈前腿极短,行动时要趴在狼身上,没有狼就不能行动。这种诡谲的造型持续到明清二代,狼狈为奸的妖魔化状况才得到了一些文化人的纠正。《康熙字典》中"狈"字的解释是:"狈,兽名,狼属也。生子或欠一足二足者。相附而行,离则颠。"这一解释比较合乎科学道理:第一,狈并非传说中的兽,自然界里有狈;第二,狈就是狼生下的畸形后代,一条腿或两条腿发育不全,走起路来要趴在健全的狈身上,一离开,就要跌倒。李时珍在《本草纲目》里引《食物本草》中谈到"狈"时说:"狈足前短,能知食所在。狼足后短,负之而行,故曰狼狈。"狼群中的畸形狼较罕见,又难以自己去觅食,存活下来的数量更少。曾有人亲眼在狼群中见到狈的身影,当驱散狼群时,狈趴在地上急得团团转,寸步难行。知道狈就是畸形的狼,不知道这一真实结果是否可以终止文化上的"拉狼配"。

狼是群居的动物,通常七八只为一群,采取集体狩猎的方式来猎食,这多少弥补了它们力量和速度方面的不足。每群由一只健壮的成年公狼率领,捕食大多由母狼完成。在集体行动当中,每只狼在族群里的地位都不相同。动物学家习惯将狼群之中的领袖称为"阿尔发狼",族群中包括食物的分配、纷争的平息,乃至后代繁殖的责任,都要靠它。其余的狼也都安于在族群之中的地位,并服从"阿尔发狼"的领导,这就是狼的社会。所以,那些所谓的独狼,一般都是为角逐"阿尔发狼"地位或者爱情斗技场上的失败者,带着身心的双重创伤,只好自我放逐:要么在自省中积累力量,要么就是死路一条。因此,独狼展示出来的造型就具有个人英雄主义的特色,很容易获得生活中失意人物的好感。

狼的种类极多,胡狼是最为古老的宗族。它们的体形比豺小,食物是一些比较容易寻找和捕捉的小动物,如蜘蛛、甲虫、小鸟等，尤其是特别留神秃鹫的行动，因为秃鹫是最著名的食腐动物，哪里有一群秃鹫，哪里就肯定会有一个死尸。虽然胡狼与秃鹫之间经常火拼，不过秃鹫仍然需要胡狼，因为尽管秃鹫有着尖硬的嘴，但缺少自己撕碎兽皮的力量，所以只有等胡狼扒开死尸外面的那层硬皮，才蜂拥而上，并常常把胡狼挤走。这种处境修正了狼的勇气，它们只好在一旁等候。时间，由于饥饿而倍加目炫，时间在脊背上那一条细长、一直拖到尾部的鬃毛上反光，显示了来自于骨头深处的桀骜不逊的品质。它们头部像驴头，但看上去比驴子要恐怖得多，尖锐的獠牙突出在外，双眼呈暗红色，这一切表象使狼的本性一览无余。记得是1986年，作家郑义到我居住的小城访问，他谈到了自己徒步追溯黄河的经历。西北一些地方缺水，上百口人以及牲畜只靠一小口苦水井过活，但狼口渴得发疯，它们从方圆几十里开外像苍蝇似的麇集拢来，在苦水井边像严霜打过的朝阳花一般围合。村民开枪打死了十几只，但上百只狼绝望地趴在死狼的尸体旁等候，眼睛绯红，不知道是在流泪，还是在流血。对峙一直持续着，这目光看得村民们心头发憷、发酸。直到第5天了，人已经无法适应这种对抗了，主要是水已舀干了，他们说，让狼喝点水吧。人一走，狼开始扑向那几乎已成泥地的土坑……记得老人们常说，狼没了狼性，狼就不是狼了；人若没了人性，就什么事都能干出来。

　　所谓的坚韧力，肯定是狼最为杰出的本能。它们可以饿上几天，清风一样尾随着猎物，它们的肋骨条条绽出，却像一把把随时出击的匕首。这种顽石般的固执，就像一块鹅卵石一样，在它失去了全部棱角以后，它把收缩起来的重力和速度，在我们最为脆弱的意志底部，找到了后发先至的命中率。这种来自于血脉的顽固禀赋拒绝知识的教化，千百年来，人类不知想出了多少办法，使用了多少技术措施，也没能使狼俯首贴耳。世界各地的马戏班，可以驯猴、马、羊、狗表演，可以与狮、虎、熊同台，但有哪一家驯服得了狼？

　　瞿秋白在《鲁迅杂感选集》序言里，提到了一个罗马神话故事。婴孩是战神马尔斯和莱亚西尔维亚公主的双生子——罗谟鲁斯和莱谟斯。他们一生下来就被抛弃在荒山里，由一只母狼救起，哺育成人。后来罗谟鲁斯创立了罗马城，而莱谟斯藐视罗马城，怀恋狼母亲和茫茫原野。罗谟鲁斯在雷雨中升为天神，而莱谟斯则回到了狼群中。狼孩至今成为罗马的城标。瞿秋白把鲁迅比作莱谟斯，说他"是野兽的奶汁所喂养大的，是封建宗法社会的逆子，是绅士阶级的贰臣，而同时也是一些浪漫谛克的革命家的诤友！他从他自己的道路回到了狼的怀抱"。由此可见，鲁迅就是莱谟斯，因为他是孤独的过客。瞿秋白没有把鲁迅比作罗谟鲁斯，是富有深意的。
　　——摘自笔者思想随笔《证铁的过程》

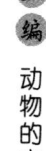

因此，在现实的努力一无所获之后，文化领地内的狼却成为了地狱的使者，它们经常被打扮为冥府的缉捕者，在梦境边缘埋头工作。这就是说，逃避了被御用的狼，其精神镜像也被人们利用着。但具有御灵气质的民族，知道神不可犯，只把狼高悬在自己的信仰中心。在埃特鲁尼亚美术作品中，青铜雕像《母狼》就是其中最著名的作品。雕像取材于罗马建城的传说：特洛伊战争结束后，特洛伊王子逃到意大利半岛，建立了阿尔巴城，世代相传。后来努米托耳的国王被其弟阿木留斯推翻，儿子被杀，但他的女儿为战神所爱，生下一对双胞胎罗谟鲁斯和莱谟斯，却被阿木留斯放入篮子中丢入台伯河。这对兄弟后来被一只母狼发现并收留抚养，不久，被牧人发现收养；他们长大以后，杀死仇人，救出外祖父，创建了新的城市；后来罗谟鲁斯杀死了莱谟斯，并以自己的名字命名这座城市为罗马。

狼并不以獠牙跟人对话，它们的方式在绝大多数情况下要文雅得多，它们用嗥声来证明自己的话语权力。有着绝对坚韧力的动物，其啸声也是韧性十足的。据说，狼喜欢对着一轮残月嗥叫，这个想象的场面在电影《与狼共舞》中得到了空前强化。但狼的长嗥并不表示愤怒，只是在发情季节对情侣的呼唤。这个发声技术是比较复杂的，它们一般是在松土上刨一个坑，然后再把喙部伸入这个回音良好的音箱，它把吸入身体内的所有东西都吹了出来，以至于腰身像一张完全拉开的弓，随时有折断的可能。声音反弹出来，开始像一匹展开的白丝绸，在风里过滤着空气里的不纯物质；随着声音的绵延，则仿佛一张银箔，在亡命地铺开，一直到某个最薄弱处，突然被夜色洞穿。这时，声音的血就蔓延开了。

在英国诗人塔德·休斯笔下，动物一直是用来表达现实世界真实性的主要物象。休斯的家乡是在英格兰约克郡西部的小城密索姆罗亥德镇。那里豪放的自然景色，对他的创作影响极大。他把对于大自然的感受和对于人类社会的认识进行了对比，试图从中发现他所希望的那一种真实。我们应该读一读他感受的《狼嗥》。

  是无边无岸的。

  它们拖得长长的号叫声，在半空的沉寂中消散，
  拉扯出些什么东西出来了呢？

这时孩子的哭声，在这死寂的林间
使狼奔跑起来。
中提琴声，在这灵敏如猫头鹰耳朵的林间
使狼奔跑起来——使钢陷阱咯咯响，流出涎水，
那钢用皮包着免得冻裂。
狼那双眼睛从来弄不明白，怎么搞的
它必须那么生活
它必须活着

任天真无邪落入地下矿层。

风掠过，弯着腰的狼发颤了。
它号叫，你说不准是出于痛苦还是欢乐。

地球就在它的嘴边，
黑压压一片，想通过它的眼睛去观察。
狼是为地球活着的。
但狼很小，它懂得很少。

它来回走着，拖曳着肚子，可怕地呜咽着。
它必须喂养它的皮毛。

夜晚星光如雪地球吱吱地叫着。

  这是一首可以成为不朽的诗章。休斯的感觉被狼嗥包裹，就像穿上一件银色的华美大氅，他从声音里不但感觉到了生命的价值，还感觉到了那些难以言说的秘密，开始在夜幕中渐次盛开。就此，被狼嗥打开的时间就像被冰镇的液体一样，它们以慢动作的方式，昭示出时间以及时间的影子武士所从事的勾当，用时间来消解生命。于是，当狼的血性在以银箔完成了空中铺排以后，极可能的命运接着演变为镔铁片，开始在空间切割出无数碎光。这就使人感觉到，这

些碎光是一把碎冰，在时间的嘲讽中拒绝溶解……但即便如此，谁又有资格小视狼的决绝和坚硬？

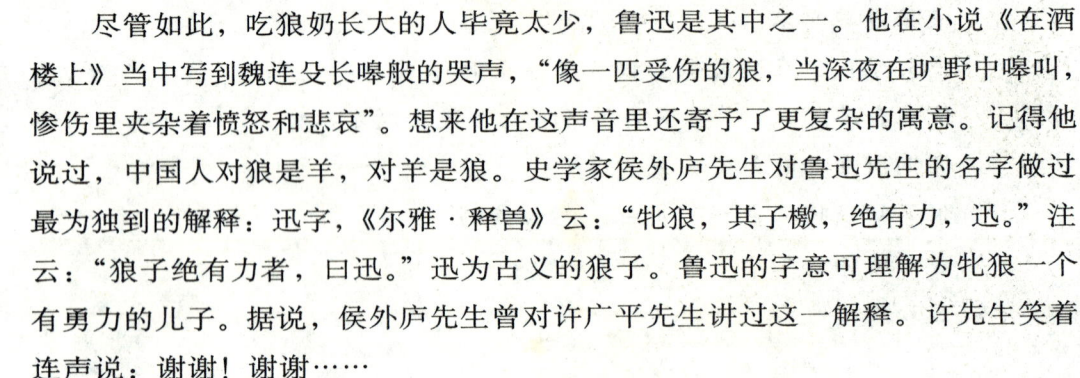

尽管如此，吃狼奶长大的人毕竟太少，鲁迅是其中之一。他在小说《在酒楼上》当中写到魏连殳长嗥般的哭声，"像一匹受伤的狼，当深夜在旷野中嗥叫，惨伤里夹杂着愤怒和悲哀"。想来他在这声音里还寄予了更复杂的寓意。记得他说过，中国人对狼是羊，对羊是狼。史学家侯外庐先生对鲁迅先生的名字做过最为独到的解释：迅字，《尔雅·释兽》云："牝狼，其子獥，绝有力，迅。"注云："狼子绝有力者，曰迅。"迅为古义的狼子。鲁迅的字意可理解为牝狼一个有勇力的儿子。据说，侯外庐先生曾对许广平先生讲过这一解释。许先生笑着连声说：谢谢！谢谢……

狼的精神镜像能够得到鲁迅的这般认同，即使被后人误会，又有何妨！

动物论语